天地有正气

——见义勇为文学作品集

山东省见义勇为基金会／编

团结出版社

图书在版编目（CIP）数据

天地有正气：见义勇为文学作品集/山东省见义勇
为基金会编 . —北京：团结出版社，2022.9
ISBN 978-7-5126-9508-5

Ⅰ . ①天… Ⅱ . ①山… Ⅲ . ①中国文学 – 当代文学 –
作品综合集 Ⅳ . ①I217.1

中国版本图书馆 CIP 数据核字（2022）第 128544 号

出 版：团结出版社
（北京市东城区东皇城根南街 84 号 邮编：100006）
电 话：(010) 65228880 65244790（出版社）
网 址：http://www.tjpress.com
E – mail：65244790@163.com
经 销：全国新华书店
印 刷：济南精致印务有限公司

开 本：170 毫米×240 毫米
印 张：21.625
字 数：285 千字
版 次：2022 年 9 月 第 1 版
印 次：2022 年 9 月 第 1 次印刷

书 号：ISBN 978-7-5126-9508-5
定 价：100.00 元

编 委 会

序

  见义勇为是中华民族的传统美德。历史上，历朝历代都从法律和制度层面对见义勇为的行为给予相应的保护、褒奖和激励，同时也对"见义不为"、见危不救、袖手旁观的冷漠行为给予一定的惩戒。例如早在先秦时期有关典制的文献《周礼》中就有"凡杀人而义者，不同国，令勿仇，仇之则死"的规定，责令那些被见义勇为者杀死的犯罪分子家属不得向见义勇为者寻仇，如果寻仇就依法对其处死，明确体现了对见义勇为者的法律保护；唐代法律规定，对于见义勇为协助官府捕获盗贼者，官府从缴获赃物中拿出一部分予以奖赏；后来的一些朝代在制定法律条款时也都继续不断丰富和明确对见义勇为者的保护、奖励和抚恤，使得有关见义勇为的法律规定不断得到完善。与此同时，古代法律中关于"见义不为"的惩戒条文也屡见不鲜。同样在唐代的法律中规定，路人看见发生火灾，需要招呼邻近之人共同施救，"若不告不救，减失火罪二等"；清代法律也规定，遇见强盗正在实施犯罪而不挺身而出制止犯罪并且协助捉拿罪犯，需要"杖八十"……如果说历史上这些制度和规定对于社会层面见义勇为风气的形成起到了重要的促进和保障作用，那么文学作品和史书中大量对于见义勇为精神品格的倡扬与讴歌则进一步促进了这一社会风尚的形成。《论语·为政》中说"见义不为，无勇也"，旗帜鲜明地表达了对见义不为的鄙弃。《宋史·欧阳修传》中盛赞欧阳修"天资刚劲，见义勇为，虽机阱在前，触发之不顾"。明朝冯梦龙《东周列国志》也有"见义勇为真汉子，莫将成败论英雄"的题诗。这些经典论述或名言警句代代相传，深入人心，极大地提升了民众对见义勇为的社会认同感。时至今日，见义勇为、扶危济困已经深深融入了中华民族的精神血脉，成为中国人普遍推崇的价值追求和精神立场，为弘扬正义、抑制邪恶，营造风清气正、和谐安宁的社会环境起到了必不可少的辅助作用。

当然，文学作品书写见义勇为除了有益于社会正气的养成之外还有更深层的意义。文学是人学，从根本上说，任何文学作品都是书写人性的，或颂扬人性的善，或批判人性的恶。相对而言，那些致力于批判人性恶的作品更容易写得深刻、促人警醒。无论鲁迅先生"向来是不惮以最坏的恶意，来推测中国人"，还是余华、残雪所发出的"真的恶声"，他们对人性的书写都主要指向恶的一面，其笔墨的老辣犀利与对人性恶的深刻揭示和痛彻反思都撼人心魄，是文学书写人性、探索人性的重要收获。但是批判人性恶与弘扬人性善其实是一体两面的。人之所以为人，恰恰不在于其具有"恶"的、利己的动物性一面，而在于人具有去利怀义甚至舍生取义的高尚道德追求。也正因此，致力于书写人性的良善、颂扬人身上所体现出来的美好品德与闪耀出来的美丽人性光辉，并在作品中表达出对美好人性与理想人格的召唤同样是文学书写人性的重要路径，而本次结集出版的这些作品就属于此类。虽然这些作品分属于散文、诗歌、报告文学等不同的文体，但却有一个共同的主题，那就是歌颂见义勇为英雄人物、弘扬人性真善美，促进社会正气充盈、传播社会正能量。品读这些作品能够唤起全社会对见义勇为的崇尚和参与热情，激发人们对善行义举的向往与追求。

作为儒家文化发祥地的山东，自古以来就有重义轻利、见义勇为的优良传统，"路见不平一声吼，该出手时就出手"式的侠肝义胆形象早已成为这片热土所养育出的山东人闻名于世的典型形象。近年来，在党和政府各有关部门的大力弘扬下，见义勇为已成为新时代社会风尚，齐鲁大地上陆续涌现出了一大批见义勇为的模范人物。他们之中有返乡期间为救落水儿童英勇牺牲、至死都保持着托举姿势的沈星，有身在他乡为救落水者而英勇献身的山东人孟祥斌、张雪领，有面对寒光闪闪的匕首临危不乱、安全疏散乘客并与同事合力制服歹徒的公交驾驶员董丹，有不顾自身安危、三入火海勇敢救人的最美逆行者林峰……他们胸怀高度的社会责任感和赤诚的正义之心，在危难时刻挺身而出、见义勇为，其英勇壮举在社会上起到了良好的引领示范作用，是新时代当之无愧的道德楷模。此次山东省见义勇为基金会和《山东文学》编辑部共同举办此次"见义勇为杯"征文大赛，组织作家们精心用文字书写和歌咏这些见义勇为英模们的感人事迹，而今又将获奖的优秀作品结集出版，使之永存后世，这既是对英模及其家人们的一种精神抚慰，同时也是"发挥道德力量，激发全社会见义勇为的内生动力""发挥舆论力量，奏响新时代见义勇为事业发展的最强音"的一次具体实践。

2021 年 9 月，中央政法委召开全国见义勇为工作会议，会议指出，"大力弘扬见义勇为精神，是培育和践行社会主义核心价值观、营造良好社会风尚的重要举措，是加强和创新社会治理、建设更高水平的平安中国的必然要求。"相信在党和政府各部门的政策引导以及社会各界的共同参与下，新时代的见义勇为事业一定会蓬勃发展，见义勇为的义举一定会蔚然成风，人民的生活环境也一定会更加风清气正、和谐美好。

是为序。

陈光

2022 年 7 月

目录

报告文学

诗歌

报告文学

BAOGAO WENXUE

大义之城

文/许 晨

一

"救命啊，快救救我家孩子啊！"

"啊?！孩子怎么啦?"

"掉沟里了，看不见了，呜呜……"

"在哪、在哪儿?"

2021 年 9 月 14 日下午 5 时 30 分左右，太阳西斜，桔黄色的余晖安祥地洒在黄河下游北岸上，突然一阵凄厉的女子哭喊声，打破了这里的宁静。正准备下班回家的齐河刘桥镇青年赵虎，循着求救声迅疾跑了过去。

原来，刚才这位妇女带着 3 岁的儿子在街头卖菜，一时没注意，孩子跑到沟边上玩，"砰"的一下，从一个破口中跌进沟里，被湍急的水流冲走了。更要命的是：这是一条暗排水沟，上边铺着一层厚厚的水泥盖板，落水男童眨眼间就没了踪影。

人命关天，刻不容缓。

赵虎从入口处望了望，一片漆黑，担心孩子冲到远处，一口气向下游跑了 20 多米，三下五除二，使劲撬开一块水泥板，想都没想就跳了下去。沟里污水很深，没过了他的头顶，又脏又臭，水底下都是淤泥，一不小心就容易陷进去。好在他会游泳，艰难地向前摸索。但里边空气流动性差，不一会儿，赵虎就感到呼吸困难，头晕目眩。救人心切，他咬紧牙关坚持着。

此时，住在刘桥镇上的徐兴清，正巧去接孩子放学路过这里，看到眼前这一幕，二话不说，将自己孩子放在一边，立即从小男孩落水口跳了下去，与赵虎两人一个从东向西，一个从西向东"双面夹击"。水越来越深，没走几步，污水就到了徐兴清的嘴巴处。不会游泳的他接连呛了几口臭水，只好尽力踮起脚尖，仰着脸，在黑暗中寻找男童的身影……

终于，他们在距离落水处七八米的地方找到了尚有气息的孩子。两人合力将孩子托举上岸后，已经没有了任何力气，只能靠别人把自己拉到岸上。赵虎刚上来就一屁股坐到了沟边，大口大口地喘着粗气，而徐兴清则直接躺在了地上，一直躺了好几分钟，却全然不知自己的胳膊、膝盖等部位已被划伤，伤痕道道……

犹如一石激起千层浪。

两位青年见义勇为、奋不顾身救人的感人事迹，迅速传遍黄河两岸、泰山南北。各大报刊网站等新闻媒体以"这就是山东：'祥斌精神'再现齐河！两男子'双面夹击'勇救3岁落水儿童""齐河两小伙儿以身涉险救出三岁男童，大义精神薪火相传"等为题，纷纷予以报道，引来了人们异口同声的赞扬。

尤其值得大书特书的是：这是发生在十几年前享誉全国的"感动中国"人物、"舍己救人模范军官孟祥斌"的家乡——山东省德州市齐河县。家住晏城街道桑园赵村的赵虎，距离"祥斌精神教育基地"展厅仅300米，而本是刘桥镇孟店村人的徐兴清，则与孟祥斌更是实打实的同乡。由此可见，两位青年人的大义之举绝非偶然的。

三天后——9月17日，齐鲁晚报·齐鲁壹点联合阿里巴巴天天正能量授予徐兴清、赵虎"天天正能量特别奖"及一万元奖金。

十天后——9月24日，德州市见义勇为先进分子表彰仪式在齐河县综合治理中心举行，授予赵虎、徐兴清两名同志"德州市见义勇为先进分子"荣誉称号，并分别颁发奖金5000元。省、市、县10余家媒体还联合开展了采访全县综合治理工作。

一个月后——10月23日，我应邀与来自省内外的诸多文朋诗友，参加了"著名作家齐河行——纪录小康工程主题创作活动"，其中一项内容就是参观"三种精神（劳模精神、劳动精神、工匠精神）教育基地"和"孟祥斌烈士纪念馆"。在这里，我又一次看到了英俊威武的部队战友、时代楷模孟祥斌。自然，那是他永远年轻的照片和塑像了。

然而，当我听到刚刚发生的赵虎、徐兴清奋不顾身救助落水儿童的故事之后，眼前仿佛出现了穿越奇迹，当年那个义无反顾跳进冰冷江水的孟祥斌微笑着又回来了。这就是见义勇为、舍己救人的"祥斌精神"的赓续与传承……

时光退回到2007年11月30日，正在浙江金华某部服役的山东齐河人孟祥斌，难得休假，陪着前来探亲的妻子叶庆华和3岁的女儿妍妍去商场。身着便装的孟祥斌抱着孩子，亲昵地说："爸爸给你买双红色的公主靴，然后去吃肯德基，妍妍说好不好？"

"好啊，好啊……"妍妍小手拍得响亮，热呼呼的小嘴巴一个劲儿地往爸爸脸上凑。

叶庆华看着这对聚少离多的父女，笑着帮丈夫掸去肩膀上的灰尘，一家人沉浸在难得的欢聚中。然而，谁也没有料到，不幸有时潜藏在幸福之中。当他们经过市区婺江通济桥的时候，突然听到一阵叫喊声："快来人啊，有人要跳江！"

抬眼一望，他们被桥上的情景惊住了：一名年轻女子不知受到了什么刺激，愤然摔掉手机，跨过护栏跳了下去，在水面上一沉一浮。孟祥斌立即把孩子交给妻子，快步冲向栏杆，一边跑一边甩掉鞋子。叶庆华担心地喊道："祥斌，叫人帮忙啊！"

正路过此地的一位市民大姐也急忙阻拦："这么高，水这么冷，危险，还是叫只船吧！"

只听得孟祥斌回了一声："来不及了！"便从 10 米高的大桥上纵身一跃，跳进了滔滔江水中。

正值入冬季节，水凉刺骨且湍急，加上下水前没有活动开身体，孟祥斌虽然身强体壮，但也只能勉强拉着落水女子往回游，浸过水的棉衣又湿又重，一会儿就十分吃力了。此时，一只水上摩托艇闻讯匆匆驶来。孟祥斌用尽最后一丝力气，将女青年托出水面，说了声："把她拉上去，我不行了！"

轻生女青年得救了，孟祥斌却瞬间沉入了江底，年仅 28 岁。

城南桥上，他的妻子叶庆华瘫倒在地上，万万没有想到：心爱的丈夫，就在自己眼前为了一个素未相识的人而丧失了性命。她抱着孩子哭成了泪人："啊……爸爸没有了，爸爸没有了！"

小妍妍提着爸爸脱下的白色旅游鞋，哇哇地哭叫着："爸爸、爸爸……"

一个人感动一座城。

英雄的壮举迅速在社会各界引起强烈反响。婺江之畔、城南桥头，一夜之间摆满了花圈，人们自发通过各种方式哀悼英雄。灯箱广告撤掉了商业广告，换上了孟祥斌的大幅军装照片和"向英雄孟祥斌致敬"的标语。

当晚，许多金华市民来到英雄救人的地方，冒着寒风为他"烛光守夜"。人们还络绎不绝地去看望孟祥斌的妻子和女儿，自发捐款捐物。听说他们夫妇都没来得及给孩子买鞋去，悄悄给小妍妍送来一双双各种样式的小红鞋。

追悼会那天，200 多辆出租车和公交车司机自发免费接送参加追悼会的人，3 万多群众自发赶到殡仪馆，原定 1 小时的悼念活动持续了 5 个多小时。每人手上都攥着一束菊花。这是全市规格最高、最隆重、悼念者最多的一次送别。

当烈士的骨灰在妻子叶庆华和女儿陪伴下、在部队战友和金华市民代表护送下，送回家乡山东齐河县时，同样有 30000 多名群众自发地矗立在寒风中，在长达 5 公里的道路两旁迎接英魂……

不断涌现英雄、不断崇敬英雄的民族，才是有希望的民族。孟祥斌三个字呼唤了人们"道德回归"的激情。这一次所表现出来的强烈的集体感动和大众回应，正体现了人们对社会责任感和道德感的热盼。英雄就在我们身边。

孟祥斌救人牺牲后，他所在的部队——原第二炮兵（现火箭军）党委、浙江省委、山东省委先后作出向孟祥斌同志学习的号召，并追授他为"浙江青年五四奖章""山东省道德模范"。随后，中央军委追授他"舍己救人模范军官"荣誉称号，并且当选为"感动中国 2007 年度十大人物"之一。组委会授予孟祥斌的颁奖词是：

"风萧萧江水寒，壮士一去不复返。同样是生命，同样有亲人，他用一次辉煌的陨落换回另外一个生命。别去问值还是不值，生命的价值从来不是用交换体现。他在冰冷的河水中睡去，给我们一个温暖的启示。"

花儿谢了又开，叶儿黄了又绿，一晃数度春秋过去了，见义勇为，舍身取义的孟祥斌精神，已经如同雷锋、王杰、欧阳海的名字一样，熠熠生辉，闪耀在共和国的天空上，成为一代又一代人学习的楷模。

在英雄的故乡——山东省齐河县刘桥镇，建立了孟祥斌烈士纪念馆、树起了英雄孟祥斌的铜像，刘桥镇中学命名为"祥斌中学"，规划建设了集教育研学、实践体验于一体的"祥斌精神红色教育基地"。传承红色基因、弘扬祥斌精神。

如今的齐河涌现出许许多多像孟祥斌一样正能量的英雄模范。前边提到最近发生的赵虎和徐兴清两位青年，就是最好的印证。我们来到齐河之后，所见所闻感受最深的就是这四个字：大义齐河。这不仅是全县道德建设的闪光品牌，也是这方土地上人们的品格写照，为平安山东建设和经济社会发展增光添彩。

二

说起来，我与齐河一点儿也不陌生，甚至可以说是情牵梦萦的第二故乡——早在上个世纪八十年代初，我父亲许焕新就在齐河任职县委书记兼人武部第一政委，而那时我正在原济南军区空军某部服役，节假日常常前来探亲。

那是一个中国农村大变革的时代，联产承包责任制如同疾风暴雨洗刷了贫穷的阴影。父亲一班人带领全县数十万父老乡亲扬眉吐气搞生产，粮棉连年大丰收，农民平常日子也吃上了白面和猪肉。三十多年过去了，至今大家还经常提起我父亲的名字，念念不忘老书记。

时光流逝到了上世纪九十年代中期，我已转业来到山东省作家协会工作，恰逢省委组织部调配干部下放挂职锻炼，又把我分到齐河县委宣传部任副部长，一待就是一年半，成为名副其实的齐河干部了。当时我分管新闻报道和群众文化工作，时常下乡跑基层，曾为这片土地洒下过辛勤的汗水，而这里的水土也滋养了我的人生。

齐河人好、齐河人忠诚仗义，早已深入到我的血脉里……

因了这种情缘，进入新世纪的齐河怎样了？这种"牵挂"时常拨动着我的心弦，犹如远离故土的游子，午夜梦回，往事历历。这方土地一定变化更大了，人们生活会更加美满幸福了。是的，早在2013年初夏，我随中国散文学会采风团走进齐河，不用说首次前来的著名作家们，就连我这个曾经的"齐河人"都目不暇接、心旷神怡。

一片片碧绿的树林、一丛丛嫣红的鲜花；一条条宽阔的公路、一幢幢挺拔的楼房。街心广场上，悠闲的人们在散步娱乐；现代庄园里，新型的农民在愉快劳作。当年那个"面朝黄土背朝天"的农业大县，正在向农工科贸一体的现代化城市大踏步迈进。

更为令人激赏的，还是这里的人文内涵和精神文明建设。历届齐河县委县政府一脉相承，大力抓好经济社会科学发展的同时，认真总结提炼地域精神，繁荣本县文化，犹如树起一面高高飘扬的旗帜，引领着这里的人们齐心协力、一往无前。

经过一番辛劳而深刻地调研论证，一张亮丽的地域名片、一座高耸的精神地标喷薄而出："时传祥故里、孟祥斌家乡——大义齐河！"

好一个"大义齐河"！

"义"，一看到这个字，正直的人们就会血脉偾张、壮怀激烈。古代先哲孔子最先提出，孟子继而阐述，概括了国人道德良知之大成。正义、道义、信义，义士、义举、义不容辞等等，这些名词动词形容词，如黄钟大吕、如江河奔腾，摧枯拉朽，震撼人心。

当时接待我们的齐河县委常委、宣传部长李文豪，尽职尽责，不遗余力地宣传倡导"大义齐河"。他说："齐河是出好汉的地方。古往今来，英雄模范人物层出不穷。结合这种文化底蕴和时代精神，我们提出了'大义齐河'的道德建设品牌，目的就是使英雄崇拜、好人现象成为风尚，从而去创造美好的明天。"

而今，他已是德州市委宣传部副部长兼广播电视台台长了，得知作家采风团又来齐河参观体验，专程赶来相见，再续前缘。这位名叫"文豪"的部长，无愧于他的名字。虽说并不是专业作家或学者教授，但擅长总结归纳提炼，且写了一手好文章，他把"大义齐河"的理念和意义阐述得通俗易懂、切实可行。

参加采风的作家诗人们深受感染，饶有兴趣地纷纷表示："'大义齐河'提得好！它高度概括了齐河人的精神实质。我们这次来也沾沾李部长名字的福气，争取成为'文豪'，写出有情有义、微言大义的作品来。"

"呵呵，我只是担了个虚名，你们才是真正的文豪作家。希望借助于各位的大手笔，把我们的'大义'喊得更加响亮、更加深入人心。"

事实上，齐河文脉久远，底蕴深厚，是完全可以高擎起"义"之大旗的。千百年来，黄河从齐河流过、黑陶在齐河出土、晏婴受封于齐河。"一河一陶一贤人"，这是齐河历史文化的写照。近代以来，全国劳模时传祥，爱岗敬业干工作，是忠义的化身；见义勇为孟祥斌，舍生忘死救他人，是仁义的象征……

一代又一代的齐河优秀儿女，继承和发扬古圣先贤和道德模范的大义精神，提练出"厚德重义、开放包容、务实创新、拼搏争先"的"齐河精神"，打造了以"仁义、忠义、信义、孝义、侠义"为主题的"大义齐河"品牌。而这些内容，恰好与"助人为乐、敬业奉献、诚实守信、孝老爱亲、见义勇为"等道德要求相对应。

时光如流，重情重义的齐河人不断完善品牌建设，相继组织了"大义齐河——最美齐河人"、齐河"双十佳模范"（"十佳道德模范"和"十佳劳动模范"）评选活动，推出了《大义齐河道德三字经》和《大义齐河》歌曲，将"大义齐河"精神与新时代文明实践志愿服务活动相结合，充分调动群众参与积极性，形成了"人人崇尚见义勇为、人人支持见义勇为、人人参与见义勇为"的良好氛围。

尤其是"祥斌精神"薪火赓续、砥砺传承，涌现出一大批像孟祥斌这样的英雄模范。他们用行动诠释着"祥斌精神"，前赴后继，继往开来，"大义齐河",已经成为全县全市乃至省内外闪亮的地域道德名片。

如此,齐河作为中国第一个打造"大义"品牌的城市,昂首走进了当代史册中。"大义"已经深入进全县人民群众的精神骨髓,无数"大义"典型纷纷涌现,好人好事层出不穷……

就在英雄孟祥斌壮烈牺牲、魂归故里一年之后——2009年1月28日,在齐河县赵官镇水东村巴公河桥上,再次上演了同样惊天地泣鬼神的一幕:一名儿童不慎落入巴公河中,路过此地的赵官镇大胡村村民胡军(25岁)、胡敏敏(22岁)兄妹二人,毫不犹豫地先后从4米高的大桥上跳下去救人。

正值朔风凛冽冰天雪地之时,巴公河水寒冷彻骨、深不见底,经过一番奋力拼搏,落水儿童得救了,可胡家兄妹俩却献出了自己年轻的生命。而胡军刚刚当了父亲,一对双胞胎儿女还不到三个月;胡敏敏则订婚不久,正在筹办自己幸福的婚礼。

危急关头显精神,英雄青年的高尚品质在瞬间闪光,让这个冰冷的冬天传递出人间的温暖和无疆的大爱。这是源于生长于斯产生无数英模好人的热土,更源于一个伟大的母亲——任现平。她是一位普通的农家妇女,小学文化程度,没有值得骄傲的文凭,没有惊天动地的业绩,但她身上却继承了中华民族传统女性的美德,仁慈厚爱,忠义诚信。

任现平经常告诉孩子,永远要有感恩的心,让他们懂得"百善孝为先""孝亲尊师"这些传统美德、做人准则。"老吾老以及人之老,幼吾幼以及人之幼",这句话的含义也许任现平并不理解,但十里八乡的人却知道,她是村里有名的孝顺媳妇、好嫂子、好妯娌、大好人。公婆逢人便夸:"不知几辈子修来的福,给了俺们这么个好媳妇,比俺亲闺女还亲呐!"

正是受到母亲的影响,胡军兄妹从小就立志做一个自强自立、正直善良和对社会有用的人。学习上,兄妹俩刻苦认真;生活中,两人更是热心帮助同学和他人，年年被评为模范标兵。

两个孩子念及家庭困难，初中毕业后就分别出去打工，自食其力。胡军考出了汽车驾驶证，在煤矿当上了一名司机。胡敏敏在济南金德利快餐店做服务员，虚心好学做面点，还参加了历下区的面点师竞赛，获得三等奖，憧憬着自己开一家快餐店贴补家用。

胡军兄妹虽然都是平凡的孩子，但他们在任现平的影响下，短暂的生命焕发出永恒的光辉。当兄妹救人遇难的噩耗传来时，任现平一下子晕了过去，很久都接受不了这个现实。那段煎熬的日子里，每天晚上她都不让关大门，说俩孩子还没走远，要等着他们回家……

但深明大义的任现平没有倒下，她强忍着心中的悲痛，每一天清晨她又坚强地站起来，继续照顾病榻上的公婆，关心、宽慰整天以泪洗面的儿媳。她这样对众人说："自古忠孝不能两全，俩孩子是为救人牺牲的，他们死的光荣，我为有这样的好儿女而骄傲！"

无独有偶。

2013年3月12日下午3时左右，一辆由临清开往济南的客车，经过长途跋涉，来到了齐河县华店乡。即将到达目的地了，加之午后乘车，旅客们大都昏昏欲睡。突然，意外发生了，由于机械故障，司机处理不及，"轰"的一下翻入路旁7米深的水沟里。

当时，沟内水深约有两米，浑浊的水流立即从关闭不紧的门窗里涌进车内，车上九名乘客毫无防备，一下子陷入了束手无策之中，生命危在旦夕。好在是大白天，路上有不少行人看到了这一幕，立刻大喊起来："翻车了，救人啊！"

正在附近的齐河县华店乡的村民郭勇、王明利振臂一呼，"呼啦啦"涌来了十二个人，迅速跑到现场，义无反顾地跳入冰冷刺骨的水中，奋力砸开车窗，将乘客一个个接出车外，拉到沟岸上，仅用了十分钟，就全部成功搭救。

当救护车接到报警电话奔驰而来时，这些救人者却悄然离开了。

中央电视台记者听说了这件事，专门赶来采访报道。这年 3 月 29 日，央视新闻联播节目播出了"齐河县华店乡郭庄村村民郭勇等 12 人勇救落水乘客"的事迹，评论说：齐河村民救起落水乘客，在别人的危难关头，你一伸手，便是春天；做好事并不难，更不孤单。

面对央视记者的话筒，朴实憨厚的郭勇说："遇上这样的事，咱跳下去救人是应该的，每个齐河人都会这样做。"

三

见义勇为的英雄孟祥斌远去了，可他的名字和精神，与天地永恒，与日月同辉……

2012 年 7 月 4 日，齐河县孟祥斌烈士纪念馆收到一幅硕大的十字绣，上面绣有"恩人故里，大义齐河"八个大字，落款为"李小月"。

这是谁呢？她，就是当年在浙江金华被孟祥斌舍生搭救的女孩。

一份特殊的礼物，再次牵引人们的目光，回到 5 年前的婺江桥头，回到未曾露面的失恋轻生的李小月身上。通过笔者一番走访，也揭开了孟祥斌妻子叶庆华与李小月几年来相互鼓励、感人至深的一幕幕。

2007 年 11 月 30 日的英雄壮举，在全国掀起了学习、宣传孟祥斌的热潮。面对强大的舆论压力，万分愧疚的李小月只能选择秘不露面。当得知救命恩人的家属住在锦华园时，她在亲属的陪伴下悄悄赶了过来。见到叶庆华后，一行三人跪倒在地上，泣不成声。

李小月哭着说："我对不起你呀，是我害了你的丈夫。"

叶庆华泪流满面，却大度地说："你们都起来吧，我的丈夫是军人，他应该这样做！你还年轻，要珍惜生命，只要你以后能好好的活着，就是最好的回报！"

从那以后，叶庆华经常与李小月电话联系，还抽暇前去看望，给她送去鼓励和安慰。时间长了，李小月慢慢走出了心理阴影，她也常去看望叶庆华母女，与叶庆华成为了无话不谈的朋友。

2008年底，叶庆华告诉李小月，在孟祥斌的家乡山东省齐河县，又出现了胡军、胡敏敏兄妹跳水救人而牺牲的感人事例。李小月被英雄家乡的凛然大义深深感动。

自此，叶庆华经常告诉李小月齐河县新涌现的好人好事：80多岁的张光城17年义务送学，普通保安王成29年如一日照顾孤寡老人，12名村民勇救落水乘客登上央视新闻联播……

李小月打开了网络，她看到在山东省，"大义齐河"已经成为了闻名远近的道德品牌，受全省表彰的就有数十人。

一件件好人好事、一幕幕救人场景，"大义齐河"在李小月心中变成一个英雄引领风尚、好人层出不穷的重情尚义之地。2013年春节刚过，她想起祥斌大哥去世五周年了，拿定主意通过一种特殊方式，表达对英雄和英雄家乡的感激与崇敬。

心灵手巧的江南女，刺绣是她的强项。于是，李小月便利用两个月时间，一针一线精心绣下了"恩人故里　大义齐河"的十字绣作品，寄到了英雄孟祥斌的故里。

如今，这幅精致的绣品陈列在孟祥斌纪念厅，以其背后的故事感染激励着一位位参观者。

事实上，叶庆华一直没有与孟祥斌"分开"。

丈夫牺牲的最初日子里，她晚上根本无法入眠，白天又不能在女儿面前流泪，只能在夜里暗暗哭泣。

好在有各级组织和亲友的温暖关怀，还有无数认识与不认识的人士的安慰帮助，使叶庆华从失去亲人的痛苦中清醒过来，默默做出了一个重要决定：君已许国，吾将用余生与君一起许国。我要延续祥斌的大爱之情，替夫行义，为夫报国，将爱之接力进行到底……

部队党委经过研究决定，破格招收叶庆华入伍，这样就使她具有了"军嫂"和军人的双重身份，部队成了她最温暖的家，给予了她坚强的力量。每当听到官兵们亲切地叫她"嫂子"，叶庆华心里总会淌过一股股春天般的暖流。

山东齐河县刘桥镇小学、中学是孟祥斌的母校，他生前曾和叶庆华到母校走访，看到母校图书室藏书十分有限，学生们的精神食粮比较匮乏，就说一定要给母校建一个像模像样的图书室。

人走情未了。叶庆华拿出社会为她捐赠的钱款给了孟祥斌母校，希望两所学校各建一个图书室，实现丈夫未了的愿望。年初开学，两所学校组织全体师生举行了一个隆重的"祥斌书屋"揭牌仪式，鼓励学生一定要勤奋学习，以最好的成绩告慰英灵。

孟祥斌生前是刘桥乡敬老院的常客，每次回家探亲总忘不了给老人们捎点土特产。结婚后，他还带着妻子叶庆华去过敬老院两次。那年年底，老人们听说祥斌小伙子为救人壮烈牺牲了，一个个哭成了泪人。

老人们的情意，让叶庆华感动。2010年秋天，她在济南参加完山东新闻人物特别奖颁奖仪式后，特意回到孟祥斌的老家齐河刘桥乡，将丈夫最后一个月的工资和奖金捐给了敬老院，表示以后她会像祥斌一样时常挂念着老人们。

丈夫走后，叶庆华到山东老家的次数更多了，只要有时间她就会去看看公公婆婆。以前由于丈夫部队工作忙，他们结婚五年只回去过三次，而自从丈夫走后半年里，她到山东老家就有四次。她说，"为了让老人不感到孤单，我应该比祥斌在的时候多尽份孝心。"

这些年里，即便是在最艰难的日子，叶庆华都不曾在女儿的面前哭过。她对亲友们说："我总是希望能把最阳光的一面展现给女儿，这样孩子才会更加坚强！"

起初，女儿诗妍还小，并不知道爸爸牺牲意味着什么。那时叶庆华告诉女儿，爸爸去了很远的地方工作了。直到女儿上了小学二年级，再也瞒不住了，叶庆华才第一次带着她去了爸爸的墓地。

叶庆华还记得，小学三年级的一篇作文里，小诗妍用稚嫩的文字写了这么一句话：爸爸，中秋节到了，你在天堂过中秋，我做梦梦见你的大手拉着我的小手。其实我知道，太阳升起的地方，就是有你的地方。

女儿逐渐长大了，可她不喜欢别人在看望的时候说："你爸爸是个英雄。"这并不是因为她不认可父亲的行为，而是因为她太渴望父爱了。有段时间她在作文里面就这样写道："不是我不想提起我的爸爸，而是我只想把他藏在内心的最深处！"

2017 年，在孟祥斌救人牺牲十周年前夕，叶庆华思亲之情日益强烈，带着女儿从外地调回金华市定居，这样可以离丈夫近一点，也可以常到婺江桥头看望、祭奠孟祥斌跳江救人的塑像。她说："这座城就像我和女儿的港湾，我住下就不想走了！"

而女儿孟诗妍已上初二，转学到金华，课业压力很大。学校里的领导、老师和同学们都非常关心她，使她进步很快。诗妍的理想是长大以后做一名军校的老师，因为她爸爸是解放军，妈妈是教师，她想把爸爸妈妈的职业合在一起。

自从丈夫舍身一跳离去后，叶庆华最大的心愿就是抚养好女儿，虽然过去一段时间经历过不少艰难和波折，可是她相信，有这么多爱心的陪伴和支持，她对未来充满了信心。另外，就是传承着孟祥斌的大义之举和大爱之心——

时光飞逝，岁月如流，这些年很少有人知道这位烈士的妻子是怎么挺过来的。直到一位志愿者揭开谜底：叶庆华在做好本职工作、抚育女儿孝敬双亲的同时，一直在默默帮助革命战争中牺牲的烈士寻亲。

有一次，她看到一条消息——《请求转发！为400多位志愿军烈士"寻亲"》，并附有烈士登记册。这些名单中，还有一些家人一直在思念，在找寻。

叶庆华把这些志愿军烈士的登记册信息逐一对照，发现了其中一名东阳籍烈士李介民——1950年10月23日，他牺牲于黄海道长丰郡江上面紫霞里问安洞，父亲叫李银宝。

她采取种种方式转发、寻访，在当地一位老兵志愿者的联系下，很快找到了李介民烈士的家人。原来李介民本名叫李金民，父母早已经不在了。兄弟姐妹中，只有一位年老的弟弟还健在，得知哥哥的消息，他激动得老泪纵横。

时至今日，叶庆华已先后为100多位烈士（其中包含26位抗美援朝烈士）找到了回"家"的路。在接受记者专访时，她深情地说："作为烈士家属，我比谁都懂得'家'的意义，更能理解这些失去亲人音讯的家属的渴望。我愿意做提灯者，照亮他们回家的路……"

四

榜样的力量是无穷的。

在齐河县委、县政府强有力的引导下，全县把公民道德建设纳入科学发展考评体系，下发精神文明建设年度工作要点，形成鲜明的价值导向、工作导向、考核导向；强化办大事、实事的力度，开展"创先争优""下基层，大走访"等活动，以好党风带动好民风。

与此同时，县财政投入1亿多元，建设时传祥纪念馆、孟祥斌纪念厅，并创作了现代京剧《时传祥》、电影《黄河儿女》和《孟祥斌》等文艺作品，让大义典型深入人心，可感可学。

在具体做法上，他们不但总结归纳出"大义齐河"的核心内容，还以有形机制培育道德建设，探索"评—宣—奖—学"工作法。每年组织好人海选直推活动，逐步建起先进典型库，收录各类英模和典型人物。对选出的先进典型强化宣传，开展进社区、进学校、进工厂等"六进"活动，扩大"大义"效应。

建立见义勇为基金，对数十名见义勇为模范进行抚恤、奖励。连续十年开展好婆媳、好家庭、好村镇评选活动，文明标兵、窗口、单位争创活动，志愿者服务活动等，先后有20万人参与义务献血、扶贫帮困等公益活动，自发成立了"齐河义工部落""绿蚂蚁行动队"等10个志愿者组织。

打造"大义齐河"道德文化品牌，树立的是仗义、信义、忠义、侠义和孝义。种种大义之美，内化为干部群众追求崇德向善，外化为越来越多人的自觉行动。远的不去多说了，只以近两年的事例为证：

2019年3月25日上午，正值齐河县刘桥镇大集，上午9点30分左右，一辆自东向西而来的电动三轮车，载着一对年近花甲的老夫妇行驶到超市门前，不知为何发生了口角，其中一位匆匆从车上跳下来，直奔近在几米之外的赵牛河。

开车的那位老大爷感觉不对，立即大喊："有人要跳河，救人啊！"

刘桥村西头开着一家祥瑞五金土产农资超市，老板李勇就是当地人，正在店里接待客户，听到呼喊声，即刻丢下手里的东西跑到河边，甩掉外套，"砰"的一下跳进赵牛河救人。

正值春灌时期，赵牛河又刚刚清淤，水面有六七十米宽，水深达4米多，李勇顶着彻骨的寒意朝落水者游去。此时落水者已被冲到离岸十多米的地方，头部浸在水中，水面上只露出下身，并且已经呛水了，不停地冒着水泡。

李勇咬着牙奋力游到她身边，一把将其翻了过来，发现她的脸色已经苍白，便赶紧一只手划着水，一只手拉着她向岸边游去。突然，落水者本能反应，伸手猛地抓住了李勇，两人同时开始下沉，情况十分危急。

加之水流湍急，把他们冲到了闸门附近。说时迟那时快，李勇看准闸门边的石头缝，一把抠住了，而后定了定神喘了口气，一点一点地将落水者推到了岸边。最后在赶来的众人协助下，将她拖上了岸。

上岸后，大家把她俯卧放在一块大石头上，不断地捶背控水，直到听到她"哇"一声哭出声来，李勇才甩甩身上的水，捡起岸边的衣服，悄无声息地离开了现场。

当闻讯赶来的县融媒体记者，千方百计找到李勇采访时，他感叹地说："这不算什么，谁碰上都会这样做的。我和孟祥斌不仅是一个村的，还是发小……"

这个刘桥村正是"舍己救人模范军官孟祥斌"的家乡，李勇从小是与祥斌一起长大的少年伙伴，感情很深。虽说十几年过去了，孟祥斌身影一直不曾离去，他的精神深深地烙在了一代又一代刘桥人、齐河人的心中。

2020 年 7 月 12 日，一段见义勇为、火场救人的微信视频在齐河引起了极大轰动。

视频里的画面反映的是：前一天——7 月 11 日下午，县城齐晏大街倪伦河桥上浓烟滚滚，一辆机动三轮车发生了侧翻，油箱破裂流出了汽油，电瓶发生漏电，瞬间燃起了熊熊大火，更令人揪心的是驾驶三轮车的老人摔伤后流了很多血，倒在地上无法动弹。

就在这危急关头，一名身穿行政执法制服的小伙子挺身而出，不顾可能发生爆炸的危险，大步飞奔而来，用尽全力把老人背到了安全的地方，又迅疾用手机拨通 120 电话，而后从路边车里拿出一台灭火器，跑过去"哗哗"地

"这里人好！风气好！"

瞧，义与利是紧密联系在一起的。灿烂的精神之花，必将结出丰硕的经济之果。用老百姓的话说：好人自有好报。新时代的齐河日新月异、高歌猛进，已成为黄河之畔一颗晶莹璀璨的明珠。

就在我们前来采风前夕——2021年10月14日，2020年联合国生物多样性大会生态文明论坛在昆明召开，齐河县荣获第五批国家生态文明建设示范区称号，再添一张"国字号"名片。年富力强的县委书记孙修炜刚刚参加表彰授牌活动，载誉归来。他真诚表示："齐河文化底蕴深厚，是一座人文厚重、开放包容的魅力之城。希望大家多走一走、看一看，全方位领略齐河美景、深层次了解齐河发展，为我们再创佳绩加油助阵。"

几天来，通过一番深入了解和走访体验，参加采风的作家们深以为然。

上风上水上齐河，见仁见智见情义。

齐河，一座大义之城！

即将离开这片热土了，我们又一次来到了黄河大堤上，边走边看，蓦然感到这九曲回旋、奔腾不息的河流，好似在中华大地上书写了一个荡气回肠、气贯长虹的"义"字！遒劲有力，源远流长，这正是齐鲁人的品格，也是炎黄子孙华夏儿女的魂魄……

2021年10月至12月写于齐河、青岛

天地有正气

文/**解永敏**

谁都不会忘记，几年前发生在广东佛山的"小悦悦事件"。这个事件像一个触点，一下子触发了整个社会长期积累的道德隐患。而"小悦悦事件"又是一个契机，向整个中华民族发出了善举的呼唤。

于是，从上到下，道德重建的呼声振聋发聩。

正是在这样的社会背景下，齐河县轰轰烈烈地开展起了"大义建设"活动。

为采访大义齐河建设，笔者走遍了齐河县的村村镇镇，听到一系列有关大仁大义和见义勇为的故事，也见到无数个大仁大义和见义勇为者。而近几年，齐河县接连发生的三件事，使我们感受到了生死关头的大义之举，是见义勇为者人性光辉的突然迸发；而散发其中的光和热，又是大仁大义者日积月累的能量聚合。

于是，我们骄傲地说，天地有正气，英灵耀寰宇。

三件事，涉及到的却不止三个人，而是三枚别在齐河人胸前的见义勇为勋章。

古代欧洲为区别在战场上的骑士，有一种名为勋章的标志制度得以发展。每一个贵族都会设计出一个独特的标志，制作在盾牌、外衣、旗帜和印章上。饰以骑士标志的外衣成为战袍，让人从标志上即可加以辨别，而且战袍会代代相传，只有到了结婚的时候才可稍作修改，但一定要改得更加辉煌。

勋章总是闪闪发光，耀眼辉煌，即便是说上一千遍、一万遍，好像也说不完。虽然发生在齐河的三件事所铸就的三枚勋章，不可能像古代欧洲那样作为一种制度得以发展，但却很实在地将"见义勇为"四个字别在了齐河人的胸前，值得一次次重述……

1. 梦里唤他千百次

《孟子·告子上·鱼我所欲也》里有这样的文字："生，亦我所欲也；义，亦我所欲也。二者不可得兼，舍生而取义者也。生亦我所欲，所欲有甚于生者，故不为苟得也。"这话很好懂，是说生命是我所喜爱的，大义也是我所喜爱的，如果这两样东西不能同时具有的话，我就只能牺牲生命而选取大义了。生命是我所喜爱的，但我所喜爱的还有胜过生命的东西，所以不做苟且偷生的事。

可见，在人类文明的早期，见义勇为、舍生取义就已成为一种社会道德规范。把见义勇为和舍生取义付诸行动，是为英雄。自古以来，见义勇为和舍生取义者的故事数不胜数，这里不复赘言。但笔者要说的是关于孟祥斌的故事，这个故事十分需要仔细重读，因为这枚英雄勋章，给齐河这方土地增光甚多。

"风萧萧江水寒，壮士一去不复返，同样是生命，同样有亲人，他用一次辉煌的陨落，挽回另外一个生命。别去问值还是不值，生命的价值从来不是用交换体现。他在冰冷的河水中睡去，却给了我们一个温暖的启示。"这是"感动中国"组委会献给孟祥斌的颁奖词。还有一首由著名歌手方向演唱的歌，里面有这样的词："这一次你纵身一跃，滔滔婺江见证壮烈；这一次你奋力的托举，托起生的希望留给人间……"

　　无论在浙江金华，还是在山东齐河，每每听到这首歌，人们总会热泪盈眶，总会想起跳江救人英勇牺牲的"山东义士"孟祥斌。他是齐河县刘桥乡刘桥村人，是 2007 年度"感动中国"人物，是第二届全国道德模范。2009 年 5 月，时任国家主席、中央军委主席胡锦涛签署命令，追授孟祥斌"舍己救人模范军官"荣誉称号，电影《孟祥斌》也随即上映。在浙江金华市通济桥头，孟祥斌半身铜像巍然矗立；在山东省齐河县，孟祥斌纪念馆也已建成开放。每年清明节，总有人从四面八方赶来，为孟祥斌扫墓，累计人数已达 300 多万人。孟祥斌的家乡刘桥乡，还建起一所"祥斌中学"。

　　笔者曾与一位作家有过关于英雄的讨论。他说不知道从什么时候起，许多人像是突然没了英雄情结，想想很可怕。笔者为之一震，忙问为什么要用"可怕"两个字？他说不知道还有多少人在读过去的一些书，比如《三国》，比如《水浒传》，中国人的血液里一直存在着"江湖"色彩，这种江湖色彩有些就是英雄精神的雏形。但如今很多人不会意识到，骨子里这样的血液还有多少？比如英雄救美，大家可能随便用一句玩笑话进行调侃，实际上这里面存在着很多英雄色彩的血液，却被许多人忽略了，根本不会再去寻找。当年看电影《英雄儿女》，多少人被王成所感动？多少人被王成所激励？正是这样的英雄形象，激励我们这个民族赢得了抗战胜利，赢得了改革开放的胜利，如果没了这样的英雄情结，难道不可怕？

　　这位老兄的话不无道理。

　　同世界上所有的事物一样，道德的恪守、建设和推进，义行的遵循、发扬和守望，自然也不会一帆风顺，自然也会有反复、曲折、失落甚至滑坡。孟祥斌这样活生生的英雄事例，正好用来拨正一些扭曲的心灵，使拜金主义和自私自利行为甚嚣尘上的时候，通过英雄义举反思今天的工作和生活，这对从中找回失去的精神家园，重新确立一度迷乱的人生坐标，大有裨益。从另一个角度说，我们这个时代，无论有什么样的说法，都不会改变一个事实，那就是追求发展与成功是当下的主旋律，而对推动发展与成功人物的崇尚与赞扬，显示的是一个大国公民向上的理想。可以说，每一个时代，都需要见义勇为的英雄。

孟祥斌的英雄义举虽已过去多年，至今仍让人感动。

2007 年，孟祥斌正在驻守浙江金华的原第二炮兵某部服役，妻子叶庆华带着三岁的女儿孟诗妍在江西弋阳县生活。因为家庭经济窘迫，他们只能靠鸿雁传书或电话联系，两个人平均一年都见不上一次面。这一年的 11 月 30 日，还差一天就是周末，天气有些冷，孟祥斌请了假，放下手头的工作，终于接到赶来探亲的妻子和女儿。调皮的女儿一见他，便闹着要去逛街买一双红皮鞋。孟祥斌冲女儿作了一个鬼脸，说先吃饭，然后再去逛街买红皮鞋。女儿同意了，他便带着妻子和女儿吃了一顿久违的肯德基，然后带着母女到江对面的街上买红皮鞋。走到婺江上的通济桥头，看着宽阔的婺江，景色如此之美，阳光下的江水如万道金蛇，翻波戏浪，惊涛拍岸。

古往今来，金华城的风起云涌、市井轶闻，多多少少都与这条婺江有关。而孟祥斌，一名新时代的军人，却不知道自己即将在这条金华母亲河上创造壮举。

"景色真美，拍张照片吧？"妻子叶庆华拉过女儿说。

"站好了，我来给你们拍。"孟祥斌说着，拿出相机，挥手指挥着妻子和女儿摆好姿势。他正想按下快门，突然听到一声撕裂的喊叫："救命啊，有人跳江——"

孟祥斌循声望去，见一女孩正从桥上纵身跳进婺江，水花溅起三四米高。那一刻，过往的行人纷纷停下脚步，惊傻了一般钉在桥头。空气似乎凝滞了，但却十万火急！

"救命啊，有人跳江——"

"救人啊，救人……"

呼喊的人还在继续呼喊，很多在桥上观望的人却依然傻了一样。孟祥斌一惊，立时明白发生了什么。

后来获知，跳江女孩儿是浙江温州人，姓李，年仅 23 岁，几天前从温州赶到金华见网友，却发现自己一直被男友骗着，男友是有妇之夫，被幸福冲昏了头脑的她片刻之间就崩溃了。她跑到通济桥上，边哭边给欺骗他的男友打手机，情绪非常激动，还不停地抹着眼泪。在电话中与男友发生激烈争吵后，激愤难平的她摔掉手机，纵身跳下十多米高的大桥，被卷入江水之中。

"不好，有人跳江！"一股热血突然冲上孟祥斌的心头，他没再说第二句话，就迅速把相机塞给妻子，撒开双腿冲着女孩跳江之处跑了过去。

对于许多人的英雄壮举，媒体报道中总把英雄当时的想法复述了一遍又一遍，有的甚至复述的十分详细，竟然不知道那么多的想法别说是救人，即便是赶火车也可能误了点。正如孟祥斌的妻子叶庆华事后所说，当时孟祥斌什么都没顾上想，只顾跑着去救人，因为跳进江里的女孩危在旦夕，像发令枪催促着孟祥斌奔跑的脚步。

"祥斌，先打电话报警？"妻子一把拉住孟祥斌。

"来不及了！"孟祥斌说。

"往河堤那边去，从那边也能救。"叶庆华说。

"那样就晚了！"孟祥斌说。

事后，叶庆华说自己是个女人，还是一个孩子的妈妈，自然也有自私的一面，当时真怕孟祥斌一去再也不回返。其实，叶庆华这样想很正常，许多见义勇为者关键时刻也会生出恐惧感。孟祥斌却什么也没顾上，他像老虎钳子一样的大手将妻子推开，疾步跑向桥中央，脱掉鞋子跨过栏杆正要往桥下跳，一位好心大姐拉住了他，说这个季节江水太冷。孟祥斌说了一声"我会游泳"，便一个飞身从十几米高的桥上跃入冰冷的婺江里。

那位大姐说的没错，当时水温接近零度。孟祥斌跳进水里感受到的便是彻骨的凉，但他很快浮出水面，朝着落水女孩游了过去。一次，两次……他终于抓住了女青年，用尽全身的气力将她顶出水面。

后来，有目击者说，孟祥斌跳下去的地方，离跳水女孩也就十几米，他很快游过去将其托出水面。他心肠太好，都到了那样的时候，竟然连女孩的头发都舍不得抓，硬生生使出力气托着她的颈部往岸边游。

孟祥斌在水中一直浮浮沉沉。望着水中的丈夫，站在桥上的叶庆华焦急万分，她大声呼喊着："大家快帮忙，救救我丈夫……"如今想来，叶庆华已经预料到丈夫命悬一线，但她只能一遍遍的呼喊。在她的呼喊声中，有人在桥上扔下一根绳子，绳子离孟祥斌太远，他根本抓不住。不大一会儿，另一个军人模样的小伙子也脱掉衣服，纵身跳进江中，朝着孟祥斌和女孩游了过去。

又是一位军人！笔者禁不住要对中国军人躬行大礼！

笔者也曾是军人，也曾在抗震救灾和抗击外敌侵略的战场上与战友们一起浴血奋战，懂得军人的价值在哪里。曾有那么一个时期，在现实生活中和网络上听到太多，也看到太多对军人的议论，感觉有人对军人误解太多，根本不知道"军人"两个字意味着什么！有一张几个战士行军途中席地而坐打盹休息的新闻照片，战士们劳顿的样子甚是冲击眼球。但有网友看过，竟然如此质问："军队行军，难道没有帐篷？还是一场无耻的作秀？"看到这样的质问，只能说这人根本不知道什么叫军人，难道行军途中也得把帐篷撑起来？生死攸关时刻，看到军人身背"负重"，只怕还要说"救援不忘背着行囊，看来睡觉比生命重要"吧？当然，对同一件事，不同的人有不同的理解，这是价值观所决定的。

书归正传，再言孟祥斌。

随着另一个军人跳入江中，江边不远处的快艇也闻讯向出事地点开过来。此时，孟祥斌在水里已待了十几分钟，只有零上三度的水温冰冷刺骨，他拖着女孩在水中艰难前行了十几米，有些坚持不住了。当那位跳水女孩再次被顶出水面时，游艇上的人便将其拉上船，但再伸手去拉孟祥斌时，他已向着暗黛色的江底缓缓沉去……

后来，消防、公安、医疗等部门都赶到现场，紧急组织搜救。两个多小时后，人们终于在桥下的两个桥墩中间找到了孟祥斌。此时，孟祥斌已停止呼吸，年仅 28 岁的生命，随着他的纵身一跳，定格在了这一永恒的时刻。

无论有人如何评价当代军人，一个当代军人的英雄壮举必定会感天动地。孟祥斌牺牲的当年，他入选中央电视台"'感动中国'年度人物"，无数个家庭守在电视机前观看了这一节目，震撼心灵的场面再次展现在我们眼前，曾经的感动就像潮水一般，在每一个人的心头再次泛起。他的英雄壮举，像滚滚暖流，在春夜寒风中涌动着，涌动着……

对于孟祥斌的见义勇为，刘桥村了解他的邻居、老师、同学都说，他成为英雄完全在预料之中，因为他从小就是个一路见不平，拔刀相助，敢于担当，侠骨柔肠者。有一年，正值中考，刘桥中学考生都到县城看考场，其中一名叫张慧的女生看完考场往回赶，刚刚走到温聪河桥头，路边突然窜出几个坏孩子，开口就问是哪村的，称要想过去得留下买路钱！毕竟离家不远，张慧也认出了几个坏孩子是街面上的小痞儿，平时喜欢寻衅滋事，打架斗殴，路人不敢惹，他们更张狂。在这紧要关头，孟祥斌赶到了，他大喝一声："二猛子，又在欺负人！"被孟祥斌唤作二猛子的几个坏孩子，冲着他就动了手脚。孟祥斌奋力抵抗，但毕竟对方人多，他身上、脸上挨了砖头，鲜血直流。张慧吓得大声哭喊，幸亏有好心人赶来，才把小痞子们吓跑。

那件事后，有人说孟祥斌何必多管闲事？孟祥斌却说，怎么是闲事？路遇弱者，任何人都应伸一伸手，这是起码的道德准则。

了解孟祥斌的人都说，他是个见不得别人遭难的人，只要遇到，必定伸手相帮。

孟祥斌家里很穷，父亲多年有病，母亲没有劳动能力。从初中到高中，他只穿一身草绿色军装，穿脏了晚上洗洗晾干，第二天接着穿，时间一长衣服都掉了颜色。即便如此，他遇到别人需要帮助时，照样慷慨解囊。读高中时，县里号召向失学儿童捐款，学校团委考虑到学生大部分来自农村，经济条件普遍较差，要求每人捐两毛钱即可。但谁也没想到，平时穿着寒酸、生活简朴的孟祥斌，一下子捐了八块钱。要知道，对一个贫穷高中生来说，那个年代的八块钱不是一个小数。班主任专门找到他，问把钱都捐出去，下个月指望什么吃饭？他说自己曾辍学打工，知道失学是什么滋味，给小弟弟小妹妹们捐上八块钱，吃得差点心里也踏实。

不知哪位哲人说过："真的仁者，视他人的生命如自己的生命；真的勇者，愿为他人的生命付出自己的生命。"诚然，这个时代，一些无比珍贵的传统道德在流失，比如真诚，比如信念，比如其他。但英雄却让我们找回了很多，英雄事迹是对普通大众的一次心灵洗礼，是对精神突围失败者的一场灵魂救赎，是寒风中的暖意，是困境中无力者前行的勇气。就像刘桥村孟祥斌的一位儿时伙伴对笔者所言："怎么也没想到，英雄竟然就是俺身边最熟悉的人，他挺立在道德的制高点上，值得我们一生敬仰。因此，常常在梦里梦到他，梦到和他一起到田野里拔草，梦到和他一起在赵牛河里嬉水，但千次万次的呼唤他，他却只给俺留下一个背影。"

英雄的背影化作一种激励，让我们热血激荡；

英雄的背影留给我们太多思考，让我们懂得什么叫人生。

面对孟祥斌这个邻家兄弟一样的英雄，笔者为他默默燃上一炷心香。

2. 冰河上的生命密码

下雨了。

雨是天空的语言。

　　天空在向大地发表着演说，急一阵，缓一阵，情绪起伏跌宕，使得万物都在诉说，溪流更是如此，似是已经诉说的有些不耐烦了，而雷鸣却不时给天空鼓掌，似乎被天空的演说感动了。

　　走在齐河这方热土上，随时都能听到关于见义勇为和大仁大义的诉说。

　　近些年，笔者经常在齐河之外的一些地方走动，也就经常会听到人们关于齐河的诉说。有的说齐河的经济，有的说齐河的人文，也有的说齐河的物产。但说来说去还是一句话，齐河同样是一个思想复杂的县份。特别是说起见义勇为，有田野调查专家称这是一种思想碰撞的结果，有碰撞才有生气。

　　胡军和胡敏敏的故事，让人感觉就是兄妹二人雄纠纠、气昂昂的唱了一首"见义勇为之歌"，在冰河上解开了年轻人的生命密码。

　　与孟祥斌比起来，胡家兄妹也许没有多么灿烂，但"小人物"同样有大境界，敢于用生命谱写人间大爱之歌，本就是我们这个民族久违的美德在瞬间的灿然闪现。巧合的是，胡军、胡敏敏兄妹，与全国劳动模范时传祥同属齐河县赵官镇大胡村人。因此，有人说大胡村出模范，出英雄，是一个能够载入史册的村庄。其实，齐河这样的村庄有很多，还是允许笔者慢慢道来，细说用生命谱写见义勇为赞歌的兄妹胡军和胡敏敏。

　　故事发生在 2009 年 1 月 28 日。

　　巴公河从齐河县赵官镇水东村水东桥下缓缓流过，河面不宽，水深却有三四米。农历大年初三，春节的喜气还在人们的眉头绽放着。25 岁的胡军骑着摩托车，带着 22 岁的妹妹胡敏敏和妻子尹凡凡去走亲戚。中午 1 点多，刚吃完饭不大会儿，三个人就不紧不慢地往回走。他们顺着一条南北走向的土路走到离水东桥几百米的位置时，发现前方一女子骑的摩托车因路滑突然歪倒，车上一男一女和两个孩子（分别是 8 岁的男孩胡耀辉和 14 岁的女孩胡晓霞），顿时被甩进巴公河。

　　"不好，出事了！"胡军说着，迅速赶了过去。

当时，两个孩子正拼命在水里挣扎，伸着小手大喊救命，情况十分危急。胡军一把撇开摩托车，连衣服都没脱，便毫不犹豫地从 4 米高的桥面纵身跃进冰冷刺骨的河水中。当时，桥上没有其他路人，胡敏敏和尹凡凡都被吓蒙了，她们眼睁睁看着胡军向孩子奋力游去。当游到男孩胡耀辉身边时，羽绒服、毛裤、鞋子吸水后已变得格外沉重，他没有力气把孩子送到岸上，只能在水中一直托着。胡敏敏看到哥哥体力不支，也纵身跃入河中。与此同时，胡军的妻子尹凡凡和孩子的家人迅速跑到桥下，踩着河边冰面往上拉人。因冰冷的河水很快浸湿身上厚厚的衣服，胡军和胡敏敏都已体力不支，渐渐开始下沉。后来，两兄妹完全沉到水底，再也没能浮上来。

胡军、胡敏敏跳河救人 20 分钟后，本镇水东村村民阮金华、陈春英妯娌俩从家里出来，听到呼救声，一边喊人一边跑回家拿工具。不大会儿，桥头聚集起上百村民，大家有的抛绳子，有的递棍子。村民刘洪信、刘章波、王连才、谢好龙、刘焕章脱掉外衣纷纷跳入河中救人。当时在场的村民告诉笔者，刘焕章已接近 60 岁，还有心脏病、高血压，却不顾家人阻拦，坚持下水救人。后来，大家把胡军托起的胡耀辉拉上岸，当刘洪信再去拉胡军时，因为河水冰冷，在水中待的时间太长，胡军已永远闭上了眼睛。他妹妹胡敏敏，也同样献出了年轻的生命。

事情发生后，迅速通过网络在胡军、胡敏敏所在的赵官镇，在整个齐河县，引发了一系列大讨论。许多人的言行，从另一角度显现出了齐河人的大仁大义。天涯论坛上一名叫"风潇潇"的网友留言："见义勇为是人类的一种社会公德，在见义勇为的世界里无所谓谁比谁高尚伟大，我们活着的人要对见义勇为的英雄心存敬仰，最终形成乐善好施互帮互助的社会氛围……"

在胡家兄妹所在的大胡村，一条笔直的水泥路从村头直通村里，这条路就是以时传祥的名字命名的"传祥路"。路的尽头，左拐再往南，第四户人家是胡军、胡敏敏兄妹的家。每每说起一双儿女，胡军的父亲胡立河、母亲任现萍，总是哽咽不止。虽已过去多年，但他们依然会从抽屉里拿出胡军、胡敏敏兄妹的照片，看了又看，摸了又摸。

胡军父亲告诉笔者："胡军和胡敏敏救人，用见义勇为来评说，都是报纸上的话。其实，他们的行为就是人的一种本能，看到两个孩子在水中伸着小手喊救命，谁见了也得救！"

没错，善行就是人的一种本能！不然，《三字经》咋会开头便言："人之初，性本善，性相近，习相远……"

面对胡军、胡敏敏的见义勇为，人们议论最多的还是关于社会道德问题。大家普遍认为，胡军、胡敏敏像两面镜子，将美与丑、善与恶，折射得分外清晰。随着市场经济的发展，商品已成为社会生活的主角，在几乎所有精神和物质的颗粒上都打上了道德与善恶的印记。但我们既然选择了商品，也就无法拒绝它骨子里携带着的特质。它的正能量与负能量，必然作用于人们的思想意识，重塑人们的观念，左右人们的行为。只是，面对胡军、胡敏敏这样用生命诠释的义举，应该如何理解当今某些人的道德滑坡或观念嬗变？

胡军、胡敏敏生命密码里的大爱无疆，像暗夜行船的明灯，永远闪烁着温暖的光芒。他们的故事警示我们，在市场经济背景下，在建设中国特色社会主义进程中，道德考验将是长期的、复杂的、严峻的。倡导和奖掖见义勇为，也是必须的、必然的、必要的。

3. 义举之后是"惘然"

晚秋时节，阳光洒满大地，笔者又一次在齐河街头录下了这样一个镜头：一位六十多岁的妇女骑着自行车，悠闲地在大街上"逛"着。她骑着骑着，会突然跳下车，从路边捡起一只塑料袋或几块废纸板丢在车筐里，然后继续上路。就这样，她一路上走走停停，车筐里慢慢盛满了塑料袋、废纸片和一些树叶子。然后，再骑到垃圾箱旁，把车筐里的垃圾倒进去。看着干干净净的路面，她仰起脸对着天空，愉快地笑了。

这样的镜头，虽然是凡人小事，却感觉意义非凡。

随着孟祥斌、胡军、胡敏敏的出现，齐河这方热土也像是唤来一股"神奇的力量"，将见义勇为拉到了每一个人的身旁。曾有媒体报道，如今在齐河人人做义举成为一种新常态。面对这种新常态，许多人都会仰起脸来对着天空愉快地笑。对此，央视新闻联播曾专门有过报道，对齐河人义举之后"不说再见"，给予了高度评价和赞赏。

自然，这事多亏华店乡郭庄村的村民郭勇和王明利，是他们的义举将齐河人"从不说再见"的风格传遍九州，以至于笔者在许多地方，都听人问起过齐河人的这种风格是不是真的？为什么做了好事不说再见，甘做无名英雄？

2013年3月12日下午3时，一辆由临清开往济南的客车，途经齐河县华店乡时不慎翻入路旁七米深的水沟里。当时，沟内水深两米，车上的九名乘客生命危在旦夕。华店乡郭庄村村民郭勇、王明利等十二人闻讯后迅速跑到现场，毫不犹豫地跳入冰冷刺骨的水中，奋力砸开车窗，十分钟后，他们将九名乘客全部成功搭救出来，悄然离开。

见义勇为本来就是一种品格，这种品格的发扬光大，所显现的则是道德的力量。正如著名哲学家、教育家冯友兰所言，做这样事的人"都是有道德的人，所做的各种事都有道德的意义"。

据了解，救人成功之后，郭勇、王明利等十二个人悄然离开，以至于后来记者采访都无法找全他们。所幸，记者最终还是找到了最先跳入河水中救人的郭勇和王明利，这才使一件普通的义举，以"生死大营救"的标题走上了中央电视台的新闻联播。

记者最终找到他们时，王明利正在华店乡鑫丰面粉厂做工，郭勇也是带着满脚的泥巴，骑着一辆破旧的自行车从田野里赶过来。听说要采访，两个人的双手赶紧在外衣和裤子上抹了一把泥，然后腼腆地说："也就是搭把手的事，没想到还上了中央电视台的新闻联播，感觉有点小题大做了啊……"

事情虽然过去好几年，笔者还是专门跑到郭庄对郭勇和王明利进行了一次深入采访。

如今，事发现场被撞断的几棵大树旁重新种下的树苗已长了起来，河沟里的水看上去并不清澈，但却依然很深。望着河沟里的水，想着当时的惊险情景，笔者不免倒抽一口凉气，如此深的水沟，一辆汽车四轮朝天翻进去，施救不及时后果不可想象。

王明利说当时突然听到有人大喊救命，立刻就从厂里跑了出来，发现五十米外的深水沟里一辆蓝色客车已经四轮朝天，正慢慢往下沉着。当时，正往 308 国道南侧去干农活的郭勇也由此经过，他也清楚地看到了翻车时的惊险情景。据郭勇回忆，大客车撞断路边的几棵白杨树，伴随着一阵类似鞭炮声的巨响，斜着就翻进水沟里，场面十分吓人。

王明利和郭勇来不及多想，跑到出事地点立马展开营救。他们脱掉棉衣相继跳入两米多深的水里，水凉得往骨头缝里钻。郭勇至今想起来还皱眉头，说下到水里，觉得浑身一哆嗦，鸡皮疙瘩就起来了。

郭勇和王明利游到客车门前，两个人使尽全身力气试图打开车门，但因压力太大，车门已完全打不开。好在这时候呼啦啦来了七八个附近村民，一些经过此地的路人也纷纷出手相救。

"锤子，用锤子砸！"不知谁将一把锤子递到郭勇手里，他和王明利砸破车玻璃，艰难地从车里拉出第一个乘客，又卖力地把人拖到岸上。然后，是第二个、第三个、第四个……半个小时过去了，郭勇和王明利穿梭在冰冷刺骨的河水中，裤子和上衣全部湿透。随着一阵钻心的疼痛，王明利多年的老寒腰病引发了。冰凉的河水，再加上呼呼的西北风，他全身都冻麻木了，完全没了知觉。事情过去几年，再面对采访时，王明利依然说："身体再难受，也不能丢下被困在车里的人不管啊!"

郭勇、王明利以及当地村民,在冰冷的水中艰难地救出七名乘客和一名司机,但车里究竟还有多少人,乘客不清楚,司机也因为过度惊吓说不清楚。郭勇和王明利只能重新钻进灌满水的车厢内继续找人。

救助最后一位乘客时的情景,令郭勇印象深刻,他回忆说是一位女乘客,他和王明利本打算把人从车里拽出来,但女乘客的脚受了重伤,一拽就疼。郭勇只好在冰冷刺骨的河水里托着她,王明利潜入水中寻找她的脚部位置,发现女乘客的脚被卡住了,已经骨折。为避免二次伤害,郭勇和王明利决定先托着女乘客的头,防止呛水,然后想办法将其救上来。就这样,郭勇和王明利在水中托着受伤的女乘客差不多有十分钟,民警和消防人员赶到后,利用吊车将客车一侧拉起,被卡住脚的女乘客才被成功救出。

经过一个多小时的奋战,车上人员全部获救。看着落水客车被拖去修理和乘客得到安顿,参与救援的郭勇和王明利以及附近村里的十二位村民,悄然离开现场。后来,笔者曾问郭勇,为什么要悄悄地离开?名字和联系方式都没留下,万一有事找你们,多麻烦?郭勇回答得很干脆,也很轻松,说也就是搭把手的事,谁遇见了都会这么做。

后来,此事被央视一套《新闻联播》报道了,新闻中央视主持人这样评价郭勇、王明利和十二位好心村民:"素不相识的人齐心相救,感人瞬间在齐河发生。在别人的危难关头,你一伸手便是春天,做好事并不难,更不孤单。"

笔者在齐河采访,发现很多做好事不留名的人。无论水中救人,还是凡人小事,都是"呼啦啦"地来,静悄悄地走。岂知道,做一个"静悄悄"者并不易,比如王明利,为救人腰病犯了很久都没治愈,所花医疗费、误工费只能自己承担。与一些明目张胆、弄得众人皆知的"碰瓷者"相比,真是一个天上,一个地下。

　　"静悄悄"者一伸手，春天来了，温暖来了，大地瞬间开满鲜艳夺目的见义勇为之花。此刻，笔者与郭勇和王明利站在 308 国道边上，望着曾经的车祸现场，谁都没说话。阳光毫不怜惜地洒了下来，温暖着天地间的每一个人、每一棵树、每一棵草。郭勇说他喜欢看蓝天，喜欢看那些无拘无束、变幻莫测的白云。他说人心任何时候都应该是天空一样的颜色，湛蓝如洗，清澈坦荡。

这一刻，我们挺身而出

——青岛市"扯被英雄"见义勇为群体

文/卢 戎

六月初，温醺的风席卷了青岛平度的上空，这几天的最高气温达到了32摄氏度。这座位于胶东半岛西部的小城，已经感受到了夏天的热烈。一切都孕育着生机和希望，在这个突飞猛进的季节里，植物都在肆无忌惮地疯长。气温高，农家的麦收已经开始了。

2020年6月3日清晨，正值上班高峰，人们行色匆匆地赶路。还不到7点，货车司机宋玉武吃了早饭就出门了，他总是在这个时间离开家。

这是个很平常的日子。天气很好，空气清爽而干净，阳光透过树枝，柔和而悠闲地洒落。宋玉武走向自己的小货车，心情挺不错。他怎么也没想到，今天会发生一件大事。

宋玉武靠开小货车拉货养家糊口。按理说自己单干比较自由，不用像上班族那样要早起准时打卡，但他从来不敢睡懒觉。女儿在聊城大学上大二，儿子读小学六年级，老父亲年事已高。家里用钱的地方很多，他得多挣点钱。不知不觉走到了知天命的年纪，趁着体力还行，他想再干几年。

开小货车每个月有3千元左右的收入，日子过得很清贫，但还算省心，孩子们学习成绩好，妻子贤惠能干，老父亲身体也硬朗，一家人平平安安的，想想这些他浑身都是劲。

面对险情，我没有犹豫

宋玉武像往常一样把车停在良友小区的路边靠活。刚熄火，就听到"救命！救命！"的呼喊，声音来自小区临街的一个楼，7楼的窗户开着，一个女人头上蒙着毛巾，头朝下倒挂着，双脚腕被一个男人抓着。呼救声是那个男人发出的。不好，要出事了！他赶紧下车往那个方向跑。

"有人要跳楼！"

"赶快报警！"

"快上他家看看！"

......

宋玉武边大喊边打电话报警。看到险情，人们惊慌失措，不断往楼下聚集，仰着脸看向那个窗口，人命关天，太可怕了！此时那个男子大半个身子探出窗外，紧紧抓住女子的脚踝，声嘶力竭地大声呼救，眼看就要坚持不住了。情况紧急！

"上人，赶快上人！"有人建议上楼到他家去营救，可是很快就被否定了，绕一圈上到7楼，不好找，也来不及。

"谁家有被子，赶紧拿来！"宋玉武大喊。

"我有！"有人跑去拿被子去了。

被子迅速拿来了。"赶紧扯起来！"现场的人们就像听到号令一样，9个人不约而同地抓紧了被子的边角抻起来，迅速对准了窗户。7层楼足足有20多米，如果接不住，肯定就没命了。他们几个人屏住呼吸，眼睛死死盯着那个命悬一线的女人。大家慢慢踱步调整角度，他们紧紧攥着被角，好像在攥着她的命。

悬在窗外的女子拼命摇摆身体，试图摆脱男人的手，那个男人终于坚持不住，松了手。

"砰！"像一个暖瓶从高空抛下发出的一声闷响，女人坠地，同时倒地的竟然是两个人。原来女子坠落的时候砸到了 6 楼的空调室外机飞了出去，落地的轨迹发生了变化，楼下的人迅速调整被子的位置最终也没能接住她，却砸到了抻被子救他的宋玉武。瞬间发生的事情，令人目瞪口呆。

鲜血横流，两条生命危在旦夕，血肉模糊不忍直视。

此时宋玉武的女儿宋志红晨跑刚回到家，听到一阵急促的敲门声，是爸爸的朋友："你妈呢，你爸被人打着了！赶紧去现场！""啊？我爸爸受伤了吗？"宋志红急得眼泪夺眶而出，她带着哭腔边跑边给妈妈打电话，直奔事发现场。她想知道爸爸的情况怎么样了，假如被打晕了，是不是醒过来休息一下就好了。

到了现场没有见到爸爸，只看到一大滩血迹和旁边趴在地上那个跳楼身亡的女人。宋志红顿时吓得腿都软了，爸爸流了这么多血吗？情况比想象的严重多了！

妻子郝建华迅速赶到医院时宋玉武还在抢救中，当看到从手术室推出来的丈夫，头被厚厚的纱布裹缠着，昏迷不醒，她眼前一黑晕倒在地，醒来只有一个念头：完了，天塌了，家里的顶梁柱倒了！她哭着哀求医生一定要救救丈夫。

宋玉武的伤势很严重，颅脑损伤、多处骨折，还出现了脑疝、鼾式呼吸，手术虽然清除了脑水肿，但随时都有生命危险。医生在全力抢救的同时，给家属下达了病危通知书。

6 月 6 日上午，在平度市人民医院的联系下，宋玉武被紧急转到青岛大学附属医院接受进一步治疗。在这里，我们看到了医生下达的诊断书：创伤性脑疝、创伤性硬脑膜外血肿、脑挫伤、创伤性蛛网膜下腔出血、顶骨骨折、头皮裂伤、颈椎骨折、胸椎骨折、腰椎骨折、肋骨骨折、闭合胸部损伤、闭合性腹部损伤、呼吸衰竭肺部感染、高钠血症。

在青大附院第二住院区脑外重症监护室里的宋玉武，几天来一直处于重度昏迷的状态，迟迟没有苏醒的迹象，他还处在危险期，可能随时出现恶性脑水肿、血气胸、继发感染，未知的凶险和关口还在等着他。

亲人们在蓝色的自动门外焦急地等待，每次门一开他们就向里张望，期盼医生能够带来好消息。

宋玉武和群众扯被救人的事迹在媒体不断曝光，引发了全社会的广泛关注。如果说坠楼女子不幸身亡是一个悲剧的结束，而对于宋玉武一家来说，这场飞来横祸是另一个悲剧的开始。

他开小货车挣的辛苦钱是家里的主要经济来源，能够勉强维持孩子上学和日常开销，家里没有什么存款。妻子郝建华身患椎间盘突出很久没有去上班了，为了减轻家里的压力，她刚找到一份保洁的工作，因为要陪护受伤的丈夫活也不能干了。宋玉武住进 ICU 的第一天就花了将近 3 万元。他如果一直昏迷不醒，这个家该怎么办呢？妻子郝建华整日以泪洗面，不知道该如何渡过难关。

母女俩在医院对面的小旅馆租了个小房间，每天往返其间。六月是个阴晴不定的季节，它时而骄阳似火，时而倾盆滂沱，就像这个无常的人生，就像这场无端的灾难，它突如其来，又毫无征兆。大雨狠狠地敲打着从租住屋到医院的小路，令人感到揪心地痛。母女俩深刻地体会到叫天天不应的绝望。

望着昏迷不醒的父亲，女儿宋志红唯一的愿望就是让爸爸活下来。只要爸爸活着，就有希望。她不断地呼唤："爸爸，你醒醒！爸爸你活下来，我什么事都听你的。睁开眼看看，爸爸！"她已经哭哑了嗓子。

在亲人的期盼中，宋玉武终于在一周后睁开了眼睛，由昏迷转为嗜睡状态。病情有了明显的好转，而且有了意识，肢体也能慢慢地活动了，这是个大喜讯，医生也舒了一口气。但醒来后的宋玉武连自己的家人都不认识了。脑外伤影响到了他的认知和精神，需要时间慢慢恢复。

21 天后，宋玉武彻底脱离了危险，进入康复医疗科进行后续治疗。2 个月的康复治疗，他除了左上肢一直不能动，一切都在逐渐好转。

情况越来越向好，然而好景不长，又出状况了！平常话不多的宋玉武，变得脾气暴躁，情绪失控，大吼大叫。即使吃了药物，还是有攻击倾向。为了确保安全，医生对他进行了保护性约束，将他的手脚都绑了起来。

医生对他的头部进行了检查，发现他的颅内出现了严重的脑积水，于是立即转到神经外科，准备实施脑室腹腔分流手术。他的头部顶骨破碎，双侧额叶受到了严重破坏，损伤的功能区影响了思维能力和情绪把控能力。

又要开颅，他的家人再一次陷入了漫长的煎熬，不知是凶是吉。每一次手术，都好像在接受命运的审判，手术可能成功也可能失败。夜，静得令人窒息，长得好像盼不到天明。妻子郝建华望向小旅馆的窗外，心里默念：老天爷呀，他这是救人，你为什么让他受这么大的罪，求求你救救他吧！

吉人自有天相。好人宋玉武又幸运地躲过了一劫。手术之后，他的情绪逐渐稳定，认知、精神症状好转。脾气温和的爸爸又回来了，女儿高兴地喊着爸爸，鼓励他下地练习行走。从昏迷状态到嗜睡状态，从躺在病床上到能下床行走，从精神时而暴躁到精神完全正常。一次次的改变，给宋玉武以及这个家庭带来了新的希望。

11 月，历经 5 个月康复治疗的宋玉武出院回到平度，住进了亲戚家。一进门发现黑板上的字"爸爸加油，早日康复！"是女儿宋志红九月返校前写下的。回到家不用花那么多钱了，妻子不用来回跑，儿子也能帮点忙了，其乐融融的氛围使宋玉武露出了久违的笑容。只要身体能够康复，一切都不成问题，一家人满怀信心。

一个月后，宋玉武和家人坐上了去上海的火车，此行要到上海市复旦大学附属华山医院对左臂进行治疗。医院为宋玉武开辟了绿色通道，一上午时间就将相关的住院手续、各项检查、诊断等前期工作全部完成了。医院组织手外科、神经外科、超声医学科等多学科专家对宋玉武进行了会诊，最终结论是：宋玉武左臂无知觉，是因为四条臂丛神经受到了不同程度的断裂及撕裂。医院为宋玉武制订了详细的诊疗方案。宋玉武的四条臂丛神经要进行四次手术，每次手术对其中一条臂丛神经进行修复，之后经过一个多月的恢复期，再进行下一次手术。四次手术做完最快也要 4 个月左右的时间。

宋玉武受伤后住院 5 个多月，多次的手术，高压氧、治疗费、复健费、陪护费等各类费用天天都在产生，后续的康复还在继续。面对巨额的医疗费用，这个没有一点进账的家庭，他们是怎么渡过这个难关的呢？

屋漏偏逢连阴雨。他暂住在姐姐家的房子即将拆迁，自己的房子年久失修没法住了，他将如何面对？

你挺身而出，我护你周全

宋玉武受重伤后，平度市相关部门快速响应，第一时间开启了"加速度"。宋玉武从"施救者"到"被救者"，爱的接力在平度和青岛之间传递。

事发当天，警车开道，120 救护车紧急护送宋玉武去医院；平度市人民医院得知宋玉武救人受的重伤，立即开启了救治绿色通道；平度市政法委分管副书记当天就到医院协调救治并看望宋玉武；平度市见义勇为协会特事特办，第一时间召开会议研究认定了宋玉武见义勇为的行为，并将 1 万元慰问金送到家属手中；平度市同和街道和平度市慈善总会为宋玉武家属送去救助金……

从政府、派出所到医护人员、社会群众，他们全力以赴救助、合力守护平民英雄宋玉武。这是对生命的尊重，对见义勇为行为的肯定，也是对宋玉武及家人的支持。

6 月 8 日，宋玉武家属接到医院通知让准备治疗费，这可把全家愁坏了。不少群众都觉得宋玉武救人属于见义勇为，可以拿到见义勇为奖，但认证和审评需要流程和时间，不能解当下燃眉之急。

有人提醒宋玉武的女儿宋志红，可以试试发起网络筹款。于是宋志红联系了水滴筹。很快得到了反馈，下午有人联系她填写资料走流程，她为父亲成功发起了筹款。

连日来，宋玉武见义勇为的事迹在青岛日报、青岛晚报、青岛早报、半岛都市报、观海新闻、掌上青岛等媒体的相继刊发，很多人已经有所了解，筹款链接一发出，社会机构及个人纷纷伸出援手。短短5个小时，来自18000名网友的45万元救命钱汇入了青大附院的对公账户。

此后，爱心人士的善款纷至沓来，一位在宁波工作的山东泰安老乡看到宋玉武的报道后，通过媒体联系到宋志红，捐助了1万元。

宋玉武所在的货车司机微信群里，接龙为他筹了一笔钱，转到了宋玉武的微信上。他们每天都在为他祝福。

半岛都市报的读者在看到报纸后，把善款送到报社，委托转交。

微尘基金也为宋玉武的家人送去了1万元救助金。阿里巴巴天天正能量已将2万元正能量奖金汇至宋玉武的女儿提供的银行账户中。

平度市委宣传部、平度市文明办负责人等一行，到青大附院将"平度好人"荣誉称号的奖牌和1万元慰问金送到了宋玉武的家属手中。

宋志红的班主任于东恩老师还向学校为她申请了家庭困难临时救助基金3000元……

一次次的爱心捐助，涓涓溪流汇聚成汪洋，让他一家心存感恩，看到了胜利的曙光。女儿宋志红的手机备忘录里做了详细的记录：

车站朋友2900现金

胜胜哥哥500现金

大姑朋友100

好心大姐 300

二姑朋友 300

宋玉军 600

凡凡爸爸 600

宋赵 1000

艾涛 1100

三老姑 1000

谷县小学 2206

医院餐厅 100 + 175 + 500

平度工会 10000

山东生活帮企业频道赞助 1000

同事 3000

烧烤摊 20

……

宋玉武出院了，家人正为翻修房子等实际生活困难犯愁，报纸、官方微博、抖音号、微信公众号、平度 V 视、半岛新闻客户端、山东省见义勇为基金会官方微博等全媒体平台迅速发布了英雄的困境，新京报、澎湃新闻等国内媒体跟进报道，感动了无数网友。他们纷纷留言，要一个可靠的捐款账户，为宋玉武一家提供帮助。女儿宋志红打开支付宝的那一刻，账号里一笔笔捐款 10 元、20 元、50 元……

一位平度老乡通过微信转账 1000 元，一位爱心大姨加上了宋志红的微信，给她转账 1000 元。宋志红请阿姨留个名字，等爸爸醒来要告诉爸爸，不能忘记帮助过的人。阿姨说不用了，知道我老头姓赵就够了，说完就把微信删了……

一股股暖流涌上心头，一次次眼泪打湿眼眶。宋玉武救人负伤，没有仅仅成为一个家庭的灾难，而是成了大家共同的灾难，这座温暖的城市用关爱拥抱了这一家人。

宋玉武因救人负伤后，除了得到全社会的援助，也得到了诸多赞扬与表彰。激励了更多向善的力量。事发当月，宋玉武等9人就被评为"平度市见义勇为群体"。而当时全程寻找这9位"扯被英雄"还颇费了些周折。

全程寻找"扯被英雄"

"扯被救人"事件发生后，平度市委政法委、平度市见义勇为协会、同和街道党工委对事件进行了联合调查，经在场群众叙述、公安机关现场笔录、热心市民提供的视频线索等佐证，当天确认共有9名市民参与了扯被救人，并核实了事件的具体细节。平度市见义勇为协会拟认定"扯被"救人的9名市民为"平度市见义勇为先进群体"。

因参与"扯被"的市民大多是路过人员"临时组队"，他们之间互不相识，想快速找到这些救人的英雄如同大海捞针。2020年6月7日，平度市政法委官方微信公众号"平度政法"发布消息《全城寻找"扯被"救人英雄》，平度日报等各新闻媒体也发出了《"扯被"救人英雄请留步，平度人都在找您》《寻人帖！平度"扯被"救人英雄》《发布全网动员令！寻找这3名救人英雄！》……

历经5天的时间，参与"扯被"救人的9名市民终于全部找到——

李保山是同和街道王家站村村民，9位救人者中最大的一位，微信名为"劳动最光荣"。他在事发地30米处摆了个配钥匙、修鞋的小摊，这一行他已经做了30多年。当时他发现有人跳楼就大喊着往现场跑。坠楼者落地后不久，120来了在现场抢救，等待下一步处理，他就回到了自己的小摊上。后来全城寻人的报道他没看到，有人对他说："你赶紧打个电话上报吧。"李保山也没当回事，后来是一位市民瞒着李保山给报上了。

刘进晓和孙兆磊都在附近开商铺，刚开门营业就听到大声呼喊，遂加入其中。刘进晓说不想宣传，也不知道谁报上去的。他至今还在为没有施救成功感到遗憾："我们几个人扯着被子对准了窗户的位置，当时谁也没注意到空调，这一偏我们就来不及调整了，一看人砸在了空调上，我们赶紧往前移动已经晚了，还砸伤了宋玉武，如果没有这个空调的话我们基本就可以接住了，太可惜了！"。

张景璐正要送孩子上学，听到有人喊，他立即跑过去援救。宋玉武受伤后，是他给120打了电话，告诉医生现场的情况，还按照医生的要求到药店里买了绷带，给宋玉武捂住伤口。

梁永健是青岛宏奥铜管公司职工，那天他正骑着电动车上班，看到出事了立刻停下车救人。他每天都会提前出门早早到单位，那天救完人上班没有迟到，他也没向任何人提起。政法委的工作人员通过视频找到了他的电动车，给他打电话时他还在济南出差。他很低调，不想节外生枝。

刘伟国开车送孩子上学经过现场，见状后立刻回家取来被子，并再次回到现场。

徐学云是同和街道中科瑞邦新材料科技公司的员工，他每天都在关注报道，寻人启事也看到了，但是感觉人没救过来，不好意思去报，他身边的两三个同事知道，是他同事给报上去的。这个事情过后，他还是很后怕的，其实不一定会砸在谁的身上，那个被子太小了，就算落也不一定会落在被子的中间，当时情况紧急没有多想，就是想救她。当时看到把宋大哥砸成重伤他心里特别难受，报道之后才知道他叫宋玉武，一直对他的病情很关注。

姜进军那天要去外地出差，车子行驶到良友社区时，发现站着一群人，他透过车窗顺着围观者指的方向看到楼上挂着一个人，心里想"坏了，有人跳楼!"姜进军赶紧把车停好,冲进了人群中。这个时候正好有人拿了一床被子过来,大家立刻自发地揪住了被子,只是最后的结果让他感觉很遗憾。

他们都是普普通通的市民,遇到命悬一线的险情他们没有袖手旁观,而是选择挺身而出,勇敢地伸手相救,他们的壮举一时成为佳话。他们9个人相继被评为青岛市、山东省"见义勇为模范群体"。宋玉武也成了人尽皆知的平民英雄,当年还荣登"中国好人榜"……

小雪节气这天,平度扯被救人事件中的其他成员孙兆磊、刘进晓、张景璐、李保山、徐学云、梁永建、姜进军七人一早来到平度市同和街道侯家站村看望平度大哥宋玉武。他们的一致的心声是:"希望宋师傅早日康复,为了一个完整的家,一定要好好活着。"

尾声

宋玉武在经历了生死考验之后,渡过了鬼门关,手臂和记忆力通过治疗在慢慢康复。这场变故使女儿宋志红瞬间长大了。以前她不会做饭,现在也学会了炒菜,还学会了给爸爸做营养餐。父亲的伤病,母亲崩溃的情绪,让她挑起了生活的重担。她悄悄做起了兼职,穿上动漫卡通衣服去发传单挣点小费补贴家用。大学毕业后她不想考研了,想早点参加工作,减轻父母的经济负担,扛起养家糊口的大梁。

宋玉武从家庭支柱变成了家里的负担,还拖累了女儿。他很内疚,也很着急,希望身体恢复后能多挣俩钱,给妻儿更好的生活。妻子郝建华让他什么也别想,眼下最重要的事情就是努力康复。

好人有好报。宋玉武临危出手相救的举动并不是偶然的,当一份7.5万元的保险赔付款送到他手上的时候,他很惊讶。原来,宋玉武2019年就注册成为"德润平度"志愿者,长期默默地做志愿服务。平度市委宣传部牵头,为全市注册志愿者购买了志愿服务意外伤害险，而他对此并不知情。

宋玉武是人们眼中的"热心肠"，拉货的时候经常帮助雇主和用户装卸车，朋友的孩子生病他二话不说帮着送医院，朋友们有困难他总是尽力帮忙，从来不要回报；他是家人眼中的好父亲、好儿子，尽管家中并不宽裕，但总是教育孩子们要助人为乐；他孝顺老人，常常回老家给老父亲洗脚、刮胡子、买好吃的……

事发之后，社会与法频道《道德观察》栏目，人民日报客户端、光明日报客户端、学习强国 APP、山东电视台等新闻媒体也相继报道，使"平民英雄"的事迹传遍了全国的大街小巷。

宋玉武是个好人，毫无疑问。然而让我们不愿看到的是，网络上异样的声音却此起彼伏：

"跳楼的不要去接，这是常识"

"活该，她愿意死让她死吧，反正活着也是浪费"

"没有金刚钻，少揽瓷器活瞎凑热闹，把自己搭进去了"

"这样的营救不提倡，造孽！救一个陌生人，让自己的家人下半辈子受罪"

"老宋你太彪了，人没救活，还伤了自己，图什么"

"还是等专业救援的人来吧！"

……

宋玉武为了救人而受伤，不仅身体要承受巨大的痛苦，家人遭遇各方面的压力，还要经受精神上的折磨和拷问，这对他太不公平了。女儿宋志红很气愤，爸爸做好事人们还诋毁。她说："没想过我爸能救人，但是事情发生了，我觉得我爸爸心好能做出来这样的事。每一条生命都是值得被救的。我爸爸现在是救人英雄，但我更希望我爸爸是个平凡的人、健健康康的人。"

妻子郝建华说："我恨他，又心疼他，他救人我支持他，可是他应该保护好自己，他遭的罪谁也替不了。"

这使人感到很难过，让英雄流血再流泪太不忍心了。在同情的同时我们也看到了更多正面的留言——

希望这位好人能够渡过难关，快快好起来：

希望不要让见义勇为的好人寒心

勿让好人流血流泪，好人应该有好报，社会需要正能量！

如果认定是见义勇为，政府应该给予一定的物质帮助。

愿好人一生平安，早日康复！

好人一生平安！

向所有见义勇为者致敬！但也要特别注意保护自身安全，

社会需要温度，我们一起来守护

好人一定能度过难关……

每个人的思维模式不同，有不同的声音也很正常，但如果是善意的该多好。出现了一个事件，能够引发思考也是好的，如果能够树立正气，营造出良好的社会氛围，英雄的血也算没有白流。到底救不救，怎么救，确实值得思考。

这使我想起了一个人吴菊萍，当两岁的女孩妞妞突然从 10 楼坠落的时候，楼下的她伸出双手接住了孩子，自己的手臂严重骨折，保住了这个幼小的生命。千钧一发之际，等专业救援来是不可能的。她说"我只是个普通妈妈，做了一件大家都会做的事。"这个普通妈妈感动了所有中国人。她并不比我们高大，但那一刻，她使我们仰望……

所有看似奇迹的事情，不过是有人为你拼了命。如果这个小生命的掉落，吴菊萍没有伸出双手，后果不堪设想。但是不是每个人都能伸出双手呢？

有人说，跳楼妇女跟孩子不同，她本来就不想活了，不但没有救活还搭上一个，划不来。是不是没有挽救成功就不值得肯定呢？

一死一伤显然是一场不成功的营救，但不能因此而否定救人的意义，由此产生的社会意义更重要。生死关头，宋玉武和陌生人临时组队，架起了保护生命的人墙，他们没有营救经验，自身也面临危险，但是他们没有退缩，彰显出人性的光芒。

央视网评给出了答案："见义勇为应当争取最好的结果，见义勇为者应当有科学的态度和专业的技能，但见义勇为者并非都能具有那么'完美'的条件，即便他们做出了最大的努力，最后的结果也未必'完美'。对待见义勇为无须苛求完美，对于不'完美'的结果，我们也应当给予足够的肯定。"

在当下精致的利己主义泛滥的时代，在整个社会道德水准滑坡，很多摔倒的老人无人敢扶的大背景下，这种善良无私的行为是多么有力的回击。令人欣慰的是，人们没有因为时间淡忘英雄，援助还在继续，爱心还在传递。社会越来越关注普通人的善举，多家媒体联合倡议发起了"平民英雄守护计划"，就是针对那些深陷困顿的平凡人，当他们在工作和生活中因突发事件遭到伤害，或不幸身患重大疾病时，可以得到一定金额的救助金。

每一个生命都值得被珍爱，施救的人在救人的同时能够规避风险，保护好自己的生命才是重中之重。为此有人提出了中肯的建议：

掌握正确的救人知识很重要，但社会目前普遍缺乏这方面的宣传和教育，普通百姓遇到这种情况应该怎么做，希望有专家的解读和普及。我们见过应对跳楼安装的巨大的缓冲装置，如果来得及，比棉被安全多了。

　　这样的建议不乏启示意义，值得肯定。而有的城市将"见义勇为"升华为"见义智为"，并正式写入《见义勇为人员奖励和保护条例》，更值得提倡。每一个生命都是宝贵的，见义勇为，不能只强调"勇"，而不顾个人安危，而是遇到险情要更加冷静，有智有谋地施救，花最小的成本获得最大的成效，减少不必要的牺牲和损失。这是一种贴近人性化的社会进步。

　　青岛多年来把"无私奉献，见义勇为"作为"一座城市的良心"，随着时间的推移，已经日益渗透到了城市的血脉中。遇到重大事件，爱心总会像积蓄已久的洪水般喷涌而出。有着百万人口的平度，拥有大量的志愿服务队伍和人群。我下载了"德润平度"APP，看到平度志愿云平台上显示，服务组织2402个，志愿者340161人，活动时长584172小时。这些数字是冰冷的，而它背后淳朴善良的身影令人动容。

　　"有一种爱不需要语言"。假若把和谐社会比作一棵大树，他们就是树上的枝叶，而正是无数这样生机勃勃的枝叶，滋养支撑起人类社会和谐文明的葱翠景致。

　　应该说，利己是一种基本的人性倾向，主张个人利益无可厚非。社会需要正义担当，危险来临的时候，让所有人都变成无私无畏的圣人，显然不现实。只是希望能通过类似事件，使大多数人在问"值不值"的时候，找一找答案，告诉自己应该怎么做。

　　世界是由维度构建的，从零维到十维，零维空间认为世界只有自己，是一个点，而十维空间又回到了一个点，却是无所不包的圆满状态。生命的长度有限，但生命的宽度与深度，却可以超越生命的限度长存。

　　希望很多人在考量"性价比""回报率"的同时，也考量一下心灵之得和精神之获，思考如何度过更有价值而丰盈的人生。当我们每一次面对选择的时候，能时时拷问内心：人生究竟是为了什么而活着，如何活着能够绽放出生命最高尚的光芒。

此岸与彼岸的拯救

文/刘爱玲

　　柏军匆匆离开女儿的那一刻，留在此岸一句话："别怕，爸爸一会儿就回来。"而和柏军同时对呼救做出回应的梁文强，那一刻内心里只有一个意念：我必须带着孩子活着上岸。

　　从地理意义上，此岸就是威海的西海岸。2020 年 6 月 20 日，和每一天都没有丝毫不同。海水依然特别清透，远处烟威高速畅行而去。近处的影视城这座造梦空间装满了和 84 年的柏军、74 年的梁文强同龄人的记忆，大风车和七巧板电视台，《聪明屋》《毛毛和哈利》很多影视剧组在其间拍摄。海上游乐园里又开启了新奇的景点，这里因此更增添了梦幻的美好。

　　威海人是离不开海的，海边的四季变幻是威海人生活不可或缺的组成部分。尤其在夏季六月傍晚是凉与暖交替的缝隙。准确的时间是 16 时 30 分，西海岸边会有很多家庭、伴侣或者独行的人来此休闲。柏军带着女儿在这片海边游玩，这是他常常和女儿相伴之所。

　　同一片海边，梁文强陪着妻子和儿子散步。另一位妈妈曾满满带着自己 9 岁的女儿孙筱一和 8 岁的儿子，以及孩子们的另一个玩伴，10 岁的男孩田善宇，在近海滩玩耍。孙筱一和田善宇带着儿童专用浮漂走进海水。散落在岸边的人们在各自的世界里享受生活的惬意。

　　很多美好都是在不经意间被逆转的，灾难也总是隐藏在平安的表象背后。

年轻妈妈曾满满在看孩子的时候从不玩手机，而此时，只是偶然地接了一个电话，在后来发生的灾难面前，她将背负起内心的愧疚。也许，她确信天还明亮，孩子们在海水的浅湾，又穿了浮漂做为安全保障。但，她忽略了一个大自然的问题，那便是傍晚的大海已经开始退潮，退潮意味着海水在逐步向海中心退去的过程里藏着巨大的回吸力。即使人会游泳，身体强健，也容易被一浪一浪的海水迅速带进海中。

几乎是瞬间的事情，孙筱一和田善宇两个孩子已经被退潮的海浪带进了海水中，从 100 米到 200 米、300 米，曾满满听到孩子们呼救的时候，两个孩子已经被带进海里 300 多米。曾满满无法逾越两米多高的水位，只得跑到岸上呼救。

这声呼救改变了很多人的命运。这声呼救，令三个陌生的家庭产生了复杂的联系。

柏军第一个做出回应，面对女儿惊慌的乞求："爸爸，不要去。"也正是这一刻，柏军安抚女儿的最后一句话："别怕，爸爸一会儿就回来。"成为他留在人世间的最后一句话。女儿的内心也将永远定格在这句期盼的话里。

柏军急速脱掉衣服飞奔到海里的时候，梁文强在海滩的另一处几乎同时冲过来，他没来得及脱掉衣服。两个男人便极其默契地在海水中碰面瞬间达到一致，将两个拼命挽在一起的孩子分开，每人救一个，自此，两队人也真正分开了。

梁文强带着女孩儿孙筱一，柏军带着男孩儿田善宇，逆流而上。平时脾性温和的大海，此时却显现出暗藏的凶悍，吞噬一切碰触它的人和物。柏军奋力拖着田善宇落在梁文强的后边。梁文强紧紧用手臂夹住孙筱一，为着一个念头：我必须带着孩子活着上岸。他起初仰泳，很快被增大的海浪消耗，水势加急，消耗体力要超出平时游泳的几倍。他身材高大，体力充沛，但也已经感到体力不支，迅速变幻方式，调成蛙泳，用来增加自己抵抗逆流的力量。

同时，梁文强一边游，一边引导筱一稳定情绪，筱一惊恐慌乱，"叔叔，我害怕。"梁文强坚定回答孩子："不怕，叔叔一定把你带回岸上。"两个人彼此信任，相互鼓励，得以力量合一，共同拼命向岸上游。

几乎就是一鼓作气，从距离海岸 300 米到 200 米、100 米，一切生命的争夺都在加速度。柏军倾尽一切带着田善宇游向那片熟悉的海滩，但是，他们被卡在了 100 米处。在水中施救，被施救的人会过度超出平常体重的重量，没有人能知道柏军做了何种努力，他同样身材高大，但在那里他反复被呛水，体力消耗殆尽，失去了抵抗力。

田善宇独自努力在海里挣扎，向着海岸再次高喊救命，岸上的曾满满继续呼救。海滩上赶来很多人。精疲力竭游到岸上的梁文强才发现，100 米处的海水里不见了柏军。而他一直夹着孙筱一的胳膊已经失去知觉，孙筱一还被自己僵硬的胳膊夹着无法分开。他被陆续闻声赶来的人们包围，人们帮助他把胳膊掰开，筱一才回到妈妈身边。人群的嘈杂里，梁文强想再一次去救柏军，但他已经无法起身，意识有些模糊。

又是一场海中和岸上的生命呼救，在影视城附近水上游乐场的付百强开着摩托艇飞驰而来，将露出海面的田善宇救上摩托艇。但，旁边的柏军已经在水中昏迷。付百强把重度溺水的柏军拖上艇，这 100 米的劫难终于被破解。他们安全回到了岸上。

柏军没有兑现留给女儿的诺言，重返女儿身边的过程是艰难的。但是，他兑现了把男孩田善宇带上岸的承诺，就像梁文强实现了孙筱一的生命守护一样。

两个男人仍是默契的。柏军持续重度昏迷，虚弱的梁文强必须让自己强撑起来，及时给柏军做心肺复苏。但梁文强短时间内连续用尽力气，过度消耗，晕倒在海滩上。

柏军是幸运的，在经过此处骑行的金辰马场的骑行爱好者中，刚好有两名医生。他们继续为柏军做心肺复苏。但是，柏军没有做出任何回应，仍然昏迷不醒。人们拨打的110、120急救陆续赶到海对岸时，柏军和梁文强终于被送往医院。

这是两个和生命紧密连接的数字，一个300，一个100。也是两段此岸和彼岸之间真实的物理距离，一场此岸与彼岸的拯救。

柏军不再幸运，他没有跨过那个最后的100米，他离海岸只剩了100米。他没有活过来，没有按照他自己说的，把自己还给女儿和妻子。梁文强经过救治康复了，他重新回到妻子和儿子身边，回到生活中来继续勇敢前行。

柏军历经勇敢地救人，结束了在此岸36年的生活。而之前他幸福无比，他有相爱的妻子，可爱的女儿。他和每一个幸福家庭一样，把新婚照和三口合影挂在家里。他常带着女儿到海底世界亲近海豚，在海边休闲。邻居忙碌无法带孩子，都会找他帮忙，他便带着孩子们一起游玩。"值得信任"是柏军在同事、邻里和家人中的形象。

其实，这是柏军小时候就具备的热情性格。帮助别人是他经常做的事情。上学的时候，背着发烧的同学去医务室看病，深一脚浅一脚蹚河而过。自强不息也是他骨子里的特质。小时候克服家庭生活条件的拮据，想方法自己应对。他利用周六跑到附近山上挖野菜，再到镇子上卖掉，换来零钱为自己买学习用品，减轻家里的生活负担。17岁初中毕业后离开吉林老家到了山东威海工作。直至遇到他人生中的美丽妻子牟树珍，把家安在威海市环翠区张村镇魏桥社区魏桥家属院。这是一个和所有普通人相近的生活轨迹，结婚生子，组建家庭，相伴相生。

柏军去救人了。这是牟树珍和女儿必须接受的现实。这个变故来得太突然，甚至残酷不已。三口之家突然间失去了一根柱子，妻子牟树珍无法接受现实，日日以泪洗面。8岁的女儿突然变了一个人，她曾经爱笑爱动，是充满激情和热情的爸爸的缩影。但，她从那天起变得沉默了。她不想说话，小小心灵里偷偷隐藏着一块儿愧疚之地，那里持久地响着自己对自己的责难："我要是再坚持一下，爸爸可能就不会去了。"

其实，柏军的逝去连着更多背后的家庭、亲人和朋友。妈妈年迈，更无法承受白发人送黑发人的痛苦，她只能一遍又一遍回忆儿子的过去。哥哥柏勇痛惜自己的弟弟，他最明白弟弟的性格，从小就没变过，遇到需要帮助的人和事，弟弟一定是要去做的。

在人生的此岸，人们能够给予柏军和梁文强的除了内心的敬意，便是政府和社会给予的荣誉。柏军、梁文强先后被评为"威海好人"，"山东好人之星"。2020 年 7 月 14 日，柏军和梁文强被威海市委政法委、威海市见义勇为基金会评为"威海市见义勇为先进分子"，并在 7 月 24 日在张村镇政府举行隆重表彰仪式，分别向柏军妻子牟树珍颁发荣誉证书和慰问奖励金 5 万元，向梁文强颁发荣誉证书和奖金 1 万元。

2020 年 11 月，他们入选"中国好人榜"，获评见义勇为好人。他们的勇敢举动登上中国文明网，齐鲁网。2021 年 12 月，第八届全省道德模范表彰大会在济南召开，柏军、梁文强获山东省见义勇为道德模范。面对一个活生生的个体生命，此岸能够为柏军做的微乎其微。但，人们的心灵是相通的，每一个人都会为折损的生命痛惜，而如此对好人故事的传播，人们能更持久地记住他们，并获得内在的强大力量。

生活还要继续，生命仍在川流不息。做为一家之主，梁文强继续为生活奔波，他会离开威海张村的家，到各处打工。做为一名历经 5 年部队历练的退伍军人，他要继续热心助人。2020 年的春节期间，梁文强便又做了热心的拾遗人。那天，他在张村镇张村桥捡到了一个装有四千多元现金的钱包，钱包里还有失主的身份证和各种票据等重要的资料。梁文强马上去了张村派出所，找到了失主，令失物完璧归赵。在疫情防控期间，梁文强又积极申报了社区志愿者，参与社区卡点值守工作，为抗击疫情做出自己力所能及的贡献。

梁文强继续带着他们的善良和勇敢，就像回到正常生活的梁文强自己说的，"今后再碰上这种情况，我还会第一时间冲上去。"这也正是梁文强说出了逝去柏军的心声。他们改不了生命中最本能的基因，那就是爱。

英雄的故里

文/陈宜新

2022 年 1 月 28 日，我接到了我们市政法委李冠斌书记的一个电话，和我协商何时到"山东省见义勇为模范"张雪领、尹起贺的故里采访的事宜。李书记说，两位英雄牺牲不足三年，大过年的去采访，难免再度引起英雄父母的悲痛，我们就定于过了春节再说。市见义勇为基金会都晓菡主任就给我传过来很多两位英雄的资料，并说，您先熟悉熟悉这些资料，还需要什么咱随时联系接着就是一再表示感谢，这让我深深感到了菏泽市政法委系统对这项工作的重视力度和关注度，让我有了异样的感觉，我将要采写的张雪领、尹起贺这两位英雄似乎是他们的亲人，他们为张雪领、尹起贺见义勇为的壮举骄傲，更为菏泽这块养育出这两位英雄的土地骄傲，让我自叹弗如。

正月十六早七点半，成武县政法委的袁硕同志和我驱车从成武前往郓城县武安镇彦张庄村采访。"山东省见义勇为模范"张雪领就是在这个村庄成长起来的。

张雪领 1990 年 2 月出生，生前是浙江省杭州市成典网络技术有限公司的CEO（总裁），有 200 多家分公司。2019 年 12 月 11 日傍晚下班后，他像往常一样，采买了一些螃蟹、蔬菜等准备回家做饭。七格渠水闸附桥幸福桥是他上下班的必经之路，这日路过此桥时，一个女孩从桥上跳进了渠里，挣扎在水面上，其同伴情绪激动大喊大叫，欲翻桥护栏下渠救人。熟悉七格渠情况的张雪领，看到水流湍急的七格渠，便知这是开闸放水了。七格渠平时的水深在三米以上，开闸放水水位更高气势更凶，女孩还在渠里挣扎，桥上又没有其他人，其同伴要是再跳下去麻烦就更大了，他紧跑过去一把把女孩从幸福桥护栏上拉了回来。之后，跑到河岸上，却发现无法靠近渠里的女孩，又折到水闸位置，翻过铁栅栏，边跑边脱衣下水营救。然而，由于天色黑暗，水温低，又遇上七格渠开闸放水，张雪领体力不支不幸遇难，时年 29 岁。张雪领在关键时刻，不顾个人安危，挺身而出，舍生取义的英雄壮举，被新华社、人民日报、大众日报等多家主流媒体进行了深度报道，迅速得到了社会的广泛关注和深切缅怀，相继被追授为"浙江省见义勇为先进分子""山东省道德模范""山东青年五四奖章""山东省见义勇为模范"，被浙江省人民政府追认为烈士，追记一等功。

上午不到九点半，我和袁硕在郓城县政法委夏主任的引导下，来到了武安镇彦张庄村。

路上，我和袁硕一踏上郓城县的地界，就感慨万千。郓城县是水浒文化的发祥地，素有"梁山一百单八将，七十二名在郓城"之说，荣膺"中国好汉之乡"称号，粗狂豪迈的《好汉歌》就不停地在我的脑海里荡漾起来。

"大河向东流，天上的星星参北斗……该出手时就出手，风风火火闯九州……"

彦张庄村东西长足有千米，760 户，2300 多口人，是个大村，80% 是张姓人家。

正月十六在菏泽的风俗里是小年，是一个仅次于大年的日子，吃水饺，放鞭炮，仍旧充满年的味道和喜庆。今年全市的乡村也禁放鞭炮，彦张庄的大街上，除了聊天的村民，听不到一点鞭炮声。干净的街道，整洁农房，大门上鲜红的对联，依旧透露着春节的喜庆气氛。这就是英雄张雪领的故里，养育他的地方。

我们直接到了村支部，支部书记一会儿就把我需要采访的人叫来了。

"雪领这孩子打小就和别的孩子不一样。"任广福老人说："从一年级到初中毕业，我是他老师，还是他校长，一个村的邻居，这孩子给我的印象是有眼色，懂事，学习上心还是班干部，秀气的像个女孩子，却很阳光，也会说话，见到老师不说声老师好不张嘴，从没见过他和谁打架斗殴，极少给老师添堵，很得老师和同学的喜欢。有一回，我往学校里走，被我本家的大奶奶拦住了，说：'广福，你得好好说说雪领！'我大奶奶是个空巢老人，一双小脚，经常遭到一些顽皮孩子笑话，我一愣，以为是雪领也这样惹着我大奶奶了呢，就说：'大奶奶，您放心！到学校里我好好批他。'我大奶奶一听却不乐意了，说：'谁说让你批他来着？前些天连着下雨，到处都是泥窝窝，就我这脚，出门买馒头啥的还不得摔死！这孩子就天天给我送馒头，一天没落下！'我才明白怎么回事了。"

村干部张善斋说："我一个近门的三婶，脑瘤动了手术，躺在床上不能动，雪领就给她买了轮椅、按摩器，后来每次回家来都会给我三婶带来很多吃的穿的。"

张朝庆是雪领对门的邻居，接着说："是这样的！谁家有了啥难处，只要雪领遇上了，二话不说就帮上了。"

村民又告诉我说，张雪领的父母是民间艺人，是走乡串村唱"坠子书"的高手，《包公案》《水浒传》等传统曲艺剧本都很拿手，深受大家的喜欢，到处请他们说书唱戏。

张雪领的童年，父母无论到哪个村庄说书唱戏都带着他。每到夜幕降临，父母的工作就开始了。在村里的一棵大树下或者场院里，摆好场子，点上汽灯，父亲拉坠胡，母亲右手握简板，左手敲着小鼓，这场坠子书就算开始了。父母所演唱的那些英雄好汉的故事及精神就这样潜移默化到了他的心里。可惜的是，20 年前的一起车祸导致父亲偏瘫，父亲再也没有走上演唱的舞台。

不过，他的母亲却时常独自外出说书唱戏，养家糊口。2015 年 12 月在县委宣传部、文联、文体局、广播电视局联合举办新创曲艺作品汇演中，获得了二等奖。张雪领就是在这样一个文化氛围极浓的家庭里成长起来的，也就不难想象他为什么这么优秀了。

最后我们到了张雪领的家里看了看，他母亲见到我们就泪流满面，说："俺雪领小时候跟着我和他爸到外村说书，人家听不过瘾就不让散场。俺雪领困呀！天冷，就自己回去睡觉，天暖和，俺就铺张席让他睡在我的一旁，别提有多听话……"

他父亲半躺在躺椅上也哭着说："那场车祸，俺家的经济来源就断了，日子越来越不好。雪领上大一放假，为了挣学费钱，跑到杭州他姐那儿打工，到建筑工地上搬砖，一双手磨得鲜血直流不叫一声苦。参加工作后，杭州那边几个单位争着用他……"

他父亲一边哭一边说，一会儿悲恸得浑身发抖，情绪难以抑制，说："别说这孩子会水，就是不会水，事儿赶上了他也会跳下去。这孩子当时的心思，我和她妈懂……"

正月十七，我和袁硕驱车将到曹县普连集镇柳园行政村尹庄采访。

尹庄是"山东省见义勇为模范"尹起贺的村子。

尹起贺 1984 年 3 月 1 日出生，生前是广东省深圳市独尊科技开发有限公司 IT 工程师。

2019 年 8 月 24 日 20 时，广东惠州惠东县白马山，一个 24 人的户外探险队发生了意外，一位女性驴友坠崖重伤，困在溪谷无法移动。深圳蓝天救援队立即启动山野救援应急响应，尹起贺与三名队友恰巧在惠州境内，立即赶往白马山救援。25 日凌晨 1 点 40 分，终于找到了这些驴友所在的溪谷。尹起贺与队友将伤员放入卷式担架，迅速在山涧利用绳索构建了下山撤离通道。求助的 24 名被困驴友已有 7 人先期撤离出山，还有 17 人在现场，天又下起了雨。受台风"白鹿"的影响，雨越下越大，一旦山洪爆发谁也走不了，必须马上撤离。绳索通道最后的位置，是最后撤离的位置，是最危险的位置，尹起贺、许挺秀挺身选择了留在最后，保护大家安全撤离。25 日 8 时，当最后一名驴友撤离到了山涧的第三个悬崖处，山洪太大，已无法直接下山，又被困住了。10 时，尹起贺和许挺秀也撤到了这儿，忙与大家继续搭建下山绳索撤离通道。通道搭建好之后，尹起贺、许挺秀又把自己的安全绳、安全扣等救生装备给了充满恐惧的驴友，并安慰说"不要怕，不要怕。"送走最后一名驴友，山洪再次呼啸而至，俩人瞬间被山洪卷走，不幸遇难。尹起贺时年35 岁，骨灰埋在了曹县烈士陵园，相继被追授为"菏泽市见义勇为英雄"、第十七届深圳关爱行动"十佳爱心人物""应急救援功勋""山东省见义勇为模范"、第八届"山东省道德模范"，被坊间誉为"平民英雄"。

村里的人刚刚吃过早饭，我和袁硕在曹县政法委马主任及普连集镇领导的引导下，来到了尹庄。在村支部，我采访了尹树留等十余位村民以及尹起贺的弟弟尹起运。

尹起运说起哥哥来，说了没两句就泪流满面，说："我哥走了两年多了，我至今还没有接受这个现实。我上大学是我哥供应的，除了学费，每年还要给我五六千元的生活费。那时候生活水平都低，一年两三千块钱就够我用的了，让他不要给我那么多，好好存起来，我哥就说你正长身体，多吃点，吃点好的。可我从心里却盼着我哥把钱存起来，到时候买房子、买车、谈恋爱、结婚生子。"

"我哥走了之后，我才懂得了我哥的人生追求是和大多数人不一样的。他热爱做公益事业，把做公益事业做成自己的真爱，把挣来的钱投入在真爱上，值！2013 年，我哥加入深圳蓝天救援队之后，更是如此。深圳蓝天救援队是民间组织，救助是免费的，加入要自己带装备，救援技能、资质要自己掏钱去学去考，救援险自己买，遇到伤亡也没有其他经济帮扶。没有捐赠，没有政府补助，救援过程中所产生的费用都是自己掏。我哥就爱上了这样的一种公益事业。我哥为了提高自己的救援技能和自保能力，先后考取了 PADI 开放水域潜水员、PADI 进阶开放水域潜水员、PADI 救援潜水员、120 初级救护员、国家紧急救助员等资质，先后担任救援队地图组组长、督察部部长，七年间多次志愿参与救援行动、活动保障、救援交流演练等应急救援活动，累计时间一万多小时。我哥在深圳租住的是一个叫新围新村城中村的房子，九楼，没有电梯，离上班的公司一个小时车程，室内的灯全坏了没有一个是亮的，唯一的电器是那把烧水的壶，日子过得一塌糊涂，房间里全是救援装备，价格都不菲……"

"我哥加入蓝天救援队是瞒着家里人的。后来我哥和我说了一声，当时我也不懂救援是个什么样的工作，没当回事。2015 年夏天，我突然接到了我哥的一个短信：'弟弟，我遇到危险了！'我呆了！回过神来，非常紧张地把电话打过去，问我哥怎么了，我哥却十分轻松地说了一句，'没事弟弟。可能是哪儿碰着手机了。'我放不下心，在网上一搜，才知道蓝天救援也罢，其他救援也罢，都是在和阎王爷打交道，时刻有生命危险，我的心情压抑得好多天没过来。想起我哥来，我就给他打个电话，十有八九都说在救援。后来，我哥知道了我在为他担心害怕，再给他打电话他即使在救援却再也不说救援这件事了……"

"我哥的行为，让很多人不理解，包括村里的人和我的家人。我哥在深圳是 IT 工程师，工资又不低，却不存钱，不买房，不谈恋爱，反而把一切都投入到了公益事业上，一次次地自带装备，自带干粮，反反复复为了一些陌生人的生死冲向最危险的地方，这不是个傻子是什么！后来，我哥走了，很多不为人知的故事被记者挖掘了出来，大家才知道了我哥有他自己的理想和追求。我哥曾经发过这样一条朋友圈，说：'如果不肯为她花钱，如果不肯为她花时间，拿什么来爱她？我亲爱的蓝天救援队友。'这才是我哥的真爱！我哥的作为让我敬慕、仰视!"

"救人一命,即救全世界,命比天大。"

采访完后,我们去尹起贺的家里看了看英雄的父母。他们的父母还没有从悲痛中走出来,我们简单问候了一下,就退出了那座非常普通的院子。出了村庄,回望着这个叫尹庄的小村,耳旁却久久回荡着英雄在日记中写下的这句话,禁不住让我从内心感谢市政法委、市见义勇为基金会给我提供了这么一次受教的机会。

刘延让：
与死神争夺方向盘的惊险十秒

文/黛安

一

　　惊蛰刚过，玉兰花就开了，垂柳也在风中甩起了柔软的枝条。济南至临沂的班车还有两个小时才发，司机刘延让已经从家里骑着电动车出门了。提前一个半小时到岗，这是他开大巴以来养成的习惯，雷打不动。他看一眼路边满树的白玉兰和一挂挂翠帘似的柳条，心里不禁感叹生命的奇妙。刚走这条路时，树才栽上，还小。如今，一年年冬去春来，树干都已经碗口粗了，而他自己，不知不觉间，开大巴也已经十四年。他一直跑济南至临沂这趟线，单程280公里，一天一个来回，去掉休班，一年跑300来天，算下来，他有4200多天33000多个小时是在京台高速的大巴上度过的，跑过的里程，少说也有235万多公里了。如果没有意外，他会在这条线上跑到退休。

　　他不知道，此刻，意外像是一只伺机而动的小兽，正在某个地方等着他。

　　一进公司大门，像有根线牵着，刘延让一眼就望见了自己的车。十二米长红白相间的车身，干净，威武。公司一百多辆中通大巴，外形一样，整整齐齐停一大溜，但刘延让只要看一眼，就能迅速认出自己的车。就好像，车与人一样，是有表情的。鲁 AB9697，这车牌还是五年前买新车时他自己挑的。这是独属于这辆中通大巴的名字，他喜欢。每次前一天收车后，他都会把车的里里外外清理的干干净净，但再次出车前，即使仅仅隔了一个晚上，他也要严格按照公司规定的"七净一亮"，把车再全部检查一遍。今天，像之前无数次一样，刘延让打开车门，把驾驶区域、行李舱、电瓶舱、发动机舱、轮胎、车门、车身收拾干净，再把车周身的每一块玻璃擦拭明亮。这么多年，除了自己的妻子，陪伴他最长的就是这辆车了。车几乎成了他的第二个爱人。看看表，离发车还有半个多小时，刘延让上车，将车从公司的停车场开到济南长途汽车总站。两地不远，五六分钟就到了。前车一走，刘延让就把车停在"济南－临沂"的站牌下，等着乘客上车。

　　检票、放行李。一切都安排妥了。一共 38 名乘客。发车前，刘延让一遍遍提醒乘客系上安全带，并离座一一查看。部队生活以及多年的开车经验，使得刘延让对看过的每个人都印象深刻。他注意到，坐在右侧第一排饮水机旁边的是一个三十多岁的青年男子，体型魁梧壮硕，手里握着一瓶饮料，但面色忧郁。生活的艳阳之外，是一场又一场大雪，说不定什么时候会落在谁的头上。活着的过程本身就是一场战斗，又有谁是容易的呢。确认每个人都系好了安全带之后，刘延让回到驾驶座，把手机调到静音。这是 2019 年 3 月 9 日，此时的他，心无旁骛，心里只有全车 38 名乘客和即将开始的又一个 280 公里的行程。这么多年，每当这种时候，他都有一种庄严神圣的感觉。他知道，从车轮转动的那一刻起，一车人的生命就全都无条件交给他了。他手里握着的，是与每一位乘客相关联的多少个家庭的平安。他是一名普通的司机，可同时，又是他人生命的主宰者。终于，踩刹车、挂倒档，倒车，加油门……11：30，刘延让驾驶着大巴鲁 AB9697 像往常一样准时驶出了济南长途汽车总站。车窗留了一条窄缝，风吹进来，已经不那么凉了。是的，春天已经来了。

在市内行驶了半个小时后到达了在济南西京台高速入口。过了入口上高速，刘延让怎么都不会想到，接下来的这 300 秒，死神正在迅速向他靠近……

二

生于 1973 年 4 月的刘延让，在十九岁那年去河南安阳当了兵。他在 54 集团军 162 师快反师。"快反师？" 对我来说，这是一个陌生的词语。我不解地问道。距离刘延让 2019 年 3 月 9 日出车那天整整三年后，我坐在了他的对面采访他，我想在他语言的带领下，重回那个现场。看似偶然的事件，背后定有它的必然。我们的聊天就从他的军旅生涯开始了。

"就是应急作战部队，野战兵。哪里有战事，一声令下，24 小时全国各地都能到。当时全军只有 3 个，末了发展到 10 个，复了员我就不知道了。

"当兵时训练强度特别大，伙食也特别好，饭量特别大，我一顿饭吃 20 个大包子。当兵头一年才去了 120 斤，训练了一年，称称，160 斤，但看上去一点不胖，全是肌肉。那一年，光胶鞋就穿坏了 10 双。你看我现在快 50 岁的人了，这么瘦弱，我这个身体，一般的三五个人，还能扳倒。

"我们那时候一个口号，流血流汗不流泪，掉皮掉肉不掉队。现在想想，高强度的训练确确实实磨炼了我的意志，受锻炼不小，收获也不小。"

快五十岁的刘延让精神矍铄，快人快语，和他聊天，笑声不断，让人愉悦。

刘延让当兵的第三年，当上了班长，代理排长。年底，他又考了大货车的驾驶证，在部队上开车。别人当兵三年，刘延让当了四年。第四年是因为他表现好，超期服役。这期间，部队每年补助他家里 600 元钱。刘延让家在济南历城区柳埠镇桃科村，这里属于济南南部山区，村子不远就是青铜山大峡谷。家里有父母和一个哥哥。山里地少，收的粮食仅够家人自己吃。山上有核桃和栗子，母亲每年能采摘一点卖。父亲贩卖一点青菜，哥哥给人打零工，三个人的收入加起来也不多。四年后，部队想让刘延让继续服役，但因为家庭经济条件实在窘迫，1996 年 12 月，刘延让在无奈中选择了复员。他的复原费也只有不到 1100 元。军人待遇的提高是从九八年开始的，每个月几千块钱的补助，安家费几十万元。刘延让笑着说，他没赶上，人没前后眼嘛。

当兵四年，刘延让只回过一次家，待了 20 多天。和大多数军人一样，这次探亲主要是相亲。刘延让与大他两岁的女方彼此相中，婚事就这样定下了。

复员后的刘延让自谋职业。部队上的驾驶证与社会上的不接轨，要重新考。在取得新证之前，用他自己的话说，"当民工叮叮当当搬了好几个月的砖，在家具厂也干过。"一年后，新的 B 本（现在叫 A2）拿到手了，他开始了长达十年的货车司机生涯。这期间，结婚，生子，照顾父母。开大货车一个的工资四五百元，结婚时借的不到五千元钱差不多十年才还清。

2006 年，刘延让招工进了山东交通运业济宇高速有限公司，当了一名驾驶员。当时，他在济南大东郊的黄台电厂那边住，公司在天桥区中心，他去公司骑自行车得一个多小时。收车下班不管多累，都得再骑一个多小时的自行车回家。几个月后，他换了一辆电动车。那时，收车后并不是接着走。公司所有的车每天都要检查，司机负责把自己的车开到检查区，等检查完再开回到停车位。如果车没问题还好，一旦有问题，就需要维修，而维修时间，即使是小修也要两三个小时，司机就要一直等着。有时候，到家都凌晨三点多了。济南至临沂一趟往返光在车上就是 8 个多小时，再加上辅助工作时间七八个小时，刘延让实际一天工作十五六个小时。这种情况一直持续到 2010 年。这一年，为了排除安全隐患，确保司机得到充足的休息，公司里安排了专人提车，将检查维修后的车辆开到停车位。在黄台电厂那边住了几年后，刘延让在历城区的华山那边租了房子，但离公司还是很远。直到 2014 年，刘延让才在公司附近买了房子。他的生活进入了一个全新的阶段。

"你看,日子越过越好了。"刘延让知足地说。

国家的整个交通运输业也是一个逐步发展的过程。2010 年后,国家出台了"五不两确保"政策。即不疲劳驾驶、不超速、不超员、不接打电话、不关闭动态监控设施;确保乘客的生命安全、确保把乘客送到目的地。大客车凌晨两点到五点不许动车,跑长途的必须进服务区,强制司机休息。

刘延让说,他开大巴的这 16 年间,从未违过章,从未出过交通事故,从未被投诉。说完嘿嘿地笑起来。这笑容里有骄傲,有欣慰,还有点不好意思。我看着他,很难相信这是真的。但 16 年间 10000 次左右的高速行驶,每次 280 多公里,每次都规规矩矩平平安安把乘客送到目的地,对于接受过部队严格教育的刘延让来说,的确是真的。

三

鲁 AB9697,这辆大巴从 2014 年 9 月份一买来就是刘延让在开。他说,他对这辆车充满了感情,车对他也有感情。"车对人也有感情吗?"我问。"有。"他很肯定地说。然后,他讲起了 2015 年冬天的那场暴雪。

晚上收车后,刘延让习惯性地看天气预报。天气预报说第二天有雪。早晨起来,果然天气不好,但看上去并不影响什么。那天是 11 月 24 日,上午 8:55,一切就绪后,刘延让准时出车。这时,他下车看了一眼。堵路上怎么办?脑海里一个声音对他说。平时,他都是每三天给车加一次气,很有规律。但那天,路过加油站时,刘延让听从了那个神谕一般的声音,让全体乘客下车,在路边等着,他开着空车进了加气站,破例地,在车还能跑两天的情况下,又给车补满了气。

上了高速,在济南到泰安段上,空中飘起了雪花。一开始是小雪,随下随化。京台高速是一条纵贯南北的交通大动脉，路上如往常一样，车流如织。那时，还不像现在，高速公路实行及时封闭。北风中，雪越下越大，越舞越乱，前挡风玻璃上的雨刷飞快地来回摆动。世界成了一场雪的天下。过了新泰，下一站是蒙阴。处在车流中的鲁 AB9697 像一支射出的箭，不能兀自停下，只能顺势前行。刘延让的心提了起来，他降低时速，打开四角灯，眼睛盯着白茫茫的路面，双手紧紧握着方向盘，精力高度集中，不敢有丝毫懈怠。他每分每秒都在感受着轮胎与地面的摩擦，同时密切观望着前车与后车。他很清楚，这种时候，自己好好开车只是一方面，前后车出任何一点意外都会危及到自己这辆大巴。况且，在这趟线上跑了近一万个来回了，他太熟悉这段路了。新泰到蒙阴之间的高速，冥冥中像是被诅咒过，常有事故发生，而且是大事故，他亲眼目睹的就不知有多少起了。他是一名无神论者，可是此刻，47 名乘客的生命在他手里握着，他不由地在心里默默祈祷起来，祈祷上苍，护佑他的鲁 AB9697，护佑每一位乘客。他甚至异想天开地幻想着自己拥有一种神力多好，那样，他就能赋予天下苍生顺利与平安。远远望去，大雪中双向 8 车道的京台高速，像是舞动在雪原上的一条条游龙。突然，群龙缓缓安静了下来，刘延让的大巴在新泰与蒙阴之间停止了行驶，卡住了。司机们之间互通消息，说是前方一辆大货车在下匝道时打滑，不敢开了，横在了路中间。刘延让看看表，差五分钟上午十一点。

堵在高速路上的车，如一堵长长的铜墙铁壁，前不见首，后不见尾。而此时，天地之间像是在上演一幕舞台剧，到了高潮部分：暴雪来了。自上而下，由近而远，全是恣意飞扬的硕大的雪花。刘延让说，长这么大，他从没见过这么大的雪，就好像积压了很多年的雪全在那一天下来了。后来据媒体报道说，那是临沂近 40 年间降的最大的一场雪，积雪厚达 40 多厘米。

刘延让的大巴上满员，共 47 名乘客，其中一名是孕妇。从早晨 8:55 出站，到晚上九点，时间已经过去了一个对时，车上的一大桶矿泉水早就喝没了，乘客都饿坏了。这期间，车也不是完全不动，偶尔也会往前挪挪。十点了，车还在前不着村、后不着店的路上堵着。乘客情绪开始失控，小孩子饿得哭起来，车厢里嘈杂一片。不断有人给交通局、汽车站、交警和 110 打电话，嗷嗷训斥者有，厉声质问者有，苦苦恳求者有，但都无济于事。大雪，阻碍了高速与外界的联系。刘延让给公司领导打电话，汇报，请示，领导说，这一车人，全靠你了。在部队当班长和代理排长时，刘延让没少给士兵做了思想工作，这时，他好像又回到了部队上。他不是司机，而是作为一名班长或排长的身份又回来了。他站在车厢走廊的前方，安抚乘客们说，"大家不必担心，等到车实在不往前走了，我有办法。我跑这趟线十四年了，对这里再熟悉不过，我知道哪里有村庄，我保证能给大家弄来吃的喝的。请大家相信我！"几句话。乘客们吃了定心丸，大家的情绪渐渐平复下来。"谢天谢地！多亏早晨车加满了气！堵车的十几个小时里车一直打着火，暖气开得足足的，乘客们没挨冻。不然，又饿又冷，那就麻烦了！后来有乘客说，师傅，暖气关小点吧，外面冬天，车里夏天！"三年过去了，说到这里，刘延让仍然掩饰不住内心的兴奋，为当初自己的直觉感到由衷的欣慰。

晚上十一二点，看车很久不再往前挪了，刘延让下来车。这时，附近有村民挎着篮子来卖鸡蛋、火腿、煎饼等食物。刘延让把村民招呼到车跟前，一车的人纷纷购买。光有吃的，没水，刘延让就和其中一位村民商量，想去他家弄些水。村民答应了。一名热心的男乘客跟着刘延让，他们从护栏里钻出去，蹚着三十多公分深的积雪，摸索到村里，接了一大桶自来水，又摸索着往回走。来回七八里地，回到车上时，已经凌晨两点了。暖烘烘的车厢里，有了水和食物，焦虑的乘客们慢慢平静下来。他们对司机刘延让一再说谢谢，感激不尽。

肆虐了一天的雪渐渐小了，煎熬了十几个小时的乘客们，在吃饱喝足后渐渐进入了梦乡。刘延让看看身后睡熟的一车人，心里仍忐忑不安。只要车一分钟不到站，他的心就一分钟也得不到放松。深浓的夜里，鲁 AB9697 大巴上，刘延让最后一个入睡。

第二天，大自然像是什么事都不曾发生，雪霁天晴，太阳照常升起。十点来钟，等路上的雪化的差不多了，在交警的指挥疏通下，大货车往里靠，客车走应急车道开始通行。刘延让开车从蒙阴下了高速。晚上九点，在距离前一天发车 36 小时后，鲁 AB9697，终于安全抵达临沂。

车轮静止下来的那一刻，刘延让深深舒了口气，一颗悬着的心，这才落下去。

一路的患难与共，乘客们与刘延让成了朋友。有的说，刘师傅，下次还坐你的车！

这件事之后，转过年的 2016 年，刘延让被山东交运集团评为标兵。从那年开始，刘延让年年被评为标兵。

四

现在，让我们重新回到 2019 年 3 月 9 日，重回过了济南西高速入口的鲁 AB9697 大巴上，去一秒一秒地接近一个事件的现场。

一上高速，刘延让就把车速提了起来。在这条路上跑了近一万趟了，他对每一段路都驾轻就熟。京台高速上大货车多，跟在它们后头不安全，刘延让方向盘往左一打，大巴驶上了超车道。济南到临沂单程要 4 个小时，很多乘客车子一启动就开始迷迷糊糊睡觉。车厢里很安静，一切，都和往常没什么异样。

行驶还不到 5 分钟，没有任何征兆，灾难突然降临。

正在聚精会神开车的刘延让，头顶突然有滚烫的热水流下，骤然间疼痛难忍，还没等他明白过来怎么回事，从右后方向伸过来的两只大手抓着他的方向盘迅速往左一阵猛打，正在内侧超车道上高速行驶的大巴"嘭！"一声巨响，撞在护栏上，同时车身出现了大幅度倾斜与颠簸。刘延让瞬间反映过来：遭遇歹徒了。忍着剧痛的他双手死死握着方向盘用力往右拉回来，车子离开了护栏，而与此同时，那两只手又一次把方向盘往左推去，车身又一次在剧烈的摇晃中撞向护栏，发出"嘭、嘭"的巨响。受到惊吓但不明就里的乘客开始惊呼，有的站了起来。用尽全力的刘延让又一次把方向盘往右扳回来，同时一脚把刹车踩到底，轮胎摩擦着地面，发出刺耳的声音。这时，那两只手离开方向盘，开始猛烈击打刘延让的头和脸。刘延让仍双手牢牢抓着方向盘，确保车停稳。乘客这时也惊醒了，坐在左侧第四排靠近过道的小伙子唐利国猛冲过去，一把揪住了行凶者的头发，同时喊：快来人！几乎同时，左侧第三排靠近车窗的大叔李爱民也扑了上去，一只手抓着行凶者的头发，一只手勒住他的喉咙，一只脚用力踏在他的脖子上。唐利国的膝盖也顶住了行凶者的肩膀。又高又壮的行凶者一身蛮劲，拼命挣扎反抗，从后面不知哪排冲上来一个年轻人，解开行凶者的腰带捆绑住他的手并搜索他身上是否有凶器。三个人合力把行凶者死死摁住。车子甫一停稳，刘延让顾不上疼痛，立刻报警。明白过来的乘客们也纷纷报警，不少人冲上去，对行凶者一阵踹打。

刘延让熄火，下车将警示牌放在车后。

重新回到驾驶座，看看乘客，无一人受伤，刘延让松了口气。

巨大的疼痛一阵阵袭来。他的头上脸上，血肉模糊。

从沸水浇到刘延让头上，到车子安全停下，整个过程，不足十秒。

济南市公安局市中区分局陡沟派出所民警迅速赶到，控制了行凶者。接下来的简短问讯中，知道行凶者姓赵，32岁，临沂人，离婚了，外出福建等地打工受挫，返家途中陡生邪念……

行凶者被带走。

长途汽车总站派出两辆大巴，将所有乘客安全送往临沂。

刘延让自己去了医院。

G2001 路 K62 + 900M 处，地面摩擦痕迹长达 100 多米，60 多米护栏被撞坏。

鲁 AB9697 左车灯撞掉，车头与左侧车身不同程度受损。

CT 显示，刘延让颅内未受伤。他也没住院，处理好伤口就回家了。"头硬着哩，没事！"他笑着对我说。

后来，经济南市劳动能力鉴定委员会鉴定，刘延让被诊断为"头面部热液烫伤（Ⅰ－Ⅱ）（TBSA2%）"。

先是烫伤又遭到猛烈击打的面部，一大块皮脱落下来，露着已经结痂的肉。醒目的疤，像一片荒芜的土地，无声地诉说着那短暂而惊险的十秒钟。

事发后的一个星期内，刘延让无法入睡，他整夜整夜大睁着双眼。头顶的天花板变成了屏幕，当时的情景，幻灯片一样一遍一遍在他眼前播放：12米长的车身像一条受惊的龙，挣扎着，扭动着，一次、两次撞向护栏，车身倾斜欲翻，护栏另一侧，迎面呼呼行驶的大货车一辆接一辆，同侧前面，仅仅相距二三十厘米，也是一辆大货车……方向盘被拧到左，他拉到右，又被推到左，他又扳回来，他一脚刹车把车闷死……他只要有一点点失误，要么翻车，要么撞断护栏冲到对面的车道……

两者的后果都不堪设想，若如此，全车包括他在内的 39 个人，恐怕生还者无几……

后怕像一只猛兽，时时啮啃着他。46 岁的刘延让，一想到几十个家庭差点失去他们的父母、丈夫、妻子、儿女，老无所依，幼无所靠……他像个无助的孩子，哭了。

他自己上有老下有小，他也差点让已是耄耋之年的老父老母失去他这个儿子啊。

他迅速消瘦，眼睛与脸颊凹陷下去。

还好，想象中的不幸，没有发生。

他为自己曾经是一名军人深感庆幸。跳出来俯瞰这次事件，他觉得是部队造就了他。正是部队四年艰苦的训练，练就了他强健的体魄，坚强的意志，坚韧的毅力，强大的心理素质。这一切，让他具备了应对突发事件的能力。危急关头，他得以规范处置，保障了乘客们的生命安全。

当然，还有多年间公司对员工的严格要求以及他对制度不折不扣的遵守。

还有，他对生命的理解与尊重。

作为一名大巴车司机，乘客的生命高于大地，高于天空，高于信仰，高于世间一切。纵然世事难料，但他不能让他的乘客骤然中断他们的生命。从车轮转动的那一秒开始，他就不再只是自己，他是全体乘客生命的守护者。从进入交运集团的那一天起，他就清楚地知道，这是职业赋予他的义不容辞的义务与庄严的使命。

在危机面前，他做到了。

与其说是本能反应，不如说是长期严格要求自己的结果。每个看似幸运的偶然背后，支撑它的，都是用心付出的必然。

"作为一名一线的驾驶员，首先要把安全放在首位，安全作为重中之重，只有安全了，一切事情才能行得通，没有了安全，一切的一切都是空谈。我作为一名职业驾驶员，我深深地热爱这个职业，只有爱这个职业，才能干好这份工作。我时刻告诫自己，我手里握着的不仅仅是方向盘，更是千千万万家庭的幸福和平安……"刘延让在后来的表彰大会上发言说。

事发时及时冲上前制止行凶者的乘客唐利国和李爱民，前者曾经也是一名军人，后者是刚毕业不久的大学生。他们在不确定行凶者是否手持凶器、无法预知后果的前提下，义无反顾挺身而出，本能的背后，是人性之美。

第三个冲上前去制止行凶者的乘客，没有留下自己的名字。

无名，就是无数无名者最响亮的名字。

2019年12月，中共济南市委政法委员会、济南市见义勇为基金会，授予刘延让、李爱民、唐利国"济南市见义勇为模范群体"荣誉称号。

采访是在刘延让所在的公司办公室里。桌上摆放着刘延让获得的荣誉证书。它们是：

2019年6月，中共山东省交通运输集团有限公司委员会颁发的"在集团公司'创先争优·争做交运创业先锋'活动中表现突出，授予'安全生产先锋'荣誉称号"；

2019年7月，中共山东国惠投资有限公司委员会颁发的"山东国惠投资有限公司优秀共产党员称号"；

2020年6月，中华人民共和国交通运输部、中华全国总工会颁发的"在2019年感动交通十大年度人物推选宣传活动中获得'2019年感动交通年度人物'荣誉称号"；

2020年8月，寻找运输服务风范人物榜样品牌活动组委会颁发的"在交通运输部主办、中国交通报社承办的第四届寻找运输服务风范人物榜样品牌活动中，被评为运输服务风范人物"；

2020年9月12日，山东省交通运输厅颁发的"在2019年山东省感动交通年度人物推选宣传活动中，获得'2019年山东省感动交通年度人物'"；

2021年2月24日，中共山东省委政法委员会、山东省见义勇为基金会颁发的"授予刘延让'山东省见义勇为模范群体'荣誉称号"。

这一本本鲜红的证书背后，是刘延让作为一名大巴车司机的16年间，日复一日、年复一年的真诚付出。16年，在他的整个人生历程里，如一粒钻石，熠熠生辉。

我们的谈话又回到了鲁AB9697。

"车救了我。"刘延让说。

"哦？"我饶有兴味地望着他。

"这辆车底排比别的车低 5 公分。别人都让我调上来，我坚持不调。"

"为什么？"

"低了重心稳，下雨下雪时开起来牢稳，不上晃。平时过大坎，我都是放慢车速，这样也硌不了底排。要不是低这 5 公分，说不定那天就翻车了，是车救了我。"

"还是你平时注意，心里时刻绷着一根弦，不怕一万，就怕万一。"

他嘿嘿地笑了，有些不好意思。

事发后几个月，刘延让在法庭上见到了彼时的行凶者。刘延让瘦了十几斤，对方说快认不出他来了。"对不起。"对方郑重地对刘延让说。委顿的神情下，是深深的悔意。

被判七年。

罪恶的 10 秒钟，要用 220752000 秒的忏悔来救赎。

2000 多万倍。

如果时间的长度是有形的、可见的，这 2 亿多秒，一定是蒙羞的，晦暗的。

康复了的刘延让不再跑济南－临沂线，这也意味着，驾驶了 14 年的鲁AB9697，从此不再属于他了。

像告别一位相知相依的故人，刘延让站在陪伴了他 5000 多个日日夜夜、他倾注了满腔热情的鲁 AB9697 跟前，久久不愿离开。

刘延让头部和面部的伤渐渐痊愈。半年后，出人意料，一点疤痕都未留下，好像什么都没发生过。刘延让的心，也逐渐从那十秒的阴影中走了出来。

现在的刘延让跑济南－茌平线，走 309 国道，单程 80 公里，一天四个来回，320 公里。因是城际公交，他一个人担负着卖票、检票、维持秩序等等。有时遇到乘客心情不好，大发脾气时，刘延让就耐心劝导。慢慢地，乘客的火降下来了。常坐他车的人都知道，他开车技术好，脾气也好。大家都喜欢坐他的车。

零违章，零投诉。从手握方向盘的那天起，25 年了，刘延让一直保持到现在。

他说，他会继续保持下去。

这是一个经受过部队训练的军人的承诺，更是一名优秀的职业司机的承诺。

愿每一辆驶出站的车都平安抵达，愿每一位上车的乘客都平安回家。

一个人，温暖了一座城

文/耿雪凌

一个人，温暖了一座城

那天午后，王敬新像往常一样来到仙人湖钓鱼。他在老地方安营扎寨，撑起鱼杆，抛下鱼钩，坐在小马扎上，眼睛盯着浮子，嘴里有一搭没一搭地跟老钓友聊着闲话。

片刻功夫，王敬新溜上来一条 2 斤多重的花鲢。一旁早到的钓友不无艳羡地说道：王老板今天好手气啊！

好吃莫过青鱼尾巴鲢鱼头，大家晚上来我茅草屋聚聚，我给大家秀秀我的拿手绝活，剁椒鱼头，王敬新豪爽地邀约道。

几个钓友也不客气，相互应答着。

王敬新夫妻俩在城里经营着一家名叫茅草屋的饭店，已经 10 多年了，平时他们吃住都在店里，因为诚信经营，生意一直不错。

闲聊的档口，忽听的咣当一声响，眼见得不远处一辆白色轿车撞断围栏，噗通扎入湖中。

不好！有人落水了。王敬新大叫一声，丢下鱼竿，一个箭步蹿上岸，骑上电动车朝着出事地点狂奔。

到了事故地点，王敬新顾不上脱下棉衣，他撂下电动车，就顺着湖岸斜坡下到水里。

落水的男女从车里爬出来，在水中胡乱扑腾。女的大声喊着"救命"，男的大声喊着"我媳妇不会游泳，先救她！"两个人的喊声都歇斯底里，撕心裂肺。

王敬新奋力朝着出事地点游过去。看得出，男女二人都不会游泳。王敬新首先朝着落水女子游过去。惊慌失措的女子在水中挣扎沉浮着，王敬新游到她身边，抓住她的衣袖托起了她，一边安慰她不要怕，一边拽着她往岸边游。

岸上和斜坡上已经聚集了不少人，王敬新的钓友都来了。岸上的人、斜坡上的人一只臂膀连接着另一只臂膀，一只手挽着一只手，大家手手相扣，连接成一道坚实的生命救援线。王敬新在后面推着，另一名下到水里的男子在前面拉着，大家齐心协力，把落水女子拉上了岸。王敬新转身又向湖中游去。眼看着轿车就要沉入水下，抓着轿车一侧车门勉强露出湖面的男子，更加惊恐地扑腾着。王敬新一边靠近他，一边大声安慰着他，不要着急，不要害怕。

从岸上抛过来的绳子，王敬新几次想抓都抓不住，他的浑身已经冻僵了，手已经不听使唤了。待终于抓住绳子抛向落水男子的时候，他觉得自己的胳膊沉得像挂着冰疙瘩，手里的绳子越发轻飘飘的，怎么使劲都扔不远，到不了落水男子跟前。他拖着冻僵的身子又往落水男子方向靠近了一些，最后总算把绳子抛到落水男子跟前。看着男子抓住了绳子，王敬新终于松了一口气。在大家的共同努力下，落水男子也被成功救上了岸。王敬新是最后一个上岸的，他是抓着绳子被大家拉上来的。穿着一身厚棉衣的他，连着救了两个人，在冰冷的湖水里待的时间太长了，他已经精疲力尽，近乎麻木。

救护车载着落水男女开往医院的时刻，脸庞冻的青紫、浑身打着哆嗦的王敬新一个人骑着他的电动车，悄没声地回了自己家饭店。

这一天是 2021 年 12 月 15 日，临近冬至，在鲁西南地区，是男女老少都要身着厚重的棉衣，抵御严寒的季节了。

王敬新事后说，那身湿透的棉衣是真沉啊，尤其灌满了水的棉裤，缠裹着腿，在湖里游得真吃力，上了岸也迈不动步。他妻子说，咋会不沉？棉袄棉裤灌了水，那可不就是水桶水袋子！再说，整个人都冻得快没知觉了，没力气了，咋会不觉得沉！妻子又嗔他，你忘记你腿关节炎、经常抽筋啦？你忘记你多大年纪了？50 多岁的人了，你以为你还是毛头小伙子啊！再说，就你那小时候坑塘里学的两下子狗刨功夫，几十年没下过水，就不怕自己跳下去，上不来啊？也不想想你上不来，我们娘几个以后咋活！

王敬新憨厚地笑着说，嘿嘿，真没想，哪有功夫想。

"轿车落水，路人冒严寒跳水救人"的短视频瞬间刷爆了手机屏幕。微信群、朋友圈、抖音、快手，各种新媒体、自媒体争相传播转发，一时间，单县大街小巷都沸腾了。大家奔走相告，为落水者得救而庆幸，为救人者的见义勇为、善德义举而感动。

王敬新的纵身一跳，让寒冬有了温度，让一座城有了温暖。

一群人，荣耀了一座城

继王敬新之后，另一名男子也挺身一跃跳入湖中，向落水者伸出援助之手。他叫陈伟义，是一名装修工人，也 50 多岁了。他去做工，路过，看到有人落水，也是仗着自己小时候在坑塘里学的两下子狗刨功夫，义无反顾地跳入湖中救人。他说，想啥，真没功夫多想，就是听到那个男的喊，他媳妇不会游泳，救救她，觉得自己会游泳，就该下水救人。

脱了棉袄随时准备跳入湖中救人的，还有田全顺和刘尘鑫，两人都是单县综合执法局职工，去往巡查的路上目睹了眼前发生的事，人命关天，二人急中生智，立刻跑到岸边找来一条消防绳，加入救援队伍。田全顺棉衣都脱了，随时准备着跳到湖里。急着脱衣服时，手机被甩到地上摔碎了。二人站在陡峭湿滑的斜坡上，拽着绳子的手被勒出一道道血印子。

岸上聚集了不少人。早有热心人打了110和122。待落水男女上了岸，一位40多岁的妇女把自己的羽绒服脱下来披在落水女子身上，一位中学生把自己的围巾解下来替落水女子擦头发，又把自己的帽子给她戴上，一位姑娘把自己车里的毛毯拿来了，披在瑟瑟发抖的落水男子身上。直到救护车到来后，直到把落水男女扶上车，田全顺和刘尘鑫二人才离开。

王敬新回到饭店洗了一个热水澡，喝了热心邻居熬好的红糖姜汤，吃了妻子买来的感冒药，关节处也贴了祛湿止疼膏。在水里浸泡时间太长了，鼻塞，膝关节也隐隐作痛。

茅草屋一下子热闹起来了。先是周围的邻居和居民听说了他救人的事，都跑来向他祝贺致敬并问寒问暖；紧接着是县电视台和多家新闻媒体记者第一时间赶来采访他；当天晚上，落水者夫妻和双方父母都来了，给王敬新送来了一面写着"平民百姓，见义勇为"的锦旗。夫妻二人给王敬新行了最隆重的跪拜礼，落水女子的母亲也给王敬新跪下了。老人说，您冒着生命危险，救了他们俩，救了我们一家，该受此大礼。您是大好人、大善人，我们全家一辈子都忘不了您的救命之恩！王敬新赶忙把他们拉起来，难为情地说，千万别这样，这都是小事，谁碰到都不会不救。

县政法委领导得到消息后，第一时间赶来慰问；

热心的网友和群众纷纷跑来向他表示敬意，一位网名叫"山东大老张"的社会志愿者和几名网友送来了健康查体单和家乡酒；

小区党支部和小区业主委员会送来了一面写着"见义勇为，弘扬正气"的锦旗；

单县南城街道南关社区党委和南关社区居委会送来了一面写着"舍己救人，品德高尚"的锦旗；

王敬新所在的家乡张集镇田花园村的村民闻讯也送来了一面写着"全体村民以你为荣"的锦旗；

一支由单县义工协会组成的腰鼓队敲锣打鼓来到了茅草屋前，献上了秧歌和舞蹈节目；一位大妈面对镜头，热情洋溢地说，为英雄演节目，我们高兴，感到光荣！

王敬新见义勇为的光荣事迹在各大新闻媒体，网媒和纸媒都播出了；

"菏泽市见义勇为模范暨单县见义勇为先进分子"表彰仪式隆重召开。王敬新、陈伟义、田全顺和刘尘鑫四人受到市县表彰和嘉奖。王敬新、陈伟义二人获得菏泽市见义勇为模范、单县见义勇为先进分子称号，田全顺、刘尘鑫二人获得菏泽市见义勇为先进分子、单县见义勇为先进分子称号；

王敬新见义勇为的光荣事迹上了中央电视台，在新闻频道播出了。

人间已晚，山河已冬，一场施救让整个单县城有了荣耀感。英雄、好人持续不断的赞扬声在单县大街小巷每个角落流转，一场持续发酵的爱心施救、爱心传递和社会关注热度温暖了寒冬，温暖了一座城。让人陡然发现身边无处不在的平民英雄和社会正能量，让人陡然发现单县是一座好有爱的小城，让人油然心生身为单县人的自豪感、荣耀感。

一座城，因善而行天下

单县是一座大善之城。"健康单县，善行天下"是它的品质，内外兼修是它的肌理。曾经，平民英雄孙敦友奋勇追赶持刀杀人歹徒身负重伤，被评为全国见义勇为先进分子；山东汉子孟昭良"三千里路云和月"，骑单车送残疾湘女回故乡，撼天动地；英雄牛作涛珠水江畔勇救轻生女失去年轻生命，情动粤鲁；民警李建华与持刀歹徒殊死搏斗，大义凛然；权恩伦、权瑞国勇追肇事逃逸司机，侠肝义胆。近年来，单县更是涌现出一大批见义勇为先进模范先进分子。据不完全统计，仅2021年至今，单县就涌现多起见义勇为的好人好事。

2021年1月3日，在湖北省孝感市孝昌县打工的单县李新庄村民臧文根在孝昌官塘湖公园带着妻子和孩子游玩时，突然听到不远处有人大声呼喊："有人落水了，救命啊！"臧文根快速跑过去，跳入刺骨的湖水中，救起落水女童；

2021年1月30日，龙王庙镇龙西村村民宋成祥正带着自己孩子走在回家的路上，路过一个废弃的养鱼塘时，突然听到一阵慌乱而尖锐的求救声。他气喘吁吁地跑到池塘边，看见池塘里两个正在深水中挣扎的孩子。池岸与池底呈90°的垂直角度，池塘壁很湿滑，宋成祥快速找来绳子和竹竿，将两个孩子成功救上岸；

2021年5月24日傍晚，家住单县广生殿新村的刘洋在附近公园散步时，不顾夜黑风冷，跳入水中将一对落水的男女救出；

2021年7月3日，单县徐寨镇刘寨村村民徐浮庆，在胜利河单县徐寨闸提闸放水时，跳入湍急的河水中，救出不慎坠入河中的一名女童；

2021年10月6日晚上十时许，单县第一中学曹珑腾、孟庆博放学回家，行至舜师东路人行天桥西侧，发现一男子躺在马路中间，满身酒气，面部出血。二人将该男子扶上电动车，一人推车，一人搀扶，将其送往东大医院；

2022年1月11日，在单县北城街道冯庄村，更是发生了一起感人至深的事。一名7岁女孩意外落入结冰的深水塘中，情况十分危急，生死关头，71岁的老人单士振跳入冰水中，和随后赶来的单承山、陈金凤两人共同进行了一场紧急营救，最终将女孩从冰水中平安救出。单士振老人说，"我是一名退伍军人，不能见死不救，不能给国家丢脸。"而在此之前，他凭着过人的胆识和大无畏的精神，曾经救过五条人命。期间，有不慎落水的儿童，有夫妻闹矛盾跳河跳井的妇女；

2022年2月18日，在单县高韦庄学区安韩庄附近，一名家长把刹车当油门踩，不慎落入几米深的深水沟中。路过的安韩庄小学校长王磻磾不顾危险，跳入冰冷刺骨的深水沟中，将人救出。

千年单县，始于一善。单县因舜的老师善卷在此居住而得名，沐善卷遗风，行善德之道，善德之美，浸润着善文化的单父大地，孕育着新时代的文明，历千年而滋繁，跨百代而永续。近年来，单县县委县政府始终坚持以党的十九大精神为指导，以弘扬社会正气，传承见义勇为精神为重点，以法治宣传主题活动为载体，不断规范改进见义勇为宣传、表彰奖励、社会救助和队伍建设等各项规章制度，以实现"人人崇尚见义勇为，人人支持见义勇为，人人敢于见义勇为"为愿景，认真总结发现见义勇为典型，改进工作模式，大力开展表彰奖励。

单县解决了过去见义勇为确定程序复杂、时限较长等问题，在及时发现、快速确认中建立即时高效的见义勇为行为表彰机制，及时点亮每一份善行的光彩。印发了《见义勇为人员奖励和保护实施办法》，明确申报、确认、奖励、保护办法，让见义勇为人员奖励和保护有"法"可依。建立即时表彰为主、集中表彰为辅的表彰奖励机制。每一起见义勇为行为确认后，第一时间开展上门表彰，增强见义勇为行为影响力。为了确保及时发现并上报见义勇为人员行为信息，将见义勇为工作纳入平安单县建设责任制考评范围，依托网格化管理织密收集网络，依托镇级网格化服务管理中心和乡镇、社区保安协会设立见义勇为工作站点。通过即时救助、动态帮扶、跟踪保护常态化开展见义勇为人员医疗救治、评烈评残、抚恤慰问、困难救助等权益保护工作，最大限度消除见义勇为者后顾之忧。一系列激励奖励措施，大大激发了群众参与见义勇为的热情和自豪感。

近年来，单县共确认表彰见义勇为人员 30 余名。经推荐受到全国表彰的模范 1 名，受到省级表彰的模范 5 名，受到市级表彰的模范 26 名。单县召开见义勇为表彰大会 10 余次，表彰慰问见义勇为人员 30 多人次，其中开展上门即时表彰 9 余次，举办见义勇为工作培训班 30 余次，累计发放宣传页、宣传海报 3 万余份，发放奖金、慰问金 40 余万元。

"为了弘扬见义勇为精神激发社会正能量，为了在全社会倡导见义勇为、无私奉献的良好风尚，上门表彰时，我们必备荣誉证书、奖金、绶带、光荣牌、颁奖仪式会标、颁奖词'六件套'，给足表彰仪式感。"单县县政法委书记吕玉民如是说。

王敬新的妻子说，我要是在现场，也会催促他下去，因为他会游泳；

王敬新在外工作的女儿在朋友圈看到视频，打来电话说，爸，你是我的骄傲！

王敬新读小学的儿子说，爸，你是我的榜样！我们同学都可羡慕我有个英雄爸爸！

王敬新在北京打工的妹妹一家也打来电话说，你是我们全家的骄傲！

王敬新说，以后碰上了，还会救。

王敬新的饭店里，悬挂的中堂上写着"善念"两个大字。心存善念之人，他的眼里他的世界里都是满满的善意和善念。

善，作为一种人生理念，已融入每个单县人的血脉。善，作为一种文化自觉和行为自觉，已根植湖西大地。

王敬新把市里县里给他发的奖金买了米面油，送到村里 57 位老党员、困难老人和他的老师家中，他还给所在社区党支部赠送了一台新电脑。

救人事件发生后，茅草屋饭店的生意好到爆棚。人心向善，见贤思齐。大家都想近距离看看英雄的模样，大家都愿意照顾好人的生意。

　　陈伟义说，因为罩上英雄的光环，请他做装修的订单，已经排到明年的年底；就连上街买菜，也有粉丝抢着替他买单。

　　这是一个英雄辈出的时代；这是一个崇尚英雄的时代。

　　单县，更是一个孕育英雄、崇尚英雄的城市。存善念、修善行、做善举、施善政已定格在单县的文化基因里，春风化雨，历久弥新。

生死一秒钟

文/解全升

　　一眨眼，一转头，一闪电，一动念，一秒钟能干什么？山东省临朐县城里公安派出所辅警张传军用奋不顾身的行动，给出了一个生死抉择的答案。在那电光石火的一秒间，他从40米高的楼顶把一个轻生女从死神手中拉回人间，完成了一次见义勇为的英雄壮举，向全社会唱响"危难之间显身手"的正能量之歌。

　　"40米高空，你纵身一跃，划出了最美丽的弧线；危急时刻，你奋力一抱，绽放出生命的光芒。是你用行动诠释了见义勇为，让凡人善举闪耀英雄光芒！"2021年11月19日，张传军应邀做客山东广播电视台新闻频道《了不起的山东人》访谈节目，获颁"了不起的山东人"奖杯，节目组给出的颁奖词不吝赞美。

　　2022年2月，在由潍坊市委宣传部、市文明办、潍坊日报社、市总工会、团市委、市妇联、市慈善总会、潍坊广播电视台八部门联合组织的2022年度"我推荐、我评议身边好人活动"中，张传军光荣入选"潍坊好人榜"。一家单位给他发来贺信，说："好人，一个响亮而光荣的称号！您用凡人善举诠释着社会主义核心价值观，传承着中华民族传统美德，助推着社会文明进步，成为新时代的道德标杆，干部群众的学习榜样。"

　　张传军，男，1972年1月出生，中共党员，1992年参加公安工作，现任临朐县公安局城里派出所辅警长。

惊魂一秒间

灵气所钟，山水临胸。2021 年 6 月 4 日 5 时许，这座园林式的小县城刚刚在清丽的晨曦中醒来。县城偏西翡翠园小区却不时传来阵阵充满焦躁的嘈杂声，凌厉、惊恐、绝望的喊叫刺破清晨的宁静。

小区 3 号楼西单元 12 楼顶电梯机房北侧，双腿一直搭在楼外墙沿儿僵持多时的轻生女，突然转身滑了下来。但她并没有直接坠楼，每只手仅余两根手指勾着焊在楼边上的避雷针钢筋，身体悬挂在垂直到地的墙面上，向这世界做最后的告别。

楼上楼下一千多围观者紧张的几乎窒息了！有人闭上了眼睛，有人"啊啊"地惊呼，有人不由自主往后闪身，有人浑身酸软动弹不了……

突然，一个男子化作"超人"飞身而至，快似流星，疾如闪电，伸出双手紧紧攥住了女子两只手腕。其实，就在这命悬一线的瞬间，女孩已然松手，男子恰巧拽住，突如其来的下坠力把男子的身体猛然拖离楼面，固定避雷针的铁卡子尖利的角立即在男子手臂划出两道长长的伤口，鲜血瞬时流向手指尖。

男子大半个身子探在墙外，两手死死抓住女子的两只胳膊。那女子一心求死双腿乱蹬，身体大幅度摆动，男子的身体正被一寸寸拖出围墙，两人随时就会坠楼。男子一边尽量顶靠住墙体增加身体附着力，一边用力向上拖拽女子，同时劝说女子接受救援，男子把女子拖到一半时她就放弃了挣扎，这时一个女人也赶过来帮忙，男子就顺利地把人拉倒了楼上。轻生女子得救了！

"嗯映，嗯映"，围观的人群中发出最后的惊呼！有人长舒着气，有人拖着哭腔，有人捶打着胸口，有人一屁股坐到地上……同样的情感，不同的表达，大多数人早已泪流满面。1 秒之间，命悬一线的花季少女的生命被一双大手紧紧拽住，在挣扎和抗拒中拉回阳光灿烂的人世间。

救人男子就是张传军，住在小区 7 号楼 12 楼。"我以前在水中救过人，也在陆地上救过人，我感觉在高空最难，既没有工具利用，也没有可以反复救人的条件，成功和失败就在一瞬间。"张传军说。

一日长于百年，一秒决定生死。别看整个过程也就两三分钟，但决定性的却是两只手与两个手臂拽在一起的刹那间——生死一秒钟。事后轻生女说，"当时已经松手了，根本没想到会被人抓住。"

《人类星光闪耀时》里"滑铁卢决定胜利的一瞬"一文中，就要不要驰援拿破仑，格鲁希将军想了一秒钟，从而决定了拿破仑的命运和世界的命运。茨威格写道：伟大的一秒钟……此一瞬间只要求天才，并将他塑造成永恒的形象。此一瞬间，鄙夷地将犹豫不决者拒之门外；它，大地的另一尊神，他火热的手臂只将英勇无畏者高高举上众英豪的天空。

张传军就是英勇无畏的众英豪之一，他将那一秒钟的伟大塑造成永恒的壮举，深深烙印在每一个被震撼和感动的灵魂。

焦灼的待机

风有点大，吹得人站立不稳。2022 年 2 月 25 日上午，我和张传军爬上了翡翠园小区 3 号楼顶。电梯机房高出楼层 7 米多，为了防止再出意外，物业已经用铁丝网拦住了通往电梯机房的区域。"幸亏那天风小，否则可能会是另一种结局。"张传军慢慢讲述了那惊心动魄的经历。

"出事了，出事了！"那天早上，正在家里睡觉的张传军，突然被妻子张燕华叫醒。循着吵闹声，张传军透过窗户一看，一大群人聚集在 3 号楼下，一个 20 多岁的男青年正在向楼上歇斯底里呼喊着，张传军顺着他的方向看到楼顶电梯机房上有一个女子，坐在楼边沿上要跳楼自杀。

"当时楼下围了很多人，但是没人敢上去救人，情况十分危急。"张传军回忆道，作为一名有近 30 年从警经历的辅警，他来不及多想，抓起一件 T 恤就冲到楼下。

为防止跳楼女子发现，张传军乘坐电梯从 3 号楼东单元到楼顶，然后走到西单元楼顶，平时 10 分钟的路程他只用了 3 分钟。待在那里的一个女人焦急地告诉张传军，这个女孩因为感情问题想要轻生，上楼前喝了不少酒，她是万念俱灰真心求死的，在楼顶已经半个多小时了，她和另一个同伴苦口婆心劝过，但女孩始终情绪偏激，说只要有人上来就立即跳下去。

从楼面望去，并看不见电梯机房顶外侧的情形，只有顺着嵌在墙面的铁扶梯爬上去。张传军说，那个电梯机房看着不小，其实东西北三面开空，为了美观设计成窗户样子，顶上实际空间也就三五平方，没有任何防护，站在上面都觉得随风晃动，非常危险，平日没人敢上去。

当时，张传军爬上扶梯偷看了一眼，发现女孩正面南背北坐在楼的外墙壁上，随时准备跳楼。"对一个一心求死的人来说，这时如果贸然出现或者直接对话，都会促成女孩跳楼自杀。"张传军说，经过反复考虑，他蹲守扶梯上等一个机会，一个完美的救人时机。

"当时我的心里也十分紧张，一是因为楼下围观的群众很多，这里面也包括了我的妻子跟孩子，二是我自己本身还有点晕高。但是我作为一名公安辅警，这时候说什么也不能退缩。"由于晕高，张传军并不能长时间停留在一个位置，他只能不停地在铁扶梯上爬上爬下来缓解状况。时间一分一秒地流逝着，俯身在铁扶梯上的张传军手心里也慢慢渗出了汗。

因为当时无人和张传军进行情况通报，他就屏住呼吸，通过不时偷偷探头和倾听现场的呼喊声来判断事情的发展趋势。大约过了两分钟，他突然听见楼下围观人群发出惊呼，抬头一看，女孩不见了，张传军像离弦的箭般疾身冲去……

"身体被她拽出去的一瞬，她还在不停地挣扎，我心里就想这回坏了，搞不好我俩都得掉下去。"张传军坦言，当时自己的心中也曾闪过一丝绝望，虽然他并不惧怕牺牲，但是从没想过自己会倒在自己的妻子和孩子面前，"但是不管怎么说也不能放手，所以我就不停地劝她别动了，说你要是再挣扎那咱俩就一块拉倒了。"

"卡子的尖味溜一下顺着两条胳膊就到顶了，当时一点也没觉得疼，根本不知道流血了。"方形的避雷针卡子依然闪着森森寒光，张传军挽起袖子，两道疤痕赫然在目。

救上人来，张传军一边紧紧抱住女孩，一边摸出手机拨打 110 报警。大约过了五分钟，出警人员赶到，将女孩带至城里派出所。

女孩被民警带走后，张传军才发现，两条手臂伤口深的地方依然流着血。从楼顶下来，他直接去了对面的门诊，大夫要求他去医院缝针处理，他坚持让给清洗了一下贴了一溜创可贴，然后还故作轻松地买了两斤面条提着回了家。他说："咱不能让老婆孩子担更多的心。"

临朐县公安局政治处教导员李勇说，轻生女孩一个上午都要求放她出去自杀，嘴里不停喊着为什么要救她。局政委丁国强见她蓬头污面，赤着两脚，就送给她一双鞋。下午，女孩父母从老家赶来。父母配合张传军和民警们耐心疏导劝解 3 个多小时，女孩终于幡然醒悟，跪地感谢救命之恩。随后，女孩被父母带回了家。

据了解，轻生女孩是济宁人，18 岁，因在网上谈了一个临朐籍的男朋友，后来闹分手，极度伤心不满而产生了轻生的念头。出事前一天她约了一男一女两个同伴，说是到临朐散散心"寻找些美好记忆"。三个人在小摊喝了大半夜酒，后来女孩越想越难过，便趁上厕所的工夫漫无目的走到了翡翠园小区，偷偷溜进去爬上了楼。两个同伴找到她后，越劝她越激动，喊叫声吸引了越来越多的人围观。看到女孩救上来，两个同伴吓得立即跑路了，女孩也不愿再提及他们。

"孩子近况如何？电脑学得怎样了？需要我帮忙的话就打电话。"2022年2月26日一大早，张传军拨通了轻生女孩父亲的电话，关切之情溢于言表。得知她情绪稳定，积极地学习平面设计，有了生活保障时，张传军感到无比的欣慰。

多视角瞬间

"可吓煞俺了！"张传军的妻子张燕华回忆起当日的情形仍心有余悸。7号楼在3号楼正北，12楼都是最高层，张传军出门后，张燕华一直站在窗前盯着，眼睛都不敢眨一下。张传军出现在电梯机房上时，她还拿出手机录视频。

张传军冲出去的那一刻，她的心猛地跳到了嗓子眼儿，脑子一片空白，一下子瘫倒在地上，手机也摔了出去。直到听到人群的呼喊声有了惊喜的异样，她才敢抬眼望去，对面已不见人影。她忐忑不安地朝地面张望，看到了群情激昂的人群，听到了阵阵兴奋又激动、压抑忽释放、甚至略带抽泣的赞叹和呐喊。这时，张燕华的眼泪夺眶涌出。

居住在2号楼的业主王明才听到小广场人声鼎沸，就急忙爬上楼顶察看。2号楼在3号楼东边，有18层，比3号楼高出20多米，3号楼顶的情形可尽收眼底。当他看到张传军到达楼顶，立即拿出手机拍摄，为取全景，他甚至还挪来一个花盆垫在脚下。

"完了，完了，完了——"视频里，张明才绝望的颤音清晰可闻。他说，电梯机房北侧外防护墙内高1.5米左右，一个人的胳膊也就刚能平伸出去。"只见张传军两手一伸，脚猛然离开楼底面大半米，我当时眼泪都流下来了……"王明才觉得，这俩人都没救了。

爱康大药房是沿街商铺，一大早赶来开门营业的店长高敏并不是翡翠园的业主，听说出事了，就跑进来看看。她说，当时小区广场东边围着一二百外小区的人，西边围着一二百外小区的人，因为还没到上班时间，这个小区1500多人大部分都在家里。

"从楼下往上看得很清楚，只要她一松手或者刮阵风就会落在广场的水泥地面上。"据高敏描述，"现场的气氛非常紧张，时间仿佛静止了。不想看到又不得不看，好在那个女子慢慢被提上去，我们才松了口气。"

6号楼居民沈延苓当时正准备做早饭，她通过窗户看到了那令人不可思议的惊心一幕。她说，"我感到小女孩靠死神那么近，就是到死神那边去了。从每一个在场人的角度上看，那个女孩根本无法救了。可就在那0.1秒的危急关头，'张警官'及时伸出了手，真的是特别感动，真的是！"

"我是第一次为陌生人的生死担心，我们的心里满是悲愤，满是酸楚，说不上是啥感觉。"6号楼的张先生不愿意透露姓名，他专门写了一段话表达他当时的所见所闻所感。其中他写道：广场上的人沸腾了，大家齐声叫好，居民们在家里敲击玻璃窗、挥手和伸大拇指，每扇窗户后面都是胜利的欢呼和钦佩的表情……张传军用生命给我们所有人上了一课。

翡翠园小区共有9栋居民楼，500多户。事件发生的3号楼北面就是小区里的小广场公园，种植着花草，安置了些健身器材、消闲娱乐设施。女孩被警察带走后，许多人仍激动不已，聚在小广场议论纷纷，大家商量每栋楼做一面锦旗，组织100名代表送到县公安局。但，此举被得知情况的张传军劝停了。

2021年6月7日，翡翠园小区物业最终代表全体业主给县公安局送去了一面写有"危难显身手　警徽铸平安"的锦旗。当日提出倡议之一的李德华说："若女孩真跳下来，整个小区人心里都会留下阴影，张传军是我们小区的平民英雄！"

短暂即永恒

2021 年 10 月 29 日，潍坊广播电视台报道了张传军见义勇为的事迹，播出了现场救人的视频。10 月 31 日，《齐鲁晚报》以头版整版照片、A6 版三分之二版的篇幅详细报道了这一英雄壮举。张传军救人的视频在快手、抖音、视频号等快速传播，一夜之间火遍全国，点击量迅速破亿，连续一周荣登抖音热榜，点赞评论几千万之多。随后，中央广播电视台、大众日报、山东广播电视台等全国各大小媒体纷纷报道，新华网、人民网、中国长安网等各类网站争先播报，张传军见义勇为的事迹传遍中华大地。

因为这次义举，张传军荣获"潍坊市见义勇为先进个人"光荣称号，同时还收到了 5000 元奖金。2021 年 11 月 19 日，张传军把奖金捐给了素未谋面的另一位英雄。

原来前几日，张传军通过新闻看到了东营一位公交司机突发脑溢血，靠意志把车停在路边保证乘客安全的感人事迹，于是便想把这笔奖金全部捐给仍在医院接受救治、暂时昏迷不醒的好司机任尚平。张传军比任尚平大 1 岁，不善表达的张传军还专门写了一张卡片"愿我的好兄弟早日康复"。

从警 30 年，张传军帮助群众做了多少好事，他自己也记不清了，仅挽救生命就多达 40 人。2006 年冬天，他凌晨 2 点巡逻时，把醉酒躺在路边冻僵了的西坦村民王鹏送医救醒；2009 年 10 月，他在弥河句月湖，救上了蒋峪镇到县城打工的溺水男子小傅；2000 年夏天一个晚上 11 时，营子小伙李某骑摩托车超速撞到路边沙堆飞出去十几米，脑袋开裂昏迷不醒，恰巧路过的张传军立即送医抢救过来；2013 年，城郊一小化工作坊发生硫化氰泄漏，两名操作工当场死亡，出警的张传军根据现场小动物的表现，作出"有毒气"的正确判断，及时阻止了欲冲上前的同事，迅速拦住了一拥而上的围观群众，避免了更大悲剧的发生……同时，辖区内 6 所学校、32 家企业、117 家九小场所他每月都开展 2 次走访检查；哪个村有几户孤寡老人、有几处矛盾隐患等情况他都了如指掌……"第一时间帮助群众解决困难，已成为这些年我养成的一种习惯。"张传军说，"如果群众在我面前出现意外，我会内疚、不安一辈子。"

2021 年 9 月 24 日，临朐县政法委授予张传军"见义勇为先进个人"荣誉称号，号召"全县广大人民群众以先进为榜样，大力弘扬见义勇为精神，为富强文明美丽的临朐建设贡献自己的力量。"自此，临朐好人、潍坊公安最美辅警、感动山东十大人物、"中国网事·感动山东 2021 年度网络人物""了不起的山东人" 2021 年度新闻人物等一系列荣誉联翩而至，闪耀在张传军身上的光环越来越明亮。

自 2021 年下半年起，新华中学、城关中学、临朐二小三小等各学校把张传军的事迹作为道法课内容学习；2022 年 3 月 5 日"学雷锋纪念日"，临朐木材市场、钢材市场、全福元超市、官护山景区等单位用大屏滚动播放张传军事迹短片，并打出了"向张传军同志学习"的标语；全县先后有多家单位邀请张传军前去座谈交流，畅叙工作生活体会和感受……

虽然短暂，却成就永恒；的确伟大，却并不传奇。张传军就是人们身边一位平凡的英雄，他的事迹正激励着更多人勇往直前，他是全社会的榜样。

2022 年 3 月 26 日

善国少年勇为记

文/闵凡利

2021 年 6 月 17 日晚，济南市南郊宾馆灯光璀璨，全省见义勇为表彰会在此隆重召开。在热烈的掌声中，来自滕州市的付志翔、卞宇航、孙崇彰、钟旭、唐岩五位同学走上了领奖台，领取了由山东省政法委颁发的 2020 年度山东省见义勇为群体奖的奖牌。

付志翔、卞宇航、孙崇彰、钟旭、唐岩五位同学现为在校学生。2020 年 8 月 26 日，他们在泰山十八盘上勇助患病的登山儿童，使其得到及时救治。他们见义勇为的行为得到了现场游客和社会各界的广泛赞誉。他们是善国大地青少年的优秀代表，用实际行动，诠释了善国大爱精神，弘扬了助人为乐的传统美德。

一

滕州市地处鲁南，简称滕，古为滕国，又称善国。滕国在周朝时期是个有名的小国。据《左传》称，它的疆域"绝长补短方五十里"。相传三十一世，历七百余年。滕国国君中影响最大的是战国时期的滕文公。滕文公是滕国诸君中史书记载最多的国君。《古纪世本》载："滕世系有考公麋，麋子元公弘"。《孟子》赵岐注："考公即定公，元公即文公也。以元公行文德，故谓之文公"。滕文公于公元前 325 年（周显王四十四年）继承国君之位。因崇尚孟子之学，因此在《孟子》一书中留下较多记载。公元前 326 年（周显王四十三年），滕文公为世子时，出使楚国，路过宋国，拜会了孟子，孟子向他阐述了人性善的道理。世子从楚国回来，又去看望孟子。向他请教治理国家的方略。

滕文公按照孟子"政在得民"的主张，即"民为重，君为轻，社稷次之"，效法先王，施行善政，实行善教，政绩卓著，名声大振。楚国、宋国等国的人，也都慕名纷纷来滕定居。文公任政期间，滕国人丁兴旺，国富民强，"卓然于泗上十二诸侯之上"。滕文公因此博得"贤君"的美称，由他治理的滕国也被誉为行圣人之道的"善国"。

距离当初滕小国遗址西南 10 公里处，是滕州市的经济强镇西岗镇。西岗镇因地下煤炭储存丰富而出名，是鲁南地区有名的明星乡镇。而付志翔、卞宇航、孙崇彰、钟旭、唐岩就出生在这片土地上。

这五个少年，付志翔出生在该镇的后寨村；孙崇彰、卞宇航出生在镇驻地南边的柴里煤矿；钟旭出生在大王庄村；唐岩出生在镇驻地；也就是说，他们五人的家乡都在镇驻地周围。

五人中，除了卞宇航是在柴里煤矿生活区的幼儿园小学中学上学外，其余的四个都是在西岗镇幼儿园、小学、中学一起游戏和上学。因孙崇彰和卞宇航是发小，上小学的时候就把卞宇航介绍给了他们三个，大家在一起玩很投脾气，所以他们从小到大就在一起玩，可谓青梅竹马，一直到了中考。

中考是人生的一个节点，2019 年的六月，他们五个都走进了考场。最后的结果，付志翔、卞宇航考进了滕州二中，孙崇彰、钟旭考进了滕州实验高中，唐岩考进了山东省化工学院。山东省化工学院的前身是鲁南化工技校，驻地在滕州市城东，他们五个虽然分开了，但都没有离开滕州。

上了高中，和上中学不一样，以前放了学天天能聚，可如今学习忙，大家都以学业为重，只有到了周末，五个人才能匆匆地见上一面。于是大家商定，等到了假期，大家一定好好在一起，嗯，最好是出去游玩一次！

2020 年年初，武汉爆发了新冠病毒疫情。为了控制病毒的传播，国家当机立断，采取了非常措施，对武汉进行封城，切断传播源，并限制人口流动，停课停工。

滕州地处鲁南，疫情期间也是停工停课，直到四月中旬，这波疫情渐进尾声，学校才陆续开学，同学们才得以走进校园。

这个学期，同学们过的劳累而紧张，特别这五个刚上了高一和大一的他们，放了暑假，不再像上初中时那样，有空就聚到一起，而是在学习上更自觉了，不是复习过去学过的功课，就是温习下一步要学的课程，还有就是做老师布置的家庭作业。直到 8 月 20 日，他们才聚到一起。他们想起以前的约定，找个地方出去散心一次。不然以后学习一紧张，高考之前就没机会了。

去哪儿玩呢？大家一致认为：爬泰山！并商定了具体日期：8 月 26 日。

二

25 日下午，太阳还没落，家住在西岗镇的付志翔、卞宇航、钟旭、唐岩四人提前来到住在滕州市里的孙崇彰家。他们清楚，自己的所有花销都是父母的血汗钱。为省钱，五人没舍得坐高铁，而是买了 26 日早上六点的火车票。他们打算：八点多到泰安后，先找一个宾馆住下，逛逛泰安的名胜，如岱庙等景点，然后早休息，夜里起来去爬泰山，天明前爬到玉皇顶，看日出。

可算处不打算处来，等 26 日凌晨他们打的来到滕州火车站时，天阴着，像是和谁生了气。坐了两个小时的火车来到泰安，天不光没放晴，反而阴得更厚了，抓一把空气，仿佛一拧就能拧出水来。唐岩是这五个人中的老大，他看到了大家投来的询问目光，当机立断：改变原来的计划，直接去买泰山的门票，登山。

大家坐车来到了泰山脚下。

泰山，古名岱山、岱宗，又称东岳，是五岳之首。自然景观雄伟绝奇。1987 年被联合国教科文组织列入世界自然与文化遗产名录。从泰山脚下的红门至南天门共有 6293 级石阶，峰回路转，步移景换，为历代帝王登山封禅的御道，泰山的文物古迹多在此路左右。数千年来，先后有十二位皇帝来泰山封禅。孔子留下了"登泰山而小天下"的赞叹，杜甫则留下了"会当凌绝顶，一览众山小"的千古诗句。

五个生活在平原的少年来到了泰山脚下，看着高耸入云的泰山和进入山门的人流，心里十分激动。一边走，一边观赏着两边的人文景观，沿路观看了红门宫，万仙楼，斗母宫，经石峪，中天门，来到了胜景十八盘。一路走下来，真是一步一景，目不暇接。看着直上云天的石阶，五人都感觉，这个向上的台阶就是登天的天梯。

稍事休息，五人都喝了自带的矿泉水，看了看天，厚厚的阴云就在头顶不远的地方，仿佛伸手就可以摸到。

随着人流，五人登上了攀爬十八盘的旅途。爬泰山，实际上就是说的爬十八盘。爬十八盘，要手脚并用。十八盘为泰山著名险道，垂直高度达 400 多米，共有 1600 多级石凳，直通南天门。爬泰山，爬的虽然累，可享受就是累后的豁然开朗与极目远眺。五个人都是十六七的小伙子，身上有的是活力，他们跟随着登山的人流，一阶一阶向上走去。

当他们爬到十八盘的近一半时，身上早已汗水盈背，看到前边有休息区，付志翔对身边的唐岩说："看来十八盘我们快爬一半了，爬了这么久，大家都累了，我们暂时在这儿休息一下吧，喘口气！"

　　唐岩向后看了看，卞宇航、钟旭、孙崇彰正从下面气喘吁吁地赶上来，就点了点头："好，趁这个空，大家正好去一下卫生间，方便一下。"

　　付志翔就对赶上来的三位说了他和唐岩的意见，大家都点头。唐岩说："你们先把身上背的包放下，我给看着，你们去卫生间吧。"

　　大家就把各自身上带的登山包放下来，让唐岩看着，四人都快步走进了卫生间。

三

　　付志翔是第一个从卫生间出来的，他替换了唐岩看行李，唐岩也去了卫生间。

　　这时，不远处猛然传来一声声呼喊："求求大家，救救孩子！……"付志翔对刚出卫生间的卞宇航指了指行李说："你看着行李，我去看看是怎么回事！"说完就朝喊"救救孩子"的地方跑去。

　　钟旭、孙崇彰、唐岩陆续从卫生间出来，看到付志翔向前方跑去时，不知道发生了什么，也都跟着跑了过去。

　　跑了二十多步，付志翔看到一位三十多岁的妇女，满脸流着汗和泪，妇女怀里抱着一个七八岁的男孩，看样是孩子的妈妈。孩子眼闭着，脸色苍白，嘴唇发紫，呼吸急促。青年妇女身旁还有一位导游，两人满脸无助和焦急，对身旁走过的游客作揖求助。可身旁走过的游客都熟视无睹，无人应答。付志翔见状，忙上前问青年妇女："孩子怎么回事？"

　　孩子妈妈见付志翔过来，忙说："小兄弟，救救我的孩子！开始爬山时，孩子好好的，跟着我们爬，可爬着爬着，就突然头晕胸闷，心率加快，腿也动不了了，这，这可怎么好啊！"说着眼泪哗哗地流。

　　这时钟旭、孙崇彰、唐岩都过来了，经询问方知：孩子自从病情发作，孩子妈妈一直背着孩子找救助站，可十八盘太陡了，孩子妈妈背着孩子已经爬了一段时间了，现在实在爬不动了呀！孩子病情紧急，一秒时间都不能耽误！怎么办？

救人要紧！五个人在第一时间形成了共识。

为了最快让孩子得到救治，五人与孩子母亲商量，决定将孩子抬到距离最近的南天门红十字救助站，然后乘坐缆车下山去医院。

孩子妈妈感激地忙点头说好！

看了看陡峭的台阶，一个人背孩子向上走，太危险。最好是两个人抬着，这样，既不累，省力，还安全。付志翔此时猛然间想起小时候玩的抬人游戏"搭轿子"，就是两个人各自抓住对方手腕，用胳膊搭成"轿子"，让孩子坐在他们的胳膊上面。他一说出，大家都赞同，说好，就用"轿子"抬孩子。付志翔对背着大家背包的唐岩说："咱们先这样分工，先由我和孙崇彰搭轿子抬孩子上山，卞宇航和钟旭在后面扶着，我们累了，你们顶上去，接着抬，咱们歇人不歇马。咱们的行李，由唐岩给咱们背着！大家说好不好？"大家说："好！"

付志翔和孙崇彰马上俯下身子，搭好"轿子"，青年妇女和一旁的女导游忙把孩子驾到他们的胳膊上，两人抬起孩子，就向上走。这五个人中，付志翔和孙崇彰的个子最高，力气最大，所以他们打了头阵。山路陡峭，为确保安全，卞宇航和钟旭在后面托住前面的两人的后背防止后仰。唐岩虽然身上挂满五个人的登山背包和物品，但他还得托住孩子，还要时不时伸出手来帮扶着抬孩子的付志翔和孙崇彰。就这样，五人分工合作，齐心合力，抬着患病的孩子向南天门爬去。

越往上，天越冷，风也大，此时的海拔已经快到 1200 米，阴云也已经到了头顶，伸手就能撕下一把来。付志翔和孙崇彰抬着孩子上山的速度也越来越慢。卞宇航知道他们俩累了，对付志翔说："你俩歇一下，我们俩上。"说着和钟旭一起替换下一脸大汗的付志翔和孙崇彰，抬起孩子继续向山上走去。

一步，一步。一千三百米，一千四百米……每一步都走的汗流浃背，每一步都走的心急如焚，此时天上的小雨越来越稠，山路也越来越滑，五个同学顾不得这些，他们的心中只有一个信念，就是快点把孩子送到南天门的红十字救助站，早一点让孩子得到救治。

他们一行抬着孩子向上登爬近半个小时，终于来到了南天门。当把孩子送到救助站、交到医生手里时，五个人可都浑身湿透精疲力竭了。

四

经过医生检查，并紧张的救治，孩子慢慢好转，呼吸不那么急促了，嘴唇也慢慢恢复了红润的颜色，孩子能下地走动了。五人看孩子没有危险了，便准备离开，此时孩子的妈妈却在旁边的小卖部里买来了五个雨衣和五罐红牛饮料，塞到五个人的手中。说："这是我的一点心意，你们一定收下！"五个人说什么也不收，并说："这是我们应该做的！"孩子的妈妈说什么也不愿意，无奈，五人只好收下。

五人背好各自的背包，准备继续爬山。孩子的母亲又跑了过来，恳求这五位同学告诉他们的名字，来自哪里？是哪个学校的学生？

五人笑了笑，都摇头，摆手说："这是小事一桩，应该做的！没必要留名。"孩子的妈妈拉着孙崇彰的手不松手，一个劲恳求，后来几乎是哀求了，无奈，孙崇彰只好把他们的名字和学校告诉给了孩子的妈妈。

让五个同学没想到的是，他们在十八盘上救助患病儿童的事，当时被一旁的导游用手机拍成抖音，上传到了网络，也火遍网络，第二天晚上在中央电视台新闻频道黄金时间播出，这满满的正能量在社会上引起强烈反响，一时成为美谈，在神州大地上广为传颂。

2022 年 3 月 1 日，笔者在滕州第二高中三楼会议室见到了这五位同学。当笔者问付志翔："你当时为什么想都没想要救助孩子啊？"

付志翔想也没想说："别人有难处，我们力所能及能做到的，为什么不去做呢？"

我又问："你们为什么不愿留名呢？"

钟旭说："这些都是我们该做的，换了是谁，都会这么去做，不值当的留名，也没有必要留名。"

最后，我问他们五人："你们下一步还有什么计划吗？"

五个人异口同声："有！"

我问是什么？

付志翔不好意思说："再爬一次泰山！"

当他们看到我皱起的眉头时，唐岩坦言道："上次爬泰山光顾着救孩子了，十八盘上很多优美的风景我们都没有顾得上看，这一次，我们一定要好好看看风景！"

我又问："假如要是再遇到类似的需要救助的事，你们怎么做？"

五人想都没想，同声说："救，第一个冲出去救！"

一个朴实农民的生命换算法

——记山东省见义勇为模范马明新

文/祝红蕾

一名 60 岁的老人春寒料峭的时候不假思索跳入水中，竭尽全力救起了四个落水者。这离他开腹手术切除肿瘤还不到一年。

是什么样的动力让他毫无畏惧地跳入冰冷的水中？

带着种种疑惑，我去临朐县辛寨镇辛寨村，见到了被评为"山东省见义勇为模范""潍坊市见义勇为先进个人"的马明新。他一米八高的大个子，浓眉大眼，是那种典型的山东大汉。提到救人的事，他羞赧一笑，摆摆手，说，"不值得提，谁遇到都会这么做。"

一、谁遇到也会救，这是人命啊

那是 2019 年 3 月 25 日，他在滨海打工时的工友到临朐找他玩。他心里热辣辣的，约着工友中午去吃了临朐全羊，仍觉得不过瘾，饭后又约着去冶源镇老龙湾和五井镇的石林游玩。老龙湾以泉奇（水温常年 18 度）竹翠而闻名，被誉为"北国江南"，入得景区园门，曲径通幽，翠竹摇曳，碧波荡漾，两位工友连连赞叹。忽然马明新看见一条承载四人离岸约 15 米左右的人力游船打着旋翻进水里。马明新大喊了一声"不好"，游船上的人惊慌大声呼救着，也被带到水中，船被倒扣进水里，人也被淹没了，情况万分危急。

马明新见状立即让两名同事喊人救人，自己赶紧奔向岸边，飞速地脱去上衣和毛裤，直接跳进水中，奋力朝着游船游去。这时两名工友才回过神来，朝他大声喊"危险！！ 小心……"

"我用了十几秒就游到了游船的位置。"马明新说，其时，他看到游船被大风吹了个底朝天，用力托举船边的三人浮出水面抓住船帮。被拉上来的一男两女扶着翻了的游船，惊魂未定。另有一个人下落不明。

马明新以为有一个人沉入水中了，一头扎进水里，在水底寻找落水者。湾水深不见底，冰凉浸骨，马明新在水下游了一圈，也没找到落水者。在冰冷的水中，他渐渐体力不支，他浮上水面，决定先把其他三人和游船推到岸边，再回来寻找第四名落水者。他沉下身去，用一只肩膀扛起船身，奋力推船而行，获救的三人在岸上人员协助下成功上岸。当他用尽全身气力将游船翻了过来，发现失踪落水人就被翻扣在船下，凭借救生衣浮在狭小空间内，生命危在旦夕，马明新立即将其拉出并推上岸边，落水的四人全部得救。

经过一番折腾，他已经精疲力尽，四个人安然无恙上岸后，他才发现肩膀鲜血直流，原来是在扛船前行时被船帮给划破了。这时他才感觉到寒冷，泉水水温只有18度，景区阴坡里的雪还没化完，他跟打摆子一样，浑身瑟瑟发抖，这时听到岸边聚拢来的人群中有人说，你看这个救人的，肚子上有一道大疤。马明新低头一看，手术后的一拃长的刀疤醒目地在他的腹部蜿蜒着，他的秋裤全湿透了，水淋淋地滴着水，让他越发寒冷。景区工作人员让他进屋取暖，他依然控制不住地浑身发抖，跟景区工作人员道谢后，急匆匆回家了。

前所未有的寒冷之后，他发起高烧来，如果不是他人提醒，他自己都忘了自己做了腹部手术还不到一年。之前他腰部疼痛，最厉害的时候走几步就像针扎一样，去医院做 B 超检查，腹腔里长了 9 公分的肿瘤，压迫神经导致剧痛。2018 年 5 月份，他去医院做了开腹切除手术。医生嘱咐他不要掉以轻心，不要受凉，一年要检查两次身体，坚持检查三年。跳下水救人的时候，这一切的嘱咐已经全抛之脑后了。

岸边目睹了惊心动魄的一幕的工友将他救人的视频发到了网上，他嗔怪道，这有什么好说的，抓紧删了。

时隔三年后，我问他，往寒冷的深水（最深的水段有 3 米多深）里跳，你不害怕吗？

他说，那个时候哪里想到害怕，水里有几条人命呢，不跳怎么行？

你又不是认识他们，怎么非要去救他们？

好事就得做，这是人命啊。哪怕他是犯了罪，咱也要去救他。

人命比天大，遇难要相救。这是齐鲁大地乃至中华民族由来已久的价值观，也是乡村最朴素的生命观。马明新这样无意识地传承着，践行着，他不觉得自己做了什么好事。"谁遇见了这样的事不这样做？"

问得再多他就更没话了，摆摆手，"不用多说，悄没声的做了就做了，不值得再提讲。咱不救，肯定也有人去救。"

马明新从来没觉得自己救了四个人是一件值得提讲的事。

二、辛寨村原来属仁寿乡

马明新所在的辛寨村地势北高南低，聚落呈长方形，是一个 2600 人的大存在。相传三国时期袁绍大将辛毗曾据此安营扎寨，其副将马云超在其死后留驻此地，遂取名辛寨，后人丁繁衍至今，马氏居多。明清两朝及民国前期，临朐县实行乡社制，设礼让、孝兹、仁寿、忠善四乡，辛寨村属仁寿乡大山社。村人自古向善，多乡贤硕望。

仁寿者，取仁者寿也之意。马明新的老母亲今年 93 岁。她经常忘记拐杖放的地方，但是对马明新小时候的调皮贪玩的事却记忆犹新，经常追着他问，吃饭了吗？吃的啥？出去干什么了？在老娘眼里他永远是个孩子，而他看老娘也是一个老小孩，需要哄着，需要时刻看着，看看起床了吗，看看门关了吗。每到孩子们放学路过马明新家门口的时候，老娘便比时钟还要准时地出现在家门口外。马明新一次次地要出去把她领回家，让她小心外面的车子和横冲直撞的孩子们，她笑眯眯的，过后依然按点准时到家门口看放学的孩子。

马明新三岁时父亲去世了，上面两个哥哥两个姐姐，他是家里的老幺。母亲张罗着一家六口的吃穿用度，经常无暇管他。但是规矩是少不了的，在外闯了祸，回家便是一顿揍。"谁家没个难处，人有难处，能帮一把就帮一把。"从他记事时母亲经常这样念叨，马明新不吱声，但是字字句句都埋进心里。

小时候他经常漫山遍野地跑，也有足够的时间在河里游玩、嬉戏，摸鱼捞虾。双泉河（景阳河）从村中穿过，将村分为河北、河南两大片。这条汩汩的河水是马明新小时候经常下河游泳的地方。他身条长大，在水里游起来，轻盈自如。

瞬间的义举并非偶然。村支部书记马忠来说，"这个大个子，热心耿直得很"。也是一个热心热肠闲不住的人，村里河道清淤的时候，村里会划船的人少，他自告奋勇一边尝试划船，一边打捞河里的淤泥，忙得不亦乐乎。

只要有需要帮忙的事，就怕他不知道，一听说立马就跑在头里了。没人比他跑得更快。

经常嘱咐他能帮人一把就帮人一把的老娘，在听说他在大冷天跳到河里救了四个人后，嗔怪地说，这么大冷的天，不怕把身子冻坏了。又赞许又心疼，这就是老娘对他最直白的情感表达了。

提到老娘他心里喜滋滋的，60 多岁了还有个 93 岁的老娘把自己当孩子看，这不是难得的福份吗？你说还求什么是不是？马明新这么说的时候，眼角嘴角都是笑意。

村里人都知道马明新是一个大孝子，他精心照顾母亲的一日三餐，小心照看母亲的行踪，早上去看看起床了吗，晚上摸摸门关了吗，时刻嘱咐着不要乱走。妻子去河南哄孙子了，村子附近好多缺人的企业，他走不开，但也不就此闲着，趁空在地里栽了二亩 280 棵红宝石梨树，买了纱网子罩了。春天一刮，就抽出了嫩芽，长势还不错，估计今年就能挂果了。长好了就卖一点，长不好自己邻里百舍吃着也放心。

小院北墙下他养了十多年的红豆杉有小腿那么高了，粉色杏梅开得正欢，屋子里一株飞舞流金开得黄灿灿的，枝条上仿佛挂着一颗颗明晃晃的小太阳。

三、勇敢的定义和马明新的算法

《论语·为政》道："见义不为，无勇也。"那么见义勇为便是看到正义的事情奋勇地去做。

在与马明新聊天的时候，我很难将朴实讷言的他与那个危难时刻跳下冰冷水中，救起四条人命的英雄联系在一起。但是事实就是如此，英雄不一定是无所不能的超人，但一定是无所畏惧的勇士。

见义勇为真汉子，莫将成败论英雄。明·冯梦龙《东周列国志》第十四回如是说，临大难而不惧者，圣人之勇也。人在危难之中油然而生的勇敢，不是莽撞，也不是一时兴起，而是来自内心中坚定不移的正义感。因为善，因为义，因为尊重生命珍视生命而油然而生的一种勇敢，它必然来自于丰盈自洽的心灵。

1961 年生人的马明新出生后正好赶上了最穷苦的日子。生地瓜放在窗台上，第二天醒来冻得梆梆的，利牙也咬不动。经历了岁月艰难的马明新对现在的日子充满了感恩。他一个劲地说，多好的社会啊，吃的喝的用的，以前想都不敢想。上了年纪干不了了，国家管着生活花费，生病了拿药住院也报销。8 万元的手术费，报销后，只花了 2 万多一点。提到现在的种种，马明新脸上洋溢着满足开心的笑容。那发自内心的笑，让这个 60 多岁的男人脸上像盛开了一朵花。

他是个热心憨直的普通农民，四十年来，他在煤矿、化工厂、电磁厂等干过，开过肉店，打过零工……如果不是在家照顾母亲，他现在一定也和村里其他农民一样，热火朝天的在一个企业里忙忙活活。"你只要一心想救人，就什么也不怕"马明新这句朴素的话，让我豁然开朗。当一个人能把他人生命放在第一位的时候，生死真是可以置之度外，生死都可以置之度外，又有什么可怕的？没有了恐惧，便没有不可以成就的事情。

徐三重《信古余论》卷四释"见义不为，无勇也"，有一句妙语："'为'固当'勇'，'见'亦须真，故学以精'义'为先。"

真正的勇者绝对不是莽夫，而是心中有大爱和大愿的人。马明新就是其中之一。

"所有人都会死，但不是每个人都真正活过。"勇敢的人，见义勇为的人，为了他人生命安全而忘掉自我的人，是真正活过的人，他们的生命充满光与热的能量，并把这能量带给了更多的人。

当我问他，你不后怕吗？万一你要是出了意外呢？

他们是四条人命，我是一条，搭上我一个，救了四个也值了。

这就是马明新朴实无华的算法。没有计较利害，没有算计得失，一人救四人，付出怎样的代价都值得。

心中有义，才能勇于出手勇于担当。危急纵身一跃，划出了人生最壮丽的弧线，奋力一举，绽放出生命最高尚的光芒。这个满面红润的朴实汉子，让人心生暖意。

　　勇敢的一瞬，救生命于水火，或阻恶行于眼前；这一瞬，是危急时刻的担当，是正义勇气的爆发。这一瞬，永恒难忘。这一瞬，是一个火种，传递了对生命万物生生不息的爱和尊重。传承见义勇为，就是传承我们心目中对正义的守望，就是给善良正直者以勇气，给孤独者力量，给负重前行者底气和信心。

　　马明新，是条汉子！

耸立的丰碑

文/李新红

一

天蓝，云白，海碧，沙金。七月的金沙滩，美如诗画。

轻柔的风，在金沙滩上欢快地奔跑着，欢唱着，嬉戏着，像一群调皮可爱的孩子。我手搭凉棚放眼远眺，水天相接出一条条白线正奔腾着向我涌来，一朵朵浪花在波光粼粼的海面上次第绽开，旖旎景色着实令人陶醉。

难怪乎伦学冬的儿子心仪神往那儿久矣。可因伦学冬工作繁忙，难以抽身，屡次承诺带儿子来游玩，却一直未能兑现。

2019 年暮春，儿子参加济南市举办的儿童跳棋比赛。比赛前，儿子兴味盎然说出了一个想法，说，爸爸，若我这次比赛拿到第一名，你就带我到烟台的金沙滩公园去玩。这次，你可要说到做到噢。伦学冬慨然答应了。一向成绩优秀、乖巧懂事的儿子，跳棋比赛果真折桂。

二

伦学冬供职的褚集小学 7 月 8 日已开始放假，可他愣是忙到 7 月 27 日，才进入假期模式。想起对儿子的承诺，他随即带着 8 岁大的儿子开启了烟台之旅。

下午两点多，伦学冬携儿子来到烟台金沙滩公园旅游景区，乘坐脚踏游船出海游玩。同坐这艘游船的，是一名 11 岁、长得虎头虎脑的壮实男孩。

错落的岛屿，清澈的海水，舒柔的海风，迫人遐想无穷，游船穿梭，引动游人心绪。下午四时许，在游船离岸边大概五十米左右的地方，同船的小男孩看到了岸边自己的妹妹，便兴奋地站了起来呼喊妹妹，孰料一个趔趄，人重心倾斜，顷刻栽入海中。其时伦学冬正在跟儿子欣赏金沙滩的景色，忽听扑通之声，转眸打量，原是同船的那个胖男孩掉进海里，双手正在扑棱着，命悬一线，伦学冬见状，毫不犹豫地跳进海里施救。

个头 1 米 6 多的伦学冬，身子单薄，且不会游泳，而落水男孩体魄魁梧，伦学冬与其根本不成正比，这给伦学冬施救带来极大的困难。他在水中无数次想把落水男孩救上游船，无奈脚踏不到底，他忽而沉浸到水里，忽而又浮出水面，几近使出吃奶的力气，也极难将落水男孩救上游船。伦学冬依然没有放弃，他双手紧紧拽住男孩，拼尽全力将体重超过他的男孩使劲往上托举，避免男孩呛水而窒息。时间滴答飞逝，他不甘的轮番动作，人不停地被海水呛噎，彼时的他体力已逐渐消耗殆尽，愣是凭着心中那份无论如何也要把孩子救上船的意念支撑着。

在听到呼救声后，景区内的龙顺旅游救援队队员立刻前往事发海域营救，男孩由于受到伦学冬竭尽全力的托举没有呛到海水，身体并无大碍。而伦学冬却因身疲力竭和呛水过多失去了生命体征，永远地离开了这个美好的人世间，生命永恒定格在了 35 岁。

三

壬寅腊月廿五下午，我驱车前往伦学冬生前所在的学校，力图探寻出他的生命轨迹。

行前，朱校长委婉告知我，学校坐落的位置比较偏僻，不少路段狭窄而坎坷，十分难走，可我还是抱定宗旨，决意前往。原本欲去走访下伦学冬的家人的，考虑到春节临近，我不忍去搅扰别人，刺痛那敏感的神经，故而选择采访伦学冬生前所在学校的朱校长。

"偏远"一词，在我没去褚集小学之前，尽管朱校长提示过，可我绝不可能想像到竟会偏远到如此程度——行经九曲十八弯，置身寂寥荒僻一隅，远离尘嚣，倍显落寞清冷。

我依循朱校长发给我的地理位置，按图索骥过去，转弯，又转弯，方向盘尚未回正，接下来又是一个弯接着一个弯，转得我晕头转向，后背直渗汗，转到把万能的导航都转迷糊了，仍茫然不知去向，当时很郁闷。

道路极其狭窄，若对面来车，根本无法交会，再加上当日天气阴郁，到处铅灰色雾蒙蒙的，沿途不见行人。我在心里一边絮叨太危险了，倘发生啥意外都无人知，一边又给自己鼓劲壮胆，为了把见义勇为的精神传承下去，不要怕。一路提心吊胆，一路走走停停。当导航显示仅距几十米时，仍寻不着目标，内心焦虑的我停下车，踱至路边，去询问一老大娘，大娘友善地告诉我，再往前走一段路，右手边便是。

花了九牛二虎之力，终于到了。

彼此知情达意，省却了寒暄客套。人刚坐稳，一向沉静的朱校长就开门见山，朝我历数家珍起来：伦学冬1984年生于商河县郑路镇褚集村，2000年考入商河第二中学，后考取临沂师范学院（今临沂大学），就读于小学教育专业，2008 年取得青岛大学经济法学本科学历。2007 年 9 月，大学毕业的伦学冬先在商河县郑路镇展家小学任教。由于谦逊好学，勤奋努力，很快就成为学校的骨干教师。2012 年 9 月，为增强褚集小学的教学力量，伦学冬愉快地服从组织安排，调入比原学校规模更小且离县城最为偏远的褚集小学，担任语文老师，兼班主任、教导处副主任。

四

在朱校长的引领、陪同下，我怀着沉痛的心情，观瞻了学校开辟的"伦学冬道德模范学习室"。扫视全室，虽显简陋，却图文并茂，颇具范儿。

最先映入眼帘的是伦学冬生平简介、用生命的托举诠释榜样的力量——事迹纪念牌，顶端是伦学冬的遗像，下方是学生们送行伦老师时失声痛哭的一张张稚嫩流满泪水的脸庞，以及家长们在出事后发来的惋惜哀悼词。看着看着，我不禁泪湿眼眶。

透过朦胧的泪眼，我仿佛看到伦老师阳刚的国字脸上，架着副眼镜，镜片后面那双不大却慈祥的眼睛，热热的，亮亮的，像一盏灯，照亮和温暖着每一个学生、每一位同事的心。往右是详实介绍伦学冬工作中的点点滴滴，真实生动地再现了他怎么给学生上传统文化课、安全教育课，给家长上"如何做一个合格的父母"学生家长培训课，指导新来的同事，帮助困难孩子，维修学校的房屋等平凡而闪亮的生命履痕。

转瞬间，神思幽然的朱校长对我说，往昔，伦老师的班里有一个小女孩，父母离异，她跟着爷爷奶奶生活，经常上课注意力不集中，不是用嘴巴咬铅笔就是用手摆弄橡皮，且性格孤僻怪异，脸上很少有儿童的天真与活泼，课间也不出去和同学们游戏或交流，一个人孤寂地坐在教室里发呆，"迟到"已然成为她的家常便饭，甚至发展到后来旷课逃学。伦老师急了！他连夜找到小女孩奶奶，提议让她坐在课桌旁陪着孩子一起听课。小女孩奶奶采纳照做了。可只要奶奶一离开，小女孩依然故我，仍提不起学习兴趣。伦老师就像父亲关心自己的孩子一样关心这位同学。

伦老师先从心理上给这位同学进行疏导，下课主动陪这位同学一起玩耍，或做课间操，渐渐地，小女孩变得活泼起来、爱说爱笑了。伦老师再抓小女孩的成绩，利用早晚或周末时间，骑着车风尘仆仆赶到小女孩家为其补课，历时数月。精诚所至，金石为开。在伦老师的帮助鼓励下，这位小女孩的成绩一点点提了上来，从班里倒数第几名，跃升为班里第三名，而且成绩比较稳定。小女孩说，她最喜欢的是伦老师的语文课，在课本的空白处，小女孩密密麻麻地记满了伦老师上课的笔记。

伦老师对班里的每一位学生都如同对自己的孩子一样关爱呵护，发现哪一个孩子成绩下滑或是情绪不稳定，伦老师第一时间和学生家长沟通，及时扶携学生摆脱困惑，步出困境。班上倘有学生感冒了，他就主动叮嘱学生按时吃药，天冷了，他就嘱咐孩子们多穿衣服，别着凉了，好像他来世间一趟只是为了这些孩子们。那些质朴的话语，犹如春雨润物，滋润着学生们的身心。

朱校长还不无疼惜地回忆道，伦老师不仅是一名优秀的教师，也是一名合格的"打杂人员"——学校里桌椅板凳坏了，教室漏雨了，都是伦老师自告奋勇去修修补补。有年暑假中，下了一场滂沱大雨，雨霁后，伦老师第一时间跑到学校，挨个巡查是否有哪间教室漏雨，当发觉真有一间漏雨时，他主动奔回老家搬来梯子，"蹭蹭蹭"爬上屋顶察看，原是两片瓦破碎了，于是又像灵兔似的从家里拿来两片瓦，细心换上，彻底消解了漏雨的问题。

五

我肃穆聚焦在伦学冬道德模范学习室里，怀着既崇敬又惋惜的心情，津津有味地观瞻着。

展框右侧是伦学冬读小学、初中、高中、大学，以及他当老师后的随笔。我撷取有代表性的质朴文字，专注地读了起来，感触颇深，在此，也缋以读者——

他的小学老师在随笔里用精微细腻的笔触刻画到：伦学冬 1992 年入学，在同龄孩子中他身材瘦小，个子矮矮的，并不引人注目。通过四年的学习生活，渐渐引起了我的关注。他勤奋好学，乐于求知，尊敬师长，团结同学，热爱劳动，关心爱护公共财物。记得在四年级的一次习作中伦学冬这样写道：我长大以后也要像老师那样做一名光荣的人民教师，无怨无悔用爱心去关心每一位学生。言为心声。他从小默默立下了这样的誓言，并用自己的言行践行这一目标。

初中物理老师在随笔中是这样描述的：他来自偏远的农村，家中兄弟姐妹多，农业收入是家里的主要经济来源，家庭负担重，他那时就知道省吃俭用，是他带给班级勤俭节约的班风，他脚踏实地关心集体，热爱劳动，虽然他身材矮小，不擅言辞，对事情却有自己独到的见解，运动会篮球赛他总能想出好办法，找到合适的运动员，同学们也都很喜欢他，因为他诚实可靠。回想他，脑海中即可浮现出他浅浅的笑，他的真诚，他的善良……

高中老师在随笔中情深深意殷殷地写下了这样的文字：三年的日子悄然流过，他给我的印象，从最初的模糊稀疏，渐次变得清晰立体。刚开始我任高一物理老师，看到他身材矮小瘦弱，内向木讷，不善言语，心想他就是一名极其普通的学生。而三年的师生接触，让我慢慢改变了对他的看法，他与老师和同学之间的关系处理得特别好，他的勤俭，他的真诚善良、他的朝气与活力，感染着身边的每一个人。

伦学冬的大学老师在随笔里更是给予他一连串的褒奖之词：许多同学在十年寒窗苦读步入大学后就对学业有所松懈，而你却是一名恰恰相反的同学，学习刻苦勤奋，每次都是"三好学生"，综合测评成绩为"A"，思想积极上进，并光荣成为一名中国共产党党员。在担任班干部期间，认真对待每一次集体活动，尊敬老师，团结同学，遵守各项制度，积极参加各种社会活动，如到敬老院慰问老人，用自己兼职赚来的钱救助福利院的孩子等等。可见伦学冬是一位名副其实的好学生，工作后也是一位名副其实的真诚善良、有爱心的优秀教师。

六

伦老师工作以后兢兢业业，一丝不苟，在校担任初级语文老师，兼任班主任和教导处副主任期间，他以自己优异的教学实绩，先后荣膺县教学能手、优秀教师、教科研先进个人，以及济南市优秀班主任和县少先队优秀辅导员。他撰写的教学论文《浅议多媒体技术与语文学科有效整合》《如何在小学语文教学中陶冶学生的情操》连续荣获第十八、十九届山东省教育教学"百佳"论文一等奖，《浅论如何搞好语言文字规范化教学》荣获第十一届全国语文规范化知识教育论文大赛二等奖，教育案例《当手机彩铃响起》荣获济南市第八届中小学优秀教育案例一等奖，课件《只有一个地球》和《七颗钻石》分别荣获中国教育学会举办的"中国梦·全国优秀多媒体课件评选大赛"一等奖和济南市中小学教育信息化评选二等奖。

伦老师的人生旅程短暂，却处处光华熠熠，透射出他纯朴的品质与卓尔的智慧，他用一道道闪光的弧线，勾勒出了他丰盈多维的形象，令我心生敬佩。

朱校长不无骄傲地阐述着，数度凝噎。须臾，意犹未尽的他起身带我去看伦老师生前上过最后一节课的教室。我走到教室前，试图打开教室的门，却感觉那扇陈旧的木门仿若有千斤之重，费了好大力气才打开。教室前的黑板上，还留存着他隽秀的字迹："防溺水家长会"。放假之前进行安全教育，是堂必修课，他尽职了。扫视三排课桌，排列得整齐有序，不由颔首。

朱校长告诉我，这间教室是伦老师生前上过最后一节课的原貌。为了纪念伦老师，这间教室里所有的东西都未曾动过，全是原来的样子。我沉吟遐思，眼前蓦然浮现伦老师站在讲台上给学生讲课的情景，他慈祥的面容，深情的话语，一句句语重心长的叮嘱在耳边回响，只是谁也没有想到的是，伦老师的生命就定格在了这一堂课之后。

内敛务实的伦老师来去匆匆，若秋叶之静美，而在生命的关键节点上，他又如夏花般粲然绽放，开得壮美，开得轰烈，开得惊心动魄。在他人为难之际，他不顾个人安危，毅然挺身而出，用双手托举起的不仅仅是一个男孩，是一个家庭，更是一份崇高的师德、厚重的责任和见义勇为的人间大爱！正是这份无私的爱，弥合了一个濒临破碎的家庭，也温暖了整个社会。

伦老师走了，带着满腔热血、真诚善良与磊落大爱，无怨无悔地走了。而他舍生忘死的大无畏精神，早已冲破地域，不分性别民族，永存于我们每个人，甚或世代人的心里，延绵不断。

他是一面旗帜，猎猎飘扬在我们的心中；他像一座丰碑，烁烁耸立在时代的高原。

爱相"髓"

文/李 静

我不认识你，甘愿帮助你；我不认识你，但我谢谢你！

——题记

添"爱"

2022年2月22日，农历正月廿二，星期二。

九个"2"的千年等待，让这一天成为两千年来最有"爱"的日子。

位于济南市天桥区的解放军第九六〇医院，正在进行一场满含爱意的生命接力——东营、济南的两位造血干细胞捐献者正在进行造血干细胞捐献，远在湖南、北京的两位受捐者，正在无菌舱内等待着两位陌生人给予他们生命的"芯片"。

"今天，有9个'2'是上天赐予，而两位爱心捐献者组成的第10个'2'，则是人间真情。可谓'大爱围绕，十全十美'。"有人感叹。

是呢！世间的事，可谓天意中有偶然，偶然里含天意，无论是天意还是偶然，都是为人间添"爱"而来。

两位捐献造血干细胞的有爱之人中，有一位是来自东营市第二人民医院的医生，他叫刘国强。虽然扎着粗粗血管的左臂和带着留滞针的右臂一动也不能动，虽然连续五天注射动员剂已让他浑身酸痛，但他依然坚持着，坚持着。

他听说受捐者是个年仅 7 岁的男孩，就想起到济南捐献之前，家中两个孩子对他的不舍和支持——不舍是因为爸爸需要离开六七天时间，支持是因为他们知道，爸爸要去救一个跟他们年龄差不多的小朋友。刘国强的两个孩子，大的 9 岁，小的 5 岁，想想自己的孩子，再想想湖南那个患儿，他再一次凝神聚气，坚持、坚持、再坚持！

200 毫升带着他体温的造血干细胞采集完毕，交到等候在门外的志愿者手中，他轻轻地吁出一口气，像终于完成了一项神圣的任务。一直陪伴着他的妻子向他竖一个"大拇哥"，又轻轻地帮他揉揉肩，捏捏腿，他回报一个满含爱意的微笑，慢慢闭上眼，他想歇歇。

当天，他的造血干细胞将输入那名 7 岁男孩的体内，大约 20 天左右，他的造血干细胞将在那个陌生的男孩体内，制造健康的白细胞、血小板和血红蛋白，完成血液的健康循环，重构健康的免疫系统。

"孩子，虽然我不认识你，但我心甘情愿帮助你。"刘国强在心里说。

按照造血干细胞捐献的"双盲"规定，在一定的时间内，捐献者和受捐者的信息不能透露给对方，双方也不能见面。即便如此，刘国强的心里，却有了另一份亲情与挂牵，绵绵不断。

是啊！造血干细胞是生命的种子，链接起两个陌生的生命；造血干细胞是一缕亲情，牵连着两颗陌生的心跳。

也有人比刘国强幸运。在东营市消防支队工作的汪凯，他于 2011 年 3 月为一位患者捐献过造血干细胞后，就很快知道了受捐者的情况，并且在山东省红十字会的安排下，于次年的 6 月 5 日与受捐者见面，这次见面，距离捐献隔了 15 个月。

有人不禁会问：汪凯为什么这么幸运？因为受捐者是被誉为"最坚强大

学生村官"的张广秀，捐献之初，他们就知道了双方的相关情况。

出生于山东省临沂市罗庄区桥西头村的张广秀，从鲁东大学政法院毕业后，考取了大学生"村官"，到山东省烟台市福山区福新街道垆上村扎下了根，这个笑眯眯有干劲、服务好爱钻研的大学生村官，却在 2010 年 10 月被确诊为急性白血病。这个朴实的女孩，确诊后仍然抱病工作，她扎根农村的坚韧精神引起了社会关注，她的病情更是牵动着很多人的心。2011 年 2 月，卫生部派专家将张广秀接到北京大学人民医院就诊，并作出开展非亲缘造血干细胞移植手术的决定。

白血病是一种血液系统的恶性肿瘤，造血干细胞移植是目前医治白血病的有效手段。

中国造血干细胞捐献者资料库迅速启动配型、寻人行动！

那时候，老家枣庄的汪凯在东营市消防支队工作，根据配型数据，这个 23 岁的小伙儿成为唯一可以为 24 岁的张广秀带去生命希望的人！

"接到东营市红十字会电话的时候，我很爽快地答应了——'我可以捐献！'那时候并不知道受捐者是谁，当时想得很简单：既然配型成功，我就义不容辞地捐献！"年轻的汪凯义薄云天，话语铮铮作响！

2011 年 3 月 7 日、8 日，汪凯在中国人民解放军 307 医院分两次无偿捐献了 328 毫升造血干细胞，他的义举引来社会的广泛赞誉，时任中国红十字会会长华建敏、卫生部部长陈竺等领导分别看望他、称赞他、勉励他。"那段时间，各级领导、社会各界对我的赞誉一股脑儿的涌过来，我很感激，也很惶恐，大家都说这是救人一命的义举，可对我来说，只是一件应该去做的事儿。"汪凯说，捐献之后，他也获得了大大小小不少荣誉，但都被他悄悄地存放了起来。

"跟儿子说过吗？"汪凯的儿子今年六岁，正是爱与小伙伴们互相炫耀谁的爸爸更厉害的年纪。

"从来没说过，也不打算说。"汪凯说，他会引导儿子向为祖国和人民做出贡献的人学习，"自己的事儿，不会说。"受齐鲁儒家思想浸润的小伙儿，这份内敛、低调更令人敬佩。

2012年6月5日，山东省红十字会举行造血干细胞捐献突破200例宣传活动，汪凯和张广秀第一次"线下"见面了。

"谢谢你，好弟弟！"手术15个月后，恢复得不错的张广秀终于当面对汪凯说出了这句话。

"广秀姐姐比之前报道中看到的稍胖了一点，精神很好，当时见了面，心里很亲近，是很自然的那种亲近。"两人见面的场景，或许会成为汪凯今生最珍贵的记忆，连同张广秀送给他的一个小礼物——一个可以放在车里的小熊猫，他也一直珍藏着，"当时，广秀姐姐说，我的职业是司机，她希望这个小熊猫带给我永久的平安。"

汪凯一直关注着张广秀的消息，她出院了，他高兴；她返回工作岗位了，他开心；她又住院了，他忧心；2016年8月21日，大学生村官张广秀的生命定格在了30岁，汪凯的心啊，揪着疼！

生命就是这样，她的去留，不以人的意志为转移。

世事就是这样，它的无常，留给人们无尽的欣喜与悲戚。

所幸，我们总能在助人中体味幸福，在悲伤中重振力量！

息　壤

人体是一部精密又严密的机器，她的起始，只是一枚小小的受精卵。

由一个受精卵开始，经数次分裂，分化为胚胎和胚外结构。胚外结构中有一个被称为卵黄囊血岛的组织，它的外层分化为原始的血管网，内层分化为最早的造血干细胞。

当胎儿发育到 7 个月时，骨髓腔内就充满了富含造血干细胞的红骨髓，从此，骨髓成为主要的造血器官并保持终身。来源于肝脏的造血干细胞经血液循环迁移，栖居于骨髓中，一边维持自身数目与特性的稳定，一边增殖分化，提供着源源不绝的血液细胞。

当发育成熟的胚胎呱呱坠地之时，骨骼、肌肉、内脏、皮肤等器官早已为他搭建起了身体的主架，被誉为生命之河的血液就在体内畅通运行，而被称为血液之源的，就是造血干细胞了。

现代医学的发展让人们对造血干细胞有了清晰的了解——它是具有自我复制、多向分化和归巢潜能的原始细胞。犹如一棵树干，可以长出树杈、树叶、开花、结果；也仿佛女娲娘娘补天之后遗落的"息壤"，落地而生，生生不息。

她的这一特性，注定了会在科学的助力下，造福人类。

1945 年，日本广岛和长崎的居民因原子弹的伤害患了辐射病，免疫系统遭到摧毁，骨髓失去了自我造血的能力，有人尝试利用骨髓移植的方法为他们治疗，取得了异乎寻常的成功。从此，骨髓移植开始成为一项医学技术，在救死扶伤的第一线为人类造福。1957 年，美国华盛顿大学多纳尔·托玛斯发现正常人的骨髓移植到病人体内，可以治疗造血功能障碍。这一技术的发现不仅使他获得了诺贝尔奖，造血干细胞移植技术还燃起了各类血液疾病患者的生命之火。

成人的造血干细胞主要存在于扁平骨的红骨髓中，最初的骨髓移植就是抽取红骨髓。东营市人民医院血液内科副主任医师姜辉与血液打了几十年"交道"，2004 年，他在天津血液病医院读研究生时，就多次用长长的针管抽取骨髓捐献者的造血干细胞，纵然捐献者已经被全身麻醉，丝毫觉不出疼痛，但他每在一处抽取，也都会特别小心。到 2012 年，他到北京 301 医院进修时，就开始采用"动员剂"催动骨髓中的造血干细胞到外周血中，通过分选外周血来收集造血干细胞了。

既然造血干细胞移植的目标是挽救患者的生命，那么，选取与患者全相合的造血干细胞供体进行捐献，则是成功救治患者的必要保障。

造血干细胞移植的供体，最好是同胞的兄弟姐妹，一般称为亲缘供者，其次是 HLA 配型全相合的无血缘关系的陌生人，这种被称为非亲缘供者或无关供者，还有一种，是有着亲缘关系的供者与患者能够实现半相合的单倍体移植。

生命的唯一性，让生命尤其珍贵；血缘的关联性，让亲情不容割舍。

2016 年底，胜利油田的郭春霞听说定居美国的三妹确诊了急性淋巴白血病，最好的治疗方法就是进行造血干细胞移植，若兄弟姐妹等亲缘供体提供的造血干细胞配型成功，则治愈过程中的排异反应会相对较小，治愈的成功率将更高。于是，她和大姐、小妹与她做了配型。结果，郭春霞与小妹都与三妹配型相合，经过再三考虑，郭春霞决定为三妹捐献。

因三妹不能回国，她申请出国捐献却两次被拒，无奈之下，国际红十字会与山东省红十字会、东营市红十字会联系后，她于 2017 年 1 月到济南千佛山医院为三妹捐献了造血干细胞，同时捐献了一定剂量的血小板。到今年，三妹已完成造血干细胞移植五年整，身体恢复得很好，已经重新找到工作继续她的奋斗人生了。

为三妹进行造血干细胞捐献那年，郭春霞 53 岁，是东营市迄今成功捐献造血干细胞者中年龄最大的，"那是我亲妹妹，我得救她。"她说。

血脉亲情！有了共同的血脉，就有无可替代的亲近情感。

对于亲缘配型成功的供受双方来说，是幸运的，而为血液类疾病患者找寻另一位毫无血缘关系的造血干细胞可供方，堪比大海捞针！

花晓燕是东营市红十字会业务科工作人员，从事造血干细胞捐献相关的联络工作五年了，从每年五六月份的造血干细胞志愿者血样采集入库工作，到为配型成功的捐献者联络、体检等具体事宜,她承受着工作带来的压力,更享受着世间真情的洗礼。

东营市红十字会的造血干细胞血样采集工作自 2012 年开始,高校学生、单位工作人员等都是他们宣传发动的对象,为了保障日后配型成功后的顺利捐献,各级红十字会更青睐本地固定居住人员。随着人们对造血干细胞捐献相关事宜的知晓率,现在每年也有人打电话前来咨询,想采集血样,成为志愿者。

造血干细胞捐献志愿者血样采集后,被送往中国造血干细胞捐献者资料库认定的实验室做 HLA 检验,检验结果将录入计算机系统并上传资料库。

每天上班时间,花晓燕都会登陆中国造血干细胞捐献者资料库平台,平时的工作通知和志愿者初筛匹配成功的通知都会第一时间在系统下发。若本市有初筛相合者,她会根据志愿者所在地域,通过所在县区的红十字会与志愿者取得联系,若志愿者同意捐献,将逐步进行高分辨配型、再动员、捐献前体检等相关工作的跟进,直至将捐献志愿者送往指定捐献医院进行造血干细胞捐献。"一般初筛配型时,会找出 10 名与患者 HLA 相合的捐献志愿者,经过高分辨配型,选出其中 3 位相合点位最多的捐献志愿者进行再动员。"她说,若供受双方条件允许,整个流程走完大约需要一个月的时间,若因供方客观原因或受捐方身体等原因,则会延长时间,有时候还会跨年度。

高分辨配型之后的再动员,是对捐献志愿者是否同意捐献的再一次确认,但直到捐献者捐献完成,所有人的心才会真正放下。这期间,捐献者是否能够坚定捐献,对于患者来说,是性命攸关的事情。

当捐献者注入第一剂动员剂的时候,受捐者也同时开始了造血干细胞移植之前的预处理,此后,受捐者需要待在无菌舱内,医生将他骨髓中的肿瘤细胞和非造血细胞全部清除掉,也包括所有的白细胞、血小板和血红蛋白。捐献者的造血干细胞被采集出来后,24 小时内就必须输注到受捐者体内,在此后的近 20 天时间里，供者细胞和患者的自身细胞将会有一段共存阶段，经过一段时间的预防感染和抗感染治疗，慢慢地，供者细胞完成主导的分裂与生长，在另一个身体中完成生命体的完全成长。

"移植过程中，受捐者进入无菌舱后，捐献者若悔捐，是最让人害怕的人为因素。"姜辉说，他曾经听说有此类事件，但自己从未亲身经历过，"捐献者若临门悔捐，等待患者的只有一条路，那就是死亡。"

中国造血干细胞捐献者资料库的建设以"人道、博爱、奉献"为基石，对于志愿者来说，"自愿"和"无偿"是捐献行为的出发点，无私奉献的救人善举能否最终走向皆大欢喜的结局，是一场关乎人性的考验。

"世上还是好人多！"人性的走向绝大多数是向善的，人们才见证了许多陌生人之间的大爱与奉献；"有恩必报！"中国人骨子里的感恩情结，也让不少受捐者在治愈后苦寻捐献者，开启一场场"你有无私之爱　我有感恩之心"的双向奔赴。

认　亲

楼角拐过一辆黑色轿车，"来了！"不知谁说。

"怦、怦！"张宝忠的心快速跳了好几下，好像要蹦出胸膛。

他的眼紧紧地盯着轿车，迎上去，迎着一种说不清道不明的血脉牵连。

三个车门都开了。张宝忠略略伸手，就这么一两秒钟，一个汉子哭着，奔他而来，"扑通"跪在了他的脚下。又一个人，又两个人，都跪下了，他连反应的时间都没有。

"可别！别这样！"张宝忠和妻子，有点慌乱地奋力去拉，刚拉起来，又被抱住了，很紧。"谢谢！我的大恩人……"他耳边是哭声，他眼里是泪水。

一时间，他觉得这一幕真实的有点儿失真，又觉得以前有点儿飘飘忽忽的心，落了定。

"这世上的事儿，就是那么出其不意。"事后，他感慨："这一说，得往九年前说了。"

张宝忠是山东东营市利津县陈庄镇政府的一名工作人员，工作性质决定了他对数字格外敏感，随着一个个代表年份、月份和日期的数字从他嘴里淌出来，一个来自河南周口的陌生男子，也和他有了血脉的维系——

2013年6月9日，利津县红十字会首次在全县招募造血干细胞捐献志愿者，那时候，大家对造血干细胞捐献的情况知之甚少，"就是捐骨髓。""把骨髓给别人了，咱自己还能活吗?!"疑虑者有之，抵触者有之。

张宝忠详细了解了情况，却想试试，"当时是和四名同事一起报名采集了血样。"血样采集完成后，张宝忠成为利津县首批造血干细胞捐献采样志愿者，他们的血样被送入中华骨髓库山东分库。采样完成后，他回家告诉了妻子，妻子也支持他，"有机会就救人一命，没机会咱也没啥损失。"心怀善意的夫妻俩依然是惯常的步调，工作、生活，育女、孝老。

2017年3月，张宝忠收到利津县红十字会的通知，得知有位河南患者与他的骨髓配型全相合，需要他进行造血干细胞捐献，"你愿意捐献吗？""我愿意！"

他按照要求和流程，为捐献做准备。2017年4月初，按照程序到医院查体后，发现有中度脂肪肝，"我们的骨髓配型结果是10个点的契合度，这很难得，要捐就给他最好的。"他戒了晚饭，每天晚上到黄河大坝上跑7.5公里，两个半月就减重6公斤。

2017年6月14日，张宝忠赴济南军区总医院做捐献前准备，6月19日和20日分两次进行造血干细胞捐献，共捐献造血干细胞320余毫升。张宝忠成为利津县第1例、东营市第29例、山东省第555例、全国第6550例成功捐献造血干细胞的志愿者。"事儿还真巧，我6月成为山东第555例成功捐献造血干细胞的志愿者，7 月份，女儿的高考成绩公布了，正是 555 分。"他欣喜于这个巧合。

按照造血干细胞捐献方和受捐献方的信息保密要求，张宝忠只知道对方的三个信息：年龄比自己小、B 型血、河南人。捐献完成，张宝忠的使命也就完成了，返乡前，志愿者将受捐人的一封感谢信送上，他两手捧过，仔细放好。自此，他心里多了一丝牵挂：那位河南兄弟，现在好吗？

人与人之间，一定存在着某种心灵的感应。就像张宝忠一直牵挂着那位骨髓配型全相合的兄弟一样，河南人刘正文——那位接受张宝忠造血干细胞的人，也一直和家人苦苦地寻找张宝忠，但他们只知道恩人是山东人，其他信息一概不知。有限的信息，成为他与家人寻找"血亲"的羁绊。

临近 2022 年春节，刘正文的堂兄刘全国又一次拿起手机，这一次，他在百度词条里输入了"骨髓移植山东"几个字，在搜寻出的结果中仔细查看，当他点开腾讯视频的一条"利津县 2017 年度道德模范张宝忠"的颁奖视频仔细观看时，发现了自己代堂弟写的感谢信，"那是 2017 年 6 月 13 日，我们得知造血干细胞捐献者即将启程前来捐献时写下的，并委托志愿者送给捐献人。"刘全国说。

"找到了！终于找到了！"看到视频中闪过熟悉的字迹，刘全国再也抑制不住心里的激动，他赶紧回放、定格，并确定了张宝忠就是他们五年里苦苦寻找的恩人。他颤抖着手，拨通了查寻到的利津县电视台的电话。

"接到王台长电话的那天，是腊月二十一。"张宝忠说，他听出来平素谨严的王台长，声音有点儿急促："你还记的前几年救的那个河南人吗？他的家人通过我们找你，你愿意跟他们联系吗？如果愿意，我就把你的电话号码告诉他们。""愿意呀。""好，我马上通知他们。"不过两分钟，张宝忠就接到一个电话："大哥，五年前，你救了我弟弟，五年了，我们终于找到你了……"

哭够了，抱够了，刘正文拿出准备好的锦旗："骨髓无价　大爱无疆"，又拿出刘全国早上手书的一幅字："血浓于水　恩重于山"。这是一种什么样的缘分啊！这是一份什么样的深情啊！原先互不相识的两个人，就在造血干细胞的奇妙黏合下，迅速成为了有血亲的一家人。

刘全国对张宝忠说："以前，在我们家我是大哥，从今以后，你就是家里的大哥！"

"好！好兄弟，咱们家去，家去！"落座后，又是哭一阵笑一阵，唏嘘一阵欣喜一阵。

刘正文不善言辞，一口一个"大哥"叫得瓷实。他简短的话里，幸运多、感恩多：2016 年，父亲不幸离世，2017 年初，他又查出患有淋巴白血病，那时候大儿子 17 岁，小儿子只有 9 岁，刚刚确诊的病让一家人陷入了黑暗的深渊。

造血干细胞移植，是最好的救命之举，可姐姐和妹妹的配型都不成功，无奈之下，只好通过中华骨髓库配型碰碰"运气"。幸运的是，三周后就传来了好消息：山东有位志愿者与他的造血干细胞配型全相合，"10 个点，全部匹配。"听到这个消息，他们笑了——这是幸运的笑；听到对方愿意捐献的消息，他们哭了——这是希望的泪。

"十个点全相合，是千万分之一的概率，就算同卵生的双胞胎兄弟也未必有这么高的匹配度。"张宝忠补充。

造血干细胞移植手术完成后，因二人极高的匹配度，刘正文身体恢复得很快，排异的药物服用了半年，就完全恢复了健康，而让他惊喜的是，困扰他多年的强直性脊柱炎也不药而愈了，他再也不用定期跑北京 301 医院，身体好了，家里的日子也越来越好了。

"其实我心里一直惦记着你，你看……"张宝忠拿出手机让刘正文和哥哥看，"这是 2018 年 6 月 19 日，也就是成功捐献一周年那一天，我填的词。"

"我来读一下。"刘全国说，"《忆江南·挂念》：一整年，仿佛在眼前。

纵有世间千百万，唯有与君血相连！怎不挂心田？——河南的那位朋友，你还好吗？"

"要是能现场和一首就好了。"有人说。

"我试着和一和。"刘全国轻轻地说。

"我和的这一首，是《忆江南·感恩》。"十分钟后，刘全国再一次朗诵："五年来，感恩挂心间。世间恩情千百万，怎比咱血脉相连？记您一万年！——感恩山东恩人张宝忠。"诵毕，现场一阵掌声。

像两股思念的溪流终于汇聚，张宝忠、刘正文这对异父异母的兄弟终于见面了。他们终于从互不相识的两家人到一见就亲的一家人，张宝忠一家、刘正文一家开启了真正的"鲁豫"有约。

此次到山东东营认亲，刘正文带来了妻子和小儿子，他的大儿子现在是一名军人，本来想趁回家探亲的机会跟家人一起到东营来，但根据疫情防控要求，他不能外出，成为此次的遗憾。刘正文见到张宝忠后，视频连线大儿子见一见恩人，一番感谢与交谈之后，他通过手机屏幕向张宝贵献上一个军礼，"以后，我一定和家人再去看望您。"他许诺。

认亲后，刘正文一家在东营作了短暂逗留，张宝忠带着他们到利津黄河外滩、黄河入海口游览。在黄河边，他们看着滚滚东去的母亲河，默默无声，心里却含着千言万语。是啊，河南、山东，黄河的流路串联起两个省份，血脉的传续串联起两家人——

"我们一定把这缘分和情谊传下去。"

"一定！"

底 色

孔子说："见义不为，无勇也。"他倡导大家做一个能够见义勇为的人。

百度词条中对"见义勇为"的释义是：个人不顾自身安危通过同违法犯罪行为做斗争或者抢险、救灾、救人等方式保护国家、集体的利益和他人的人身、财产安全的一种行为。

造血干细胞捐献者的捐献行为虽然对自身没有任何损伤，却是用奉献的方式挽救着另一个生命。他们的行为，是人间大爱，是助人为乐，也是见义勇为。更令人敬佩的是，他们一心付出的同时，或许还要承受着来自亲人的担忧，甚至是来自父母的不支持。

李彬彬是东营市红十字会的工作人员，也是东营市第 50 例造血干细胞捐献者，这个 1992 年出生的小伙子第一时间得知自己与一位患者初筛配型成功后，就坚定的表示一定捐献。但是，与家人沟通时，却遇到"难题"："媳妇很支持，但父母不支持。"李彬彬说，对于父母的不支持，他特别理解：即便对身体没有影响，他们也不愿意儿子去做这样的事，毕竟他们年龄都大了，两个孙子还小，他们这个年龄，为保万全绝不敢涉一险。

"我是红十字会的工作人员，就是做这个工作的，我不带头做，以后谁还做?!"即便他用这样的话来引导两位老人，他们也始终没有明确表示支持。就是在这样状况下，李彬彬还是踏上了赴济南捐献造血干细胞的路。

在东营，有两位捐献者进行了两次捐献，他们分别是胜利五中的体育教师陈佳佳和利津县疾控中心中层干部王长存。王长存第二次捐献时，就遭到了父母的反对。

"父母亲都七十多岁了，他们害怕我在半年内捐献两次，身体受不了。"王长存说，第一次捐献前，跟父母沟通后，他们表示支持，但时隔半年，当受捐者因身体恢复需要回输淋巴细胞时，还需他进行二次捐献，两位老人开始反对了。为了做通父母的工作，他们夫妻二人分别找能够联系到的医生咨询，并将咨询的录音放给父母听，"我是他的唯一供者，如果我不救他，他就完全没有任何希望了。我是你们的孩子，也有自己的孩子，你们心疼我，可是，这位和我一样大的兄弟，父亲有癌症，他有三个未成年的孩子，我不救他，他们家就塌了……"世上最好的共情就是以己度人，王长存的父母，终于含着泪答应了。

造血干细胞捐献者是勇士，捐献虽无性命之虞，捐献全程却要忍受不同程度的疼痛，注入身体的动员剂让骨髓中的造血干细胞在短时间内迅速增殖分化到外周血液，从而引发不同程度的身体酸痛或疼痛。从第一天的局部疼痛，到第二天晚上从腰部往颈椎、颈椎往肩部两侧直至胯部的疼痛，还有偶尔伴随的钻心疼痛，让李彬彬至今都记忆犹新。王长存首次捐献时，采血过程持续了五个小时，支撑他的除了自身的救人意志，还有志愿者送来的受捐者写成的感谢信："是您为我延续了新的生命，也让我懂得了生命的可贵，我以后会尽自己的所能去帮助社会上需要帮助的人，去关心爱护身边的每一个人……"

这是一个生命对另一个生命的呼应，是一条血脉向另一条血脉的汇流！

东营市造血干细胞捐献志愿者血样采集工作始于 2012 年，截至 2021 年底，已有 6292 名志愿者加入了造血干细胞捐献者资料库，有 54 名志愿者 56 次成功捐献造血干细胞。对于一个人口只有 200 万人的小城，一份份爱意璀璨成最具诚意的奉献。

造血干细胞捐献志愿者们，有医生，也有教师，有企业负责人，也有打工者，有基层干部，也有农民，他们的义举，像一个个分杈的树枝，在周边人身边蔓延生长。在利津县中医院工作的护士许文文于 2020 年初赴湖北参加新冠疫情援助，2021 年初，她又为一名患者捐献了造血干细胞；在齐润化工做后勤工作的高孟飞是迄今东营市成功捐献者中年龄最小的，他捐献完成后，身边的不少朋友报名采集了血样，也成为一名捐献志愿者；李彬彬的朋友听说他捐献造血干细胞，也纷纷找到他，要求采集血样入库；张宝忠的妻子在他成功捐献之后，也想采集血样入库，但因为超龄，她做了角膜捐献登记来弥补自己的遗憾，他们的女儿也成为一名无偿献血志愿者；东营市红十字会所有符合采样条件的工作人员，全部采样入库，预备着在未来的某一天，也能够成功捐献……

造血干细胞捐献，已经不是一个人的战斗，而是一群人在接力！

这一群人，把志愿的精神烙刻在心里，把奉献的真义践行在日常，从一开始，他们走上的就是一条只讲奉献不问回报的路。所幸，一切默默无语的付出终究会被看见——2017 年 12 月 27 日，东营市召开见义勇为先进分子表彰大会，由 30 名造血干细胞捐献者组成的大爱团队获得"东营市见义勇为先进群体"称号，并且每人得到了 5000 元奖励，此后，每年新增的造血干细胞捐献者，都成为见义勇为先进群体的新晋成员。而且，也有越来越多城市授予造血干细胞志愿者"见义勇为先进群体"称号。

这是对美德的看见，更是对义举的传扬！

2020 年 12 月 20 日，东营市红十字会举行造血干细胞捐献突破 50 例宣传活动，第 50 例造血干细胞捐献者李彬彬的妻子作为家属代表讲话："鲁迅先生说：能做事的做事，能发声的发声。有一分热，发一分光，就令萤火一般，也可以在黑暗里发一点光，不必等候炬火。此后如竟没有炬火：我便是唯一的光。"她的话，讲出了无私奉献者的大爱心声，也讲出了对未来加入者的热情引领。

造血干细胞这个始祖细胞，给每一个人的生命烙刻下专属的生命印记，造血干细胞捐献者们，也用他们的身体力行书写着专属于他们的生命底色——奉献。

无私奉献，是人类无价的品德，越来越多的人将无私奉献作为生命底色，一定能使细流成海、微光成炬！

花儿为什么这样红

文/曲京溪

　　村庄被绿绿红红包裹着。绿的苍翠，是风景树；红的紫嫣，为玫瑰花。数百亩玫瑰园，浩浩渺渺，层层叠叠，汇成一片汪洋花海，一眼望不到边。每一株玫瑰，都齐刷刷地向上伸展着枝条，向人们传递着一场盛大的花事，托举起春天蓬勃的梦想。

　　这儿是莱州市虎头崖镇西葛村。村党支部书记经轴，在玫瑰花园与两拨外地客人谈好了业务，抬头瞧瞧，日近中午。今天是五一节，儿子儿媳休完假期，下午就要返回济南，他得回家跟孩子们说说话，喝上几盅。

　　刚走到村委门口，忽见村子中央，浓烟阵阵翻滚，一柱烟雾，直上冲天。"救火呀，救火呀！"喊叫声，嘈嘈杂杂，不绝于耳。

　　哎呀，不好了。谁家失火啦！

　　55 岁的经轴，心一下子提到了嗓子眼儿。他，甩开大步，飞速向火场冲去。

一

　　着火的是村民希好家。希好 57 岁，父亲去世早，没上过几年学，不会做买卖，也没有什么赚钱的手艺，他和 92 岁的母亲，仅靠种几亩地维持生活，日子过得紧紧巴巴。姐姐淑英 63 岁，婆家是本村，丈夫已去世，家里的日子也不宽裕。这天，她回家看望母亲，给母亲和弟弟包了饺子。希好吃了饺子，就回自己的东屋房间睡午觉了。淑英去了邻居家串门。时至五月，天气转暖，但老母亲白天黑夜一直开着电热毯。因电热毯使用时间较长，出现短路，加之家中电线严重老化，造成电线起火。

正在邻居家说话拉呱的淑英，闻见一股子焦煳的味道，出了邻居家四处张望。猛然间，头"嗡"的炸了，是她家里着火了。不好了，我家着火啦，快来救火呀！她一边往家里跑，一边失声地喊叫。

淑英见家里的东屋房门掩着，估计弟弟还在睡觉，就大声呼喊弟弟赶快出来。此时，希好也被浓烟呛得醒来，听见喊声，就赤着脚往外跑。谁知刚拉开房门，房间进了氧气，瞬间，浓烟变成明火，火苗"呼"地冲出门外，屋里屋外成了一片火海。

经轴赶到火场，已经累得上气不接下气。周围邻居正用水管、水筲往火上喷水，但都无济于事，火势丝毫不减。那天气温很高，天气干燥，大火烤得门窗玻璃向外鼓胀，噼噼啪啪地发生爆裂，救火的人根本靠不上去。火舌正向两侧邻居家的房子蔓延。经轴更加紧张。村民的房子，山墙相接，座座相连，如果火势不能得到控制，将火烧连营，一排甚至多排房子就要遭殃，损失会更加惨重。"赶快向两边的房子上喷水！"经轴大声指挥救火人员。

见淑英、希好姐弟俩站在那里发呆，不见老母亲。经轴就焦急地问："你们母亲哪？""还在屋里。"姐弟俩呜呜哭着说。"还不快救出老人，你们在这里哭顶什么用！"经轴正要往屋里冲，希好拉住他："进不去人，大火封门了。""去拿床被来，浇上水盖我身上。"被去找了，还没回来。此刻，房顶已经出现松动，随时都会坍塌。今天不把老人救出来，他会悔恨一辈子。经轴四下瞅了瞅，中间门烟火太大，根本无法进屋，而西厢房烟火小些，他顺手抓过一张木锨，"嘭"地推开门，从厢房迂回到正房西间，冲到窗前，隐隐约约看见老人，披头散发，光着身子，正拍打窗户。经轴挥动木锨，"咣"地捣碎一块玻璃，猛地拉开窗，抱着老人冲了出来。

二

经轴出生于1963年。在家中男孩排行第三。他的祖上早年在青岛做过买卖，虽然没发什么大财，但着实长了不少见识，做人有礼有节，厚待他人；做事诚信厚道，不欺不诈。尤其重视后辈的文化教育。在这样的家庭氛围中浸润，他打小养成了乐于助人的品质。他家天井里种棵葡萄，架高高，叶阔阔，葡萄结得一嘟噜一嘟噜的，又香又甜。馋得邻家小孩，看见葡萄，口水就流了下来。夏天刚刚过去，还没等葡萄成熟上色，他就脚踏正方四脚杌子，手拿剪刀，踮起脚跟，铰下葡萄，分给小伙伴们。葡萄涩涩的，酸酸的，吃下去心里却是甜甜的，总引得一群小伙伴围着他转。

上世纪70年代初，他家有个原掖县（今莱州市）图书馆的借书证，哥哥们时常借来新书读，这在当时的农村，可不多见。他上小学三年级的时候，认识的字多了，也开始看大部头的书。有喜爱看书的同学找他借，他总是拿出书，与同学坐在门槛上一起看，常常忘记吃饭。

其实，经轴虽然生在农村，长在农村，但他有着更高的眼光和期望。中学毕业后，他因身体原因错过高考，就想通过招工或考干出去工作，离开农村。

对于这样一个头脑灵光，劳动积极，有文化，踏实可靠的优秀青年，村党支部自然不会轻易放走。老书记曾对经轴放话，只要我当书记，你哪儿也甭想去，老实儿在村里待着。1984年，他刚满21岁，被推上了村委会主任的位置。后来，县里有个单位，指名要经轴，但乡里却不放他走。11 年后的 1995 年，他又当选村党支部书记。两副担子一肩挑，他没有选择，只能遇山爬山，见水蹚水，带领乡亲们不停歇地朝前走。

西葛村不大，只有一百来户人家，但经轴上任支部书记时，农村还收"三提五统"，村里穷，大部分村民家里没有余钱，欠集体款的户数达 95%，全村不欠集体款的只有五六户。他上任后，没进一户村民家收钱，或者催款，顶多在大喇叭上吆喝几嗓子。村民什么时候有钱什么时候交。老书记曾当面赞许经轴，推你当书记，我没看走眼。

从这些工作经历中，经轴深切感受到农村的贫穷，老百姓的不易。更有了带领乡亲们脱贫致富的紧迫感。责任如天，时不我待，只争朝夕。

家乡东、南面山；西、北濒海。山上，蕴藏着优质的大理石，可开采，可加工；海里，有开阔的浅海养殖资源，鱼虾蟹，海参鲍鱼……西葛村既不靠山，又不临海，脱贫致富只能靠地。

种地得有井，浇水需要电。可彼时的西葛村，上游没有井，下游有井没有水，成了枯井，村民吃水都得跑一里多路去挑；照明灌溉没有电。经轴上任伊始，先组织打了眼深井，解决了村民吃水、农田灌溉问题。后又盖了配电室，拉上了电。村庄的夜晚亮了，不再漆黑一片，村民的心里敞亮了。配电室竣工时，经轴特意要求建筑公司经理，写上"1984 年建"的字样，作为村庄告别吃水难、没通电艰难岁月的纪念。

三

经轴把老人放在远离火场的地方，脱了上衣，给老人披上。吩咐惊魂未定的淑英，赶紧找床棉被，把母亲抬到邻居家。经轴回头一看，火苗子"呼"地上了屋顶，大约一分钟的工夫，整个屋顶，轰然坍塌。一团火焰，带着浓烟，冲上天空。救火的人，都发出惊惧恐慌的尖叫。

淑英见书记把她母亲从火海里救了出来，自己作为亲生女儿，却没敢去救，又感激又悔恨，双膝一弯，"扑通"跪倒在经轴面前，抱着他的腿说，书记，今天要是没有你，俺就再也见不到亲娘啦！

四

经轴担任村主任 30 多年，在党支部书记的位置上也坐了 27 年。他想了很多法子，进行过多种尝试发展农村经济、让农民致富，大多数项目没有达到预期。但他没有停止试验的脚步，不成功，再试验，颇具悲壮色彩。

新世纪开年，济南的一位药材商，看上了西葛村村南的一片土地，打算租下来种植药材。双方商定每亩土地每年租赁费用 1000 元。村民都同意租赁。合同签了，租赁费分了。可商人突然得了绝症，合同被迫中止。村民听到消息，心情一下子掉进了冰窟窿。经轴觉得事情是自己牵头办的，自己得负责，不能冷了村民的心。他承诺，合同照样履行，土地租赁费每年发一次。经轴面对 100 亩土地，就像是捧着个刺猬，棘手又扎心。种粮食每亩收入只有四五百元，单靠种植粮食，收入肯定不行。他学会了微机操作，天天上网查信息，找项目。他偶然看到山西临汾中国谷物研究所，培育出优质谷子品种"晋谷 34 号"，就决定去临汾。

路途遥远，汽车、火车辗转，吃饭住宿是一笔不小的开支。一天下午，经轴在 206 国道路边，看见一辆正在卸煤的卡车，车门上喷绘的是山西字样。本来不抽烟的他，跑到商店买了盒烟，递给司机，还送上笑脸，与人攀谈起来，从家里拿出一兜花生送给司机。当得知司机第二天返回山西时，经轴喜出望外，说出了想搭车去山西的愿望。司机也爽快答应下来。汪经轴买了 20 个当地的硬面火烧，用塑料袋包好扎紧，第二天一早就跟着司机上了路。到了吃午饭的时间，司机找了家路边店，准备点菜。经轴拿出带的火烧，说，不用点菜，咱俩就吃这个吧，这是我们家乡的特产。司机半信半疑。经轴请店老板把火烧烩烩，加些肉丝，切点葱花、香菜，滴几滴香油，热汤一浇，香味扑鼻，司机尝了尝，连声说好吃。当司机知道眼前这位自带干粮，还搭便车出差的中年汉子，是位党支部书记时，惊讶地瞪大了眼睛，筷子停在了半空，一两分钟都没回过神儿来。然后，一拍饭桌，筷子指着经轴说，现在还有你这样的支部书记，你这个朋友我交定了。司机受了感动，绕道 100 多公里，把经轴送到了临汾。

在临汾住宿，开出租车的一窝蜂围上来，要送他去宾馆酒店，经轴一概不予理睬。他找了一家每天 20 元以下的小旅馆住下。

谷种买到了，整整 100 斤。那一粒一粒金黄饱满的谷种，承载着经轴一个金色的梦想。他把种子装进两个袋子，一袋坐火车托运，一袋随身背着，省去一半儿的托运费。写到这里，我脑海里忽然出现了著名作家柳青的长篇小说《创业史》中，梁生宝买稻种的情节。

秋天了，金黄的谷子成熟了，谷秸一人多高，谷穗低垂，大如牛角，籽粒饱满，在风中摇曳着，喜悦着。还没等农人开镰，雀儿却捷足先登了。天晴日朗的日子，太阳把谷穗上的露珠儿晒干了，雀儿便飞来了，先是几只，叽叽喳喳，呼朋唤友，引来成群的雀儿，扑棱着翅膀，在谷穗上栖息，跳跃，啄米。经轴从老远扔过一块石头，雀儿早已瞧见，约好了似的，"呼"一声，刮风般飞向天空，落到不远处另一片庄稼上。经轴憎恨这些偷吃庄稼的雀儿，他组织村民买来遮挡网，罩在谷子上面，使侵凌者不得近。

经轴种植的谷子，质量优，产量高（每亩 1000 余斤）、价格好，许多村民纷纷订购谷种，讨教田间管理技术，经轴毫无保留，和盘托出。一时，周边村庄出现了种谷热，甚至热度辐射出十几公里。没过几年，小米市场饱和，价格回落。谷贱伤农。经轴是种谷大户，而且有技术，客户都往他这里跑。

但他觉得乡里乡亲的，争来争去没意思，也没出息，有卖不出去谷子的户，他就帮着卖，慢慢的，他就无偿转让订单，不再种植谷子。

一天下午，一辆城乡公交车停在了西葛村口。经轴背着一编织袋东西下了车。有村民小声嘀咕，瞧咱们书记，不知又背回啥宝贝了？这回，经轴背回的是品种葡萄苗子，是村民又一个致富的希望。

经轴根据村庄位于山海交界，土地是火石头夹带沙土的性质，加之干旱少雨，认定种植酿酒葡萄，条件得天独厚。于是打算种植玫瑰香葡萄，打开烟台张裕葡萄酒公司的销路。该公司是百年老品牌，有定点的供货单位，且货源充足，已经饱和，不再扩大。只要能带领老百姓富起来，不管有多大困难，经轴也要去闯一闯。要闯关靠什么？靠诚信！他先把村里的土壤化验报告送到张裕公司，又去烟台购置了赤霞珠、品丽珠、蛇龙珠三个酿酒葡萄品种的苗子，试验种植。由于村里的土壤、光照等条件优质，当年，试种的赤霞珠，糖度达到 16 度 4，这在北方平原地区是少有的，引起了张裕葡萄酒公司的注意。公司一位处长，专门给经轴打电话，让他元旦前到烟台去拉葡萄苗，扩大种植试验。

不料，天不作美。那年 12 月 31 日，天降大雪，交通中断，原定的运输车不敢上路。经轴就踏雪步行 8 公里，到了莱州汽车站。车站也不再发车。正在走投无路之时，他发现有辆到栖霞的过路车，停在车站，就上前询问。得知雪停天霁，即可运行。经轴喜出望外，先坐车去了栖霞，又从栖霞转车到了烟台。公司的处长见经轴冒雪赴约，深受感动，第二天，没顾上休息，就带着他去了苗木基地。

经轴按照公司的技术要求，精心管理葡萄，坐果量控制在每亩 4000 斤左右，葡萄各种指标优质，大面积试验获得成功。经轴的坚韧和诚心，终于赢得了订单。他给公司送葡萄，公司的质检人员说，你送的葡萄里外都一样，没有以次充好的，可以免检了。西葛成为张裕公司的定点供货一级基地。每到葡萄收获季节，村里村外，拉葡萄的车辆来来往往，成群结队。

经轴的葡萄产业做成了，一时间，赤霞珠葡萄苗成了"唐僧肉"，本村、外村的许多人，都纷纷找他要求种葡萄。他送上苗子，精心地给大伙指导技术，葡萄园遍布四野。这期间，他主动联系张裕公司，保住订单，不让种植户为销路发愁。他建了一本葡萄种植户账本，详细记录每家的种植面积，收获时间，还排了个出货时间表。葡萄收获那段时间，先下哪家的，再下哪块地的，他比葡萄种植户都清楚，安排得井井有条。遇到下雨连阴天，他整天整天往葡萄园里跑，他知道，种植户风里来、雨里去，一年到头不容易，葡萄烂地里，一年的收入可就泡汤了啊。

他家原来有 2000 多个葡萄周转箱，是花 4 万多元买的。乡亲们有需要，他就无偿给他们使用，用的户数多了，连丢带损毁，眼下只剩下四五百个了，经轴从不心疼。妻子说他一天到晚操些不挣钱的心。经轴想的是，老百姓都不容易，能给他们帮点忙是好事。是他家不缺钱吗？不！他的儿子大学毕业后，在济南找了工作，买房的时候，他一分钱也没给，都是儿子按揭贷款解决的。

经轴是个为老百姓做得多，为自己想得少的人。

他还是一个用于开拓创新的人。家乡是名闻遐迩的"月季之乡"，中国北方月季苗木基地，嫁接玫瑰的母本遍地都是。政府点了他的将，让他开拓玫瑰种植、加工项目。经轴果断转产，种起了玫瑰花，开始了一场浪漫的创业之旅。

他上云南、下青海，跑平阴，访遍我国三大玫瑰基地，摸市场、学技术，搞起了玫瑰花深加工，拉长玫瑰产业链。他与本省的平阴合作，用自种的玫瑰，加工玫瑰花茶，生产玫瑰液，开出了一片带领众乡亲致富的新天地。

五

经轴从熊熊火焰中安全救出老人，刚想喘口气，希好指着大火说，煤气罐，煤气罐，屋里还有煤气罐。参加救火的邻居大声呵斥他，这么大的火，谁还进得去。煤气罐炸了就炸了，人保住了就行。

经轴知道，煤气罐就是个大炸弹，一旦发生爆炸，两边邻居的房子、财产就会遭殃，损失会更大。情急之下，汪经轴顾不上那么多，又一次冲进烟火中。他一进门，就被热浪烤得后退了几步。再往里进，浓烟呛得他喘不开气，感觉要窒息了。他有一定的自救知识，一下子摸到墙根儿蹲下来，顺着墙根找煤气罐。可他根本不知道煤气罐放在哪儿，只能挨个橱柜试试探探，摸摸索索。烟尘里浓重的塑料烧焦的气味，刺激的他头晕脑胀，他撩起衣服堵住口鼻，继续寻找，终于找到了。他想先关掉开关，一摸，还好，煤气罐开关没有打开。他迅速拔掉连接管接头，拖着煤气罐就往外跑。不料，没走几步，就被地上的东西绊倒在地。这下完了，他感到了绝望。不，我得冲出去。他马上趴到地上，使劲喘了口气，使出全身的力气站了起来，抱着煤气罐跌跌撞撞，拼上全身最后一点力气冲出烟火，煤气罐一撂，一屁股蹲倒在地上。顷刻间，整个屋顶"哗"的落了下来。多危险哪！要是书记在屋里再多待几分钟，那后果……乡亲们不敢、也不愿往下想。

六

经轴是个好人，是个真真实实、完完全全的好人。我采访过的人，大伙几乎都这样说。

2019 年春的一天，春阳暖照，玫瑰含苞。上午，经轴与村民在玫瑰园里松土除草，瞧见一个老头，80多岁的样子，在园里从南走到北，再从北走回南，来回走了不知多少趟，刚疏松土壤的花垄间，走出一条光滑的小道。"这老人在干什么？"经轴问村民。"能干什么，看花呗。"村民没放在心上，随口说道。

午饭后，再到花园干活，见老人还在那儿。经轴觉得不对头了。上前询问：大爷，你是哪个村的？老人说，我是路旺原家的，跟儿子住在坊北。那您要去哪里？回老家看看。回原家怎么在这儿不走啦？这里就是原家嘛，我到家了。经轴知道，老人虽然讲话还清晰，但恐怕是得了老年病，走失了。他扶着老人的胳膊，进了村委办公室，给老人烧了开水，安排人下了碗面条，老人吃着，他给镇上派出所打电话。派出所立即通知坊北村。半个小时后，家人来到西葛村。儿媳见到公爹，"哇"的大哭，对经轴说，你可给俺找着爹了。村里安排人都找疯了也没找到。

在这物质的份量在加重，生命的份量在变轻的年代，一个突发病人倒在路侧，多数情况恐怕是避之唯恐不及。而经轴看到合乎正义的事，就勇敢去做，这是发自心底的善良，是内心善良的一种外在自然流露。

"嗨！经轴哪儿都好，就是抠门儿，儿子结婚连顿饭都请不起。"讲这话的，大都是他的"老铁"们。

经轴参加同学、同事、亲戚朋友家的婚宴很多，随的礼金少的三五百，多则千儿八百，累计起来恐怕10万元都不止。要是他儿子结婚，办个七八十桌手拿把攥。

2014年，儿子准备结婚，计划邀请客人时，家人的意见老是统一不起来。按照经轴的意思，眼下婚礼越办愈大，场面一家比一家排场，白白浪费钱财。别人叫我，我应该去，我不能、也不想改变别人什么。但我儿的婚礼我做主，不用和别人一样去酒店铺张，就在家里办，一共办两桌，咱自己家人一桌，儿媳妇娘家来的嘉宾一桌，省钱还省事。

　　他这想法一端出，先是妻子火了，你这是出了个啥馊主意？有的人没事都弄个事来回钱，你这么多年随的人情钱总该收回来吧？我娘家亲戚不来，人家会怎么寻思咱家，还上门不上门，我以后回娘家脸往哪搁？

　　接着，儿子也开腔了，我结婚是一辈子的大事，你不大操大办也行，可你就办两桌，我怎么跟对象说，要说你去说，反正我是开不了这个口。

　　夫妻、父子争争吵吵、商商议议，最后决定办七桌，请近便亲戚。外人就邀请了三个：一个是经轴从小一起玩泥巴的耍伴，一个是邀请的证婚人，另一个是他的干弟兄。

　　经轴在自己家的夹道里垒上锅灶，把天井抹成水泥地面，天井上空罩起顶棚。大厨是邻村的支部书记，自带桌椅板凳。找了个胖嫂子主持仪式。婚礼那天，一帮好友不请自到，说孩子结婚，你不给我们下请帖，我们就自己来沾沾喜气，没地方坐我们就站着吃菜喝酒。上门都是客，经轴找板凳，借桌子，炕上、地上、天井里，挤挤巴巴，总算安了 11 席。乡亲们多少年没看见在农家院办婚礼的啦，都觉得新鲜，成群结队来看光景，儿子的婚礼办得既简简朴朴，又热热闹闹。经轴很开心。事后有人给他算了一笔账，他这一"开心"不打紧，几十万元没了。

　　经轴的举动，似一股清风，荡漾在大街小巷，氤氲于村民心里。

　　面对非合乎正义的事，他不随波逐流，不去做，而以质朴的实际行动行事，这是见义勇为的另种呈现。

七

　　大火过后，希好的家变成了一片狼藉，屋顶塌了，门窗爆裂，四周墙壁被熏烤成一层黑炭，家具、被褥化成了灰烬，连个栖身的地方都没有，这日子还怎么过呢。

村里的每位村民，经轴都当作亲人对待。大火刚刚熄灭，他马上召集参与救火的村干部，就地开了个会议，让淑英暂时把母亲、弟弟接到家里，接着安排帮助希好家重建的事。经轴向镇领导报告了情况，镇领导立即发动机关干部捐款捐物，给希好送来一套家具。左邻右舍送来崭新的被褥、床单，娘俩的衣服。经轴在大喇叭里一吆喝，只两天时间，一个百十来户的村庄，村民捐款就达 2.4 万元，平均每户约 240 元。经轴不少外村的好友，听说他冒死从大火中救出一位 90 多岁的老人，也专程跑来给希好家捐款上万元。这不只是简单枯燥的数字，这数字是有温度的。

房子毁了，重盖。5 户村民送来了屋梁 3 架，檩条 60 多根。瓦片一时买不到新的，村委安排一帮人，从已经去世的一位五保户的旧房子上揭下瓦来，给希好家用。盖房子的瓦匠，大都是六七十岁的老人，他们饭回家吃，喝水自己带，一分钱报酬不要，还给希好家送来盖房的物料。5 天时间，四间房子重修完工，玻璃门窗分外耀眼，比原来的房子还要光鲜。

祸不单行。希好家刚恢复了正常生活，新的打击接踵而至。一天，他去建筑工地干活，操作翻斗车时，不慎被高压电击倒，大脑受损。当地医院治不了，经轴就联系烟台毓璜顶医院，为他办了转院手续。病愈后，希好骑摩托车到镇上办事，途中，一只猛犬冲他扑来，他突然受惊，人车具倒，伤及腿脚。家中生活又陷于困境。经轴联系镇里和市有关部门，根据政策规定，为希好家办了低保。

八

上世纪 80 年代，是个文学的年代。经轴也是个不折不扣的文艺青年，他创作的短篇小说，当年的《海鸥》文学期刊已经通过了二审，但终审时不知为啥被刷了下来。15 年前，我第一次见到他，就是在一个文学座谈会上，他的散文刊登于《大众文化休闲》杂志和当地报纸。2019 年，他联合一帮文朋诗友，举办了"方圆玫瑰杯"全国爱情诗大奖赛，收到参赛作品上千件。他致力建设一个玫瑰文化品牌，打造一个有爱的地方，让融于爱的文化传播延续。

他将这份文艺情结，融入了村庄治理中。在村庄的大街小巷，村民房前屋后，推广玫瑰、月季种植。他要让象征着美丽和爱情的玫瑰外延再扩大，不但让村民形象亮丽，外表美丽，而且使村民有教养，懂礼仪，矜持、优雅，达到外表美与内在美的和谐统一。而在爱的方面，他致力打造那种大爱无疆的境界，培塑一种不但爱自己，爱家人，尊老爱幼，而且能关爱他人，见难相助的新风尚，让整个村庄成为一个和睦相处、充满爱心的大家庭。西葛村多年没有打架斗殴的，没有发生刑事案件。尤其是希好家的一场火灾，无疑成了经轴美好愿景的试金石。

经轴探索的事业，至今没有长成参天大树，自己也没有真正富得流油。但他的那些试验，却成为一粒粒种子，在一方乡亲们的土地里生根、发芽、开花、结果。一家家都增加了收入，改善了生活。

他是人生的成功者。他是个播撒共同富裕种子的人！

经轴救火的事，发生在 2017 年。这年，他荣获"烟台市见义勇为先进个人"称号，戴上了玫瑰色的大红花。这承载着荣誉的大红花，还有村委办公室"先进基层党组织"的奖牌，与西葛村的玫瑰园相映成辉，相得益彰。

花儿为什么这样红？为什么这样鲜？是经轴用忠诚的血液来浇灌，是西葛村淳朴的村民，用和谐的村风来熏染。

规 矩

文/**龚继岳**

活着。

选择腐烂地活着，还是燃烧地活着？

其实，高尔基早已总结的切中肯綮，世界上只有两种生活方式：腐烂和燃烧。胆小如鼠、贪得无厌之徒选择前者；见义勇为、慷慨无私之士选择后者。人生在世，草木一秋。短暂人生不过百年，守不守规矩显然是活着的分水岭。

啪——，立正后一个标准的军礼，令笔者有点措手不及。

一见到身着迷彩服的刘振，等候在电梯门口的笔者，原本欲握手，不承想握手之前，竟享受到一个中规中矩的军礼。

短发、干练的刘振，随笔者走进办公室，得到示意请坐后方落座沙发，腰身挺直，板板正正。臂章绿底上嵌着红字：泰安市岱岳工匠退役军人培训学校。手提包方方正正地放在沙发北面。

座谈得悉刘振是南方人，原来是湖北汉子在泰山脚下"行侠仗义"——

时光倒逝，溯至 2021 年 3 月 31 日。

阳春三月，春分过后，本应是风和日丽的暖春，天气却格外反常，风干气燥，似为迎接三天之后清明节气的到来。

泰安老汽车站以西，泰山大街以南，荣疗南路以东，灵山大街以北，高楼鳞次栉比，商铺一个紧连一个，人来人往，车水马龙……这是泰城标志性综合体组团——泰安温州步行街商贸城。

步行街西首南行百米左右，是某食品加工店，炸麻花的油锅置于店外墙角。当日中午 1 点半左右，店主打开煤气罐，油锅开始加温。等待油温升高的空挡儿，店主人回店内收拾东西……

着火啦，着火啦……

伴随着附近商铺有人惊叫，店主慌乱地端着一盆水，出来径直泼向油锅。油温过高引起燃烧后，仅仅在油面上一层火苗，一见水，加之有春风助威，火势骤然变为火柱窜至两米之高，俨然吐着芯子的毒蛇还在跃跃欲上。

之前，就在食品加工店附近，也是由于类似的救火方式不当，导致火势蔓延，殃及相邻的数家店铺，损失达上亿元。彼时，倘若消防车来得不及时，整个商贸城上下左右，商铺紧密相连，后果不堪想象。

眼眉前儿，窜动的火苗沿墙强势而上，墙角的电缆线眨眼之间被烧黑。若时间一长，一定被点燃，火苗势必顺着电缆窜至二楼。二楼酒店正是客人饱餐之际。

由食品加工店向南 50 米左右的某广告社里，刘振为学校制作宣传牌，完成后准备离开。

雷霆万钧之际听闻惊叫，刘振跑出广告社，只见附近商铺的人惊惶失措地喊叫着纷纷逃离。好在一位老人提着小灭火器冲到油锅前，却总也打不开干着急。

说时迟、那时快，刘振以越野赛跑时的速度飞奔而来。

奔跑中，他已注意到老者，即使打开后因火势太猛也无济于事。就这样，奔跑的同时，他顺手抓起一商铺门口较大点的灭火器，以最快速度跑过去，对准油锅喷了起来。

令刘振担心的情况还是出现了：喷出的干粉根本压不住强劲的火苗。三两下喷下去，不要说火被灭掉，部分干粉被火焰燃烧，部分反弹回来，从头到脚仿佛刘振被兜头泼下了一盆面粉。干粉如辣椒粉一样，辣得他双眼泪流，他强睁开；干粉钻进嗓子里，他索性憋住气，瞄准油锅不停地喷洒，直至将油火熄灭。令刘振后怕的是油锅紧挨着煤气罐，一旦燃爆，不要说自己的性命，整个商贸城瞬间将化为一片火海。

差不多5分钟的惊魂动魄后，弥漫的硝烟还没有散去，众商家还没有从惊恐中回过神来，精疲力竭的刘振咳嗽着回到了广告社。工作人员一看刘振疲惫的样子，简直与进店前换了个人，——刚刚出门时精神抖擞，回来后变成了"白人"。赶紧扶刘振坐下，替他清理干净，倒上一杯水，让他休息会儿再走。

店主后来给你送了锦旗到学校？笔者问刘振。

是的。刘振回答，其实，别说咱曾经是一名军人，即便我是一个路人，也会这样，这是规矩。

规矩？笔者听了一愣。——年轻做记者时笔者曾采访过多个见义勇为者，除了说一大堆"公用"的"场面话"，把见义勇为视为规矩的说辞还是头一回见识。

整个2021年，先后有20多家银行、学校、企业等，请刘振就这次救火事件讲解消防知识。每次都无一例外的有职工或学生问他，什么力量支撑他面对熊熊大火义无反顾，他的回答还是那句话，这是规矩！

湖北红安县七里坪镇一个偏远的小山村，这就是刘振的出生地。

穷人的孩子早当家。革命老区、将军县等词语，刘振听着这些传奇长到5岁时，不仅能帮父母照看弟弟妹妹，还能帮家里打猪草等干些力所能及的家务。怎奈兄弟姊妹五个，家境拮据，应姑姑的意愿，两家商量过继一个到姑姑家。手心手背都是肉，父母看看这个，摸摸那个，眼泪汪汪的哪个也舍不得送走。

我去。还处在懵懂年纪却较早懂事的刘振，竟主动提了出来。母亲一把搂在怀里伤心地哭着、嚷着，一千个一万个不答应。

依着娃吧。父亲擦干泪水，说振儿过去最合适，他姑父姑姑也是这个意思，老大毕竟能帮着家里干不少活计了。

振儿记住，临走前，父亲叮嘱，你在姑姑家要勤快，不能跟大人顶嘴，见到老人拎着东西，能帮一把就帮一把……这是规矩。

无论是过继到姑姑家，还是上学、入伍、读军校，亦或是现在转业后来到泰安创业打拼，父亲的这句话一直让他受用不尽。刘振说。

不是吗？受党教育多年，加之在部队大熔炉里锤炼，有良好家风打下的坚实基础，见义勇为之于刘振不仅是一种责任、做人本分，更是家风的传承——守规矩。

对，我是刘振。正与笔者座谈中，刘振接到一个陌生电话，经对方说明，原来是刘振施救的小朋友过生日，其父母邀请刘振参加。

救火后不到俩月的 5 月 20 日，刘振驾车去泰安高铁站替单位接人。

中午 12 时 30 分左右，在泰城南部的万官大街上，由东向西路过恒大城小区时，刘振注意到前方不远处，似有人在拦截车辆。随着车子行进，刘振很快来到恒大城小区以西的公交站牌。只见路中央的男人和女人都跪着，男人拦车，女人怀抱孩子。尽管男人声嘶力竭地祈求，却没有拦下一辆。见刘振主动停车，男人立马哭着哀求救救孩子。

人命关天。二话不说，刘振当即调车回头。待一家三口上车后，才得知他们在附近吃饭，孩子吃东西被卡进嗓子，已昏迷不醒，命悬一线。最近的医院是万官大街上的泰安市中心医院分院，距此 2 公里多，刘振刚刚路过。夫妻二人在车上哭着喊着孩子的名字，孩子仍然没有任何反应。得知他们因着急还没有打 120，刘振边开车边联系，让 120 通知医院做好救急准备，孩子转眼就到。

车子在飞奔，连闯 2 个红灯，不到 3 分钟，刘振的车到达医院。看着小孩送进急救室，刘振这才松出一口气后，悄悄驾车离开……

回忆完施救过程，刘振说这对夫妻是后来通过医院监控查到车号找到的他。并说小朋友跟他很有缘，见面后抱起来居然一点都不生分，很喜欢这个一身迷彩的大朋友。

刘振这次虽然没有提到"这是规矩"，但从他溢于言表的欣慰神情里，分明感受到他"该出手时就出手"的军人情怀，感受到他守规矩守本分的自豪。小朋友喜欢你是因为你是个守规矩的人，是个好人。

好人的故事一定不是偶尔发生，更不是头脑一时发热做出。

赤日炎炎的 2011 年 7 月，中原大地的严重水灾牵动着全国人民的心。

7 月 23 日，刘振主动请缨，参加了泰安退役军人赴河南志愿救援队。

当满载着饮用水、方便面、火腿肠等物资的 20 多辆厢式货车，满载着泰山人民的热情和祝福驰援在路上时，家人才接到刘振的通知。

因洪水淹没或道路被冲毁，原本下午 2 点可以达到的路程，历经 12 个小时的颠簸后，直到晚上 8 点救援队才到达河南重灾区辉县薄壁镇。

指挥长刘振和队员们尽管已做好了思想准备，还是大大超出了他们的预期：洪水已经吞噬了整个小镇，洪水最深处超过 2 米。大多民房已淹没至一楼，大多村民已经三天水米未进……

卸完救灾物资，已是深夜，在了解情况后，哪里还顾得上奔波的劳累，连夜拉上物资出发。

船只，无疑是必要的救援设施。然而当地提供的是一艘马达报废的船。

大家用手推！

随着刘振的口令，大家半个身子浸泡在水里，双臂用力，使劲推动着船只奋力向前。

困在房顶的群众看到救灾物资后，无不受到鼓舞和感动。

接下来的日子里，每天都要往返五六趟运送物资，一趟需要两个小时。

饿了，一手推船一手干吃方便面，头顶烈日，皮肤晒爆皮；晚上席地而卧，没有任何被褥，相伴的是潮湿和蛙鸣。每天长达十几个小时浸泡在污水里，刘振及部分队员腿脚酸软甚至虚脱，但依然咬着牙坚持。除了运送物资，还要帮助受灾群众转移财产，尽可能减少他们的损失。一家养牛户的30多头牛仅幸存两头。牛一见生人越拉越不走，上船就更不可能，只好由刘振等十几个人抬着，硬是转移到安全地处。返回时水势加大，没到腰身以上，根本无法站立，刘振提醒大家后边的搂抱着前边的肩膀，吹着哨子统一前行。

长期的浸泡，个别民房岌岌可危，一旦坍台，房顶的群众随时都有生命危险。仅靠一艘船来来回回，显然效率太低。着急之时，一处尚未建成的民房吸引了刘振的目光，房前那一堆PVC塑料管正是做排筏的好材料。

排筏既可以运送物资，也可以像船一样卸下物资捎回人。大大加快了救援步伐，也让刘振和队员们得到些许安慰。

五天以后的7月27日，水势渐渐弱下去，街道路面缓缓露出本来面目。当地政府通知可以返回。

你可以把裤管挽起来吗？自打来到笔者办公室，刘振尽管一直笔挺地坐着，但笔者注意到他的手几次放到小腿处，下意识的，很快又自觉收回。

果不其然，裤管挽起来后，刘振脚脖以上散落着一些红点，膝盖上带着护膝。

刘振返回后一直瘙痒难受，尤其是左腿，阴雨天愈加明显。医生叮嘱，由于膝盖积液造成酸疼，即使三伏天也不能摘下，能不受凉最好不要受凉。刘振说，受凉后膝盖以下几乎失去知觉，直接不听使唤无法动弹。

这些，刘振不好意思地说，如果不是被你发现，从未向政府提过，也从未向媒体透露过。

这都是些"小症候"。面对笔者的不解，刘振解释得很轻松，接着又严肃地说，总不能事事都提要求，也不符合规矩。

规矩！还是规矩。到底什么是规矩？

社会大同是绝对的和谐，当见义勇为多于恣意妄为时则呈现出相对和谐。见义勇为多于恣意妄为的实质是正气压倒了邪气，一个守规矩的人，境遇再劣都不会恣意妄为。恣意妄为的少了，守规矩的人自然就多，见义不为渐被挤进耻辱的逼仄一隅。

还是 2021 年的 9 月份，持续降雨导致泰城部分路段出现积水。

刘女士上传于网络的一段视频，给即将到来的中秋佳节，给泰城市民带来绵绵暖心。

视频显示：9 月 19 日晚上 20 时 32 分，泰安灵山大街与通天街交叉口，北侧、东侧的井盖均被雨水冲顶发生位移，这时，一位打伞市民出现在雨中，他在井盖附近查看了一下，自言自语道，幸亏积水不大，否则被积水淹没……，接下来在过路司机的帮助下，一一把井盖移回原位，解除了安全隐患。刘女士在注释里特别强调，这位打伞人已经不是第一次出现了，呼吁大家都来点赞并找到这位好人。

后来，当地晚报记者真的找到了刘振家中。

面对记者，刘振说，我就住在附近（洼子街小区），也就是方便了周遭市民，雨天能安全出行，不至于发生不测。

没有了？记者问。

没有了。刘振回。

他就这样，一下雨就往外跑。刘振的爱人插话说，爱管闲事。

怎么是闲事呢？不说我当兵 18 年，起码我还是党员，党员的规矩我得守。

世间万物，皆有规矩。规矩是一种标准，是一份守则。于刘振而言，见义勇为，不仅仅曾经是军人的天职，往大处说他守住的是党员的规矩，往小处说是守住了家风。

确实，刘振就是个"爱管闲事"的人。刘振 2002 年入伍，2006 年入党，历经战士、班长、分队长、排长、技术员、参谋，利用在军校所学的信息技术，仅此一项就为部队信息化建设节约经费 800 多万元；2020 年到地方任副校长以来，除去单位派遣，经常无偿为学校、机关等指导军训、授课或拓展训练，并及时指出一些单位的消防安全隐患。即使战友、亲朋聚会或平常在饭店就餐，他也一样"爱管闲事"，只要发现安全隐患，一一指出并帮助解决。两年多来，刘振先后参与培训役前新兵 1000 余人；为政府培训退役军人 1500 人次，90% 以上实现了就业创业；志愿参与国防教育、爱国主义讲座 20 多次，受众达 2600 人次。新冠疫情爆发后，刘振第一时间递上请战书……

将将这些过往，刘振深深地体会到，一个党员，一个当过 18 年兵的党员，自己尽管脱下了军装，但政府仍委以重任，担任工匠退役军人培训学校校长，为社会培植工匠。——这是对他守规矩的肯定。工匠是什么？是精英，是榜样。一个不守规矩的负责人，怎么能胜任？

未正人先正己。刘振脱下的是军装，守规矩的本色依然。一见面就向笔者行一个军礼，他说已成为一种自觉、标准，身处机关、学校等公众场合就是一个标杆，是标杆就不能歪更不能斜，这是规矩。

是的，脱不脱戎装只是个形式，本色依然的内涵是军心特别是党性始终装在心里，坚守标杆坚守的是党性这个最大的规矩。如此，刘振就一定不辱使命，出色的当好这个副校长。

座谈结束，刘振提起包来准备走。笔者问介不介意看一下里面，因为包是鼓的。刘振打开，一层是培训资料，一层是厚厚的书，再就是成板的药片。

勿需再问，只要社会有需求，随时随地可以进行培训；不学习的人何以守好规矩；瘙痒难忍时药片救急。

出门，来到电梯前，电梯打开，握手后，挺直腰板面对笔者，啪——，刘振又是一个标准的军礼加立正。

一个人的救援接力

文/芦艺汀

事前没有一丝迹象。

2012 年 10 月 7 日，国庆节假期最后一天。

这天，山东省淄博市临淄区耿王村的王海财早早起床，要去村北麦田里浇蒙头水。今年秋旱，地干，墒情不好，麦子出苗不全，浇水保墒。他家生活来源主要靠那几亩田地，地里收入好了，才能留出钱给患脑血栓的父亲买药，供在外地上大学的儿子交学杂费。

浇地是个力气活，搬运抽水泵、弯着腰往地头铺展塑料水龙管，都耗力气。王海财已经五十七岁，到了爱惜力气的年龄。可是，上有老，下有小，他是家里顶梁柱，该干的农活还得干。

麦田靠近青银高速。秋庄稼收割后，田野变得空旷，青银高速绿化带的塔柏和秋枫还保持一身绿装，像横在村北的一道绿色屏障，给播种后的黄土地增添了静态的暖色。

以前田里浇一遍水，早晨早起动手，中午十二点前准结束。今天不行，天旱，地里吃水多，太阳从树梢升到头顶，水离地头还差一大截。他肚子开始咕咕叫了，从裤兜里摸出手机看看时间，十一点四十。再坚持会儿，还是老习惯，浇完地再收拾回家吃饭。他端着铁锨，顺着地边来回巡视，防止地畦开了口子，水跑进邻居地里。这样来回走动，转移注意力，不想肚子饿的事。

突然，高速路方向"嘭"的一声巨响，接着传来"哧哧"的冒气声。王海财循声扭头望去，见相距六十米处的青银高速上一辆绿色大客车冲出护栏，一头栽下路边斜坡。

不好，出事故了！

王海财来不及多想，扔下铁锹，拔腿向大客车跑去。那里前不着村后不着店，万一车上有人受伤，抬抬架架，他可以搭把手。他是本地人，人熟地熟，帮着找个人跑个腿也方便。几年前，耿王村口加油站附近发生一起交通事故，在西高社区做洗车生意的齐齐哈尔人于恩芝被一辆货车撞了，撞出二十多米，当场昏迷。当时，王海财恰好回家路过，立刻拨打110、120，并跑过去忙前忙后照顾。因为他太热心了，120急救人员以为他是伤者的家属，让他跟着去了医院。需要挂号，他二话不说，掏出自己身上仅有的14块钱，为于恩芝办理了挂号诊疗手续；需要送到二楼拍片，医院没电梯，他又背着于恩芝爬上二楼。其实，他和于恩芝素不相识。他这么热心，原因只有一个：做人要讲仁义，别人有难不帮，感觉自己良心上过不去。

跑过那段不长的麦田，穿过几棵塔柏，来到高速路边，眼前的情景令他大吃一惊：大客车轮子朝天，行李箱敞开，皮箱、各种盒子、瓶子、客车保险杠散落地上。因为轮子朝天，车顶朝地，挨着车顶的那排窗子都贴着地面，玻璃碎了一地，窗框挤压变形，变成一个个不规则的小洞口。与庞大的车身比起来，压在底下的那些窗口岌岌可危，随时可能被压扁。王海财围着车子找了一圈，没找到车门。显然，乘客都困在车里，从窗口传来混乱的尖叫声、哭泣声和呻吟声。弯下腰瞅瞅车窗，发现靠窗的几个人已昏迷，窗框上还有血。直觉告诉他，出大事故了！

靠窗的人伤成这样，车厢里面的人肯定也伤得不轻。

赶紧报警，救人！

120、110、119，他把能想到的救援电话都打了一遍。在救援人员到来之前这段时间，他要先把里面的人拖出来，转移到安全地带。眼下，乘客昏的昏，伤的伤，他是唯一的外援，在大部队来之前，只能靠他。

时间就是生命。王海财抓住窗口离他最近那人两只胳膊往外拖，想从窗口打开一条通道。可是，拖了一下没拖动，仿佛里面有什么东西拽住那人。他只好改变方法，试着从变形的窗口爬进去。里面光线不好，伸手摸摸，发现是乘客安全带没解开，人被安全带吊在座位上。他半蹲半站，用肩膀把那人往上顶顶，解开安全带，人平安落地。然后，他两只胳膊抱住那人两肋，一边爬着往后退，一边往外拖，一步步拖出窗外。

王海财第二次贴着地面从窗口爬进车内，借着从下边窗口透进来的光线，眼睛已经适应了车内环境，看清乘客多数是中年人，没看到老人和孩子。狭长的车厢里，大家有的在底下挤着压着，有的在座位上被安全带吊着下不来，还有的被座位卡住动弹不得，粗略估计一下，有三十多人。王海财安慰大家："大家不要慌，110、120一会儿就到。不能动的等着，能动的从下边窗子爬出去——出去就是平地。"

王海财的出现，给车里带进来一束光——他是车外进来的唯一有生力量。大家都听他的，心里有了底，减少了恐惧和慌乱。

救出第三个受伤乘客时，王海财身上的衣服已被血染红，也变成个血人。他身体开始出虚汗，心里发慌。上午浇地消耗了很大体力，爬着往外拖人也耗体力，加上饥饿，再这样下去，身体肯定透支。他屏息听听远处，没听到警报器响。又爬上高速路坡，站到高处往远处望望，也没看到警车、救护车影子。这里往东五百米是高速路临淄站出口，估摸救护车、警车来这里应该很快。他再次拨打那三个报警电话，焦虑地催了一遍。看到这么多人在流血，他救不了，着急啊！

想到一车人的生命都压在自己肩上，王海财感到从未有过的压力。警车、救护车上那些年轻身影赶不过来，等于他手上的救援接力棒交不出去，只能自己接自己的接力，继续向前冲刺。车里车外的人都看着他，他是他们的希望，再累也不能退缩，要担起这份责任。

从高速路坡上下来，王海财又义无反顾地爬进车厢。他心里只有一个念想："多一分钟的救援，就少流一分钟的血，就可能多挽留一条生命。"有一份力，出十二分劲。他现在只剩一个意念：救人！

第四个。

第五个。

第六个。

王海财第七次抱着受伤乘客从车里爬出来时，发现地上有个年轻乘客右手动脉断了，血像是喷一样往外涌。他顾不上歇口气，立刻想办法帮年轻乘客止血。只要止住出血，就能保住生命。王海财从路坡上找到一根捆啤酒瓶的塑料绳，系在年轻乘客胳膊上，但是没有见效。他又脱下自己的褂子系住伤口，还是不管用。怎么办？王海财干脆把褂子撕成布条，像绷带包扎伤口那样把出血胳膊扎紧，又用双手紧紧勒住伤口，血这才流的慢了。

警报器鸣叫着终于由远而近。

公安、卫生、消防、路政都来了，他们围住了车辆⋯⋯

看着紧张有序的救援场面，王海财激动得热泪盈眶，那救援的接力棒终于从他一个人手里交到了一群人的手里。他放心了，可以离开了，可以想他的麦田和粮食，还有午饭和上衣。

当日晚些时候，中央电视台、新华网、中国新闻网先后发布同一则消息：10月7日中午12点30分左右，在青银高速青岛方向临淄出口西500米处，一辆核载53人的鲁牌旅游大客车翻入高速路边沟底，事故造成当场5人死亡，40余人受伤。

2012年12月，王海财被临淄区授予"见义勇为"道德模范。

2013 年 9 月，王海财被表彰为山东省第四届见义勇为道德模范。

时光荏苒，转眼九年多时间过去，当年事故现场早已绿草茵茵，树影婆娑。

每逢过年过节，淄博市委市政府领导都到耿王村看望慰问王海财，代表全市人民向他表达问候和敬意。

如今，王海财已 67 岁，仍然靠着村北那片农田自食其力，过着简单朴素的幸福生活。如果没有人问，他从来不主动提那天发生在村北的事。别人有困难，绝不能看着不管，他只是做了自己该做的。而人们却从他身上，看到了见义勇为、人间大义的精神高地。

"侠客行"

——记山东省汶上县爱国拥军协会党支部书记赵中全

文/王 珊

　　熟识赵中全的人都知道，这位个性爽朗，身手敏捷，谈吐热情的中年人有着多重身份——不仅是汶上县爱国拥军协会党支部书记，还是县高级职业学校的一位优秀教师，更是一位"大侠客"。二十年来，他行侠仗义，热诚助人，扶贫济困、扶弱救残，确有金庸先生笔下"郭靖、乔峰、杨过"等大侠的风范。

见义勇为传美名

　　2013年5月10日，汶上县广播电视台的值班门卫老姜刚打开大门，就见外边有一老一少俩男人，满脸疲态，似乎整夜未眠，正焦躁不安地踱着步子。见他开了门，上年纪的男人赶紧跑过来，急促地说：

　　"同志啊，我们爷俩开了一夜的车从河北沧州大老远来的，想请你们电视台打个广告找人。你们县里有个大好人，要不是他救下我小儿子的命，还给垫钱，那孩子就没喽……这次专程当面道谢又还钱的。我是从交警同志那儿打听到恩人姓名，具体干啥不清楚。俺爷俩一合计，上电视台，看能给帮忙找找不……"老人越说越激动，不时抬起胳膊擦拭眼中泪花。身边的大儿子也打开随身背包，掏出一面红艳艳的锦旗给老姜看。

老姜一听，这事倒新鲜，哪敢含糊，赶紧把爷俩带到台里广告部。等了没几分钟，主任走进来。老人把方才的话又讲述一遍，主任问："老师傅，这人叫什么名字？"

"恩人姓赵，大名赵中全。"

话音未落，办公室的同志们哈哈大笑起来。爷俩不解地看向他们，就听主任说："老师傅，你可找对人了，这广告压根不用打。这赵中全可是汶上名人啊，平时就爱行侠仗义，助人为乐，做的好事数也数不清。走，带上记者，正好采访采访他。"

一行人驱车来到赵中全任职的汶上县高级职业教育学校。当记者介绍一位个头不高，长相普通的中年人便是赵中全时，老人嘴唇颤抖，双膝一软，就要下跪。幸好，赵中全眼疾手快，一把拦住他。

老人难掩激动的心情，紧紧抱着他，哽咽地说："谢谢您啊，好心人，若不是您出手相救，我小儿子早没命了。"

电视台的记者赶紧打开摄像机，用镜头捕捉这一宝贵画面，同时催促赵中全："赵老师，快说说吧，这回又干了什么好事？"

赵中全脸涨得通红，安排大伙就座喝茶，嘴上连连拒绝，说自己没做啥。

记者笑着说："就别谦虚了，你看，人家老师傅把锦旗从河北都送到汶上了，你就赶紧'坦白'吧。"

老人把赵中全垫付的两千元医药费递到他手中，赵中全连连摆手不要。记者一把按住他，非让他好好讲述这一次的"行侠"之举。

……

20 天前，恰逢周六，因购买家庭装修的材料，赵中全和朋友驾车驶上开往临沂的京沪高速公路。快到临沂时，由于前方路段出了小事故，他们只好将车暂停在服务区等待。突然，高速路上传来"嘭"地一声巨响，大伙吓了一大跳，纷纷向路上张望。就听有人嚷嚷："真倒霉，又出事了，瞧见没，两辆大车干架了。"

赵中全抬头一看，不远处的高速路上，两辆大货车追尾了。浓烟之下，影影绰绰看见后车驾驶室几乎全部凹陷进去。看情形，司机的状况不容乐观。他二话没说，拔腿奔向公路。朋友拉住他，没好气地说："咋，你又想管闲事？"

赵中全反手扯住朋友："走，一起去，好搭把手。"

他们从车缝和人群中挤过去，来到追尾的两辆大货车旁。朋友个头高，向严重变形的后车驾驶室一伸头，赶紧缩回来，一脸惊恐地说："完了，完了，人不顶用了。"

赵中全攀住车窗户，噌地跳上去，不看则已，一看也倒吸一口凉气。只见一位年轻人浑身是血，不停抽搐，双腿死死地卡在方向盘下边。那副惨状，十分气力也只剩下一二分。

"小伙子，快醒醒，我们来救你了。"赵中全着急地拍打车子，大声呼喊对方。

小伙微微眨动双眼，想睁开却没有气力，嘴巴噏动，想说话却说不出口。此时，赵中全明白多耽搁一分钟，对方随时丧命。他跳下车，围着驾驶室来回观察。车门严重扭曲变形，仅靠人力从外边根本打不开，可高速路上又没有什么器械。此时，周围的人议论纷纷，有打报警电话的，也有看热闹的。赵中全看到有位脸色煞白，惊魂未定的中年人站在一边，想着他一定是前车司机，对他说：

"朋友，这小伙还有气儿，咱得抓紧救他。你车上有绳子没？我把绳子拴到后车门上，你听我的口令发动车子，看能把车门子拽开不……"

男人仍处在惊吓中，木呆呆地盯着他，好一会儿才幽幽地说："行，车上有绳子。俺听你的，你让俺走就走，让俺停就停。"

赵中全和几个好心人一起把绳子拴在后车门上，前车司机发动汽车，赵中全大喊："开……再踩一点……好……停。"

话音刚落，哐的一声，在周围的人又一声惊呼中，变形的车门掉在地上。

登时，大家又发出惊叹，原来车内状况惨不忍睹，一片血红，众人后退几步，哪敢动弹。赵中全来不及多想，第一个冲进驾驶室，抱起伤员。同时招呼朋友上来，帮忙扶小伙的上身，他则小心翼翼地挪动被卡在方向盘底座下血肉模糊的双腿。刚碰到小伙，两人的衣服就粘上鲜血。朋友看着眼前的"血人"，吓得脸色发黄，浑身直哆嗦，撒开手就要下车。

"不行，这活不能干，晚上非做噩梦不可。"

赵中全将小伙的腿一点点挪出来，只见两条大腿仅连着一丁点儿皮肉。他强忍内心的不适，从车上翻出一床棉被，包住小伙那双已经不叫"腿"的双腿，讨好地对朋友说："别怕，伙计，咱不能怂，救人要紧，大不了回头我给你买身新衣裳。"

朋友白他一眼，恼怒地说："就你这好管闲事的性格，跟着你出门可倒八辈子霉了。"

说归说，在赵中全的坚持下，俩人合力用棉被把小伙抬下来。大伙让开路边一块空地，赵中全上前仔细检查，小伙不仅大腿以下血肉模糊，骨头肉的全断了，就连下腹部也受到剧烈撞击，鲜血从伤口处不停涌出，很快浸透了棉被。此时，由于失血过多，小伙面色蜡黄，气若游丝，已陷入深度昏迷，随时有生命危险。

"110、120 都打了，可路堵成这样，救护车就算来了，也进不来啊。再拖一会儿，这人铁定没救。"路人叹息地说。

赵中全一把撕开棉被，用部队学到的紧急救护措施包扎着小伙双腿止血。随后，他立起身，前后左右打量起来，只见高速路上双向车道都堵得水泄不通，救护车的确开不过来。也就是说，即使把小伙从车里抬出来，仍是一个"等死"。

朋友叹口气："走吧，你看那血马上就流干了，唉，人的命数如此，咱做到这步也算仁至义尽。"

赵中全看着小伙年轻的脸庞，不由一阵心疼。对方不过二十出头，不知娶妻生子没有，家中父母是否需要侍奉？作为一名受过部队和党多年教育的共产党员，他不能眼睁睁看着这条年轻的生命就此逝去……赵中全痛苦地咬着下嘴唇，脑子在急速思考，当把目光投向不远处服务区自己那辆轿车时，突然灵光一现。

他转头对朋友说："有了，咱的车离得最近，我去开上来，把他抬到车上送医院，你在这儿等着。"

"啥，你疯啦！那车不是你刚买的吗？贷款还没还完呢！我说伙计，这事说好听是拉病号，说不好听就是拉死人啊！"

赵中全根本不听朋友的嘟囔，一把甩开对方，顺着人流从应急车道挤出去，一路疾奔回服务区。很快，他开着自己新买的小汽车折返上了高速，安排随行的另一位朋友在车前探路。众人听说要去救人，纷纷让开应急车道。即使如此，短短一小段路，七扭八拐开了足足半小时。此刻，他的心抽搐成一团，生怕小伙撑不住。当赵中全驾车终于来到垂危的小伙身边时，看到他仍处在昏迷之中，用手试一下，还有微弱的呼吸。这时，人群中挤过来一位警察同志，原来，110接到报警后，迅速驶上高速，没想到对面车道也堵了，警车也开不进来，只好先派一名同志过来察看情况。一听赵中全打算用新买的私家车送病号，警察极为感动。双方商定，小伙放在赵中全的车上，朋友则坐在警车上，以方便下高速后双方保持联系。会合后，再由警车开道去医院。

每一分，每一秒，都是和死神赛跑，赵中全的心拧成一个大疙瘩，恨不得插上翅膀，从重重车海中飞过去。好在这是一辆救命车的消息传遍高速，大家想法设想为车子让道。一小时后，他终于"杀出重围"，驶下高速，会合警车，飞奔至临沂市第一人民医院。

众人停下车子，迅速找来担架把伤员抬进急救室，眼看小伙有救了，赵中全刚要松口气，就见一位医生急匆匆赶来，对他们说："这病号伤得太重，我们医院无法救治，你们得去收治车祸伤病员的临沂市骨伤专科医院。"

这一番折腾已让大伙筋疲力尽，没想到又出幺蛾子，就连两位警察都摇头叹气。赵中全来不及沮丧，赶紧对他们说："都到这份上了，咱不能扔下人不管，救人救到底，走，去骨伤专科医院。"

赵中全和朋友在警察帮助下，再次把性命垂危的小伙抬到自己车上。一路上，穿过市区大街，人命关天，他也顾不得红绿灯了，只想以最快的速度赶往专科医院。警察对赵中全说："放心吧，你安心开车，注意安全，今天闯红灯不算你违章。"

当他们来到临沂市骨伤专科医院，看到病人情况如此危急，医生护士全部跑上前进行急救。一位年轻的医生误以为赵中全是家属，直接对他说："病人情况很危险，再晚十分钟就没命了。眼下，要想保命必须马上截肢，你赶紧去办理住院手续。"

赵中全恳求医生先救人，自己跑到住院部，既不知道小伙姓名，也不清楚家庭地址，好在有警察作保，但仍需缴二千元费用。赵中全一掏衣兜，没钱，光忙救人了，身上没带现金。幸好还有银行卡，他赶紧驱车赶往最近的农业银行，取出两千元钱，折回来垫付了住院费。这时，警察告诉他一个好消息，医院已及时安排手术，而他们也通过车号和伤员的家属取得联系，小伙的性命有救了。

赵中全闻听，顿时瘫软下来，扑通一声歪坐地上，这才发觉上下衣服都被鲜血染红了，怪不得路人看到他纷纷躲闪。

"同志，谢谢您，这小伙也算不幸中的万幸，能碰到您这样的大好人……"警察也向他表达谢意。赵中全摆摆手，没有逗留，拉上朋友离开了医院。

打开车门，伴随一股浓烈刺鼻的血腥气，朋友实在忍不住了，蹲在地上吐起来……这车哪能坐人，赵中全没办法，只好在附近找了一家洗车行，从内到外冲涮一遍。随着高压水枪的喷射，殷红的血水淌进下水道，朋友脱掉沾满血迹的衣服，一边捂着鼻子，一边不停咒骂他，让他一定要从头到脚为自己全买新的。

……

听着赵中全的诉说，老人和大儿子数次抹起眼泪，连记者也沉浸其中，忘记提问题。当赵中全把两千元钱又塞回老人手中，嘱咐这是自己送给受伤小伙买营养品的，大家才醒悟过来。最终，经过一番推让，老人只好收下钱，赵中全叫上那位朋友，又请父子俩吃了一顿饭，这才作罢。

看着远去的汽车，记者忍不住对赵中全说："赵老师，听说您不是第一次救人了，还有啥经历，给我们再讲一讲？"

赵中全只好从 2001 年秋天傍晚讲起——那一天，他骑自行车下班回家，突然听到路边玉米地传来孩子的哭声，顺着声音，发现地头放着一个纸箱，里边是一个不足月的婴儿。他赶紧抱起孩子，送到公安局，却被告知不归他们管，得到民政部门。赵中全又将孩子送到了民政局，后来他买着奶粉，多次去看望孩子，直到听说被人领养了，才算放了心。2003 年的冬天，赵中全在检查学校宿舍时，发现一位睡在床上的学生。本该是上课时间，怎么还有学生？赵中全拍他几下，对方没吭声，一掀被子，才发现孩子的脸都发青了。赵中全心中一颤，摸一下脉搏，仍跳着。那时没有手机，他赶紧跑到校办公室打了 120 急救电话，同时向领导汇报。原来，学生吃了校外小吃店的面条，造成硝中毒，幸好发现及时，再晚一会也是回天乏力。还有一次，赵中全在组织学生出早操时，看到有个小学生突然晕倒，他背起孩子跑到最近的第二人民医院救治。回去的路上，越想越不对劲，就来到孩子的宿舍。一打开房门，烟气腾腾，熏得人睁不开眼睛。赵中全赶紧打开窗户，捂住口鼻，挨床检查，发现最里边仍昏睡着四五个孩子，用手一探，只剩下微弱的呼吸。他赶紧冲出门外喊人，和老师们一起把几个孩子背到医院，避免了因煤气中毒造成的可怕后果。

2006 年的夏天，赵中全骑着摩托车载着爱人、孩子到济宁医院检查身体。途经康驿镇大街时，看到路边有许多人围观。赵中全扔下车子挤过去，爱人说：

"你又干啥去？抓紧给孩子瞧病啊。"

他不搭话，看到地上躺着两个二十余岁的青年人。他们也是骑摩托车赶路，由于刹车太急，俩人从车上窜了出去。其中一人腿部受伤，另一人因头部摔在路边石上，满脸鲜血，不知死活。120 急救车来了，却只抬腿受伤的青年上车，而地上的那个没有过问，就要把车开走。赵中全一看，这哪行，地上的年轻人不就等死吗？他面色涨红，一步跳到 120 车上，责问司机为啥不管地上那个。

司机说："有你啥事，你是干啥吃的？"

赵中全一听，气愤地说："别管我是干啥的，你为啥不救那一个，他又不是没气了。"

司机冷冷看他一眼，说那个反正快死了，救也白救。

"不行，你们看也没看就说没救，是怕没人给钱吧！"

赵中全又对围观的群众说："看到没有，这辆急救车放着重伤病号不管。大家记下他的车号，一起曝光他。"

听到他的话，司机面红耳赤，无话可说。赵中全和几个好心人把年轻人抬到车上。急救车开走了，爱人生气地看着他一身血迹，气哼哼地说："走，回家，还看什么病，瞧你那脏样，还不吓坏孩子。"

赵中全咧开嘴巴，不好意思地笑了。后经打听，被救治的两个年轻人全部脱了险。

2011 年的端午节，赵中全和朋友到东平湖观看国际帆船比赛。吃饭间隙，他去湖边转了一圈。那天，观看比赛的人很多，赵中全掏出手机准备拍几张照片，突听有人大喊："快来人，救命啊，有人掉湖里了。"

赵中全放眼一看，只见水中有两人一起一伏，正在不住挣扎。他连外衣都没脱，随手将手机揣到兜里，一个猛子扎入水中。幸好俩人飘得不远，不一会儿，他就把两名落水者推到岸上。在好心人的帮助下，仨人被拽上岸。原来，小女孩图热闹往前挤，一个没留神掉入水中。当妈妈的救女心切，不管自个会不会游泳，也跟着跳下去。片刻功夫，娘俩呛了几口水，差点没命。赵中全浑身湿漉漉的，被大家围住，纷纷夸赞他是救人英雄。女人拉上孩子哭着要给他磕头道谢，并问他姓名地址。赵中全摆摆手，不敢逗留，一溜小跑回到饭店。坐下后，才发现兜里新买的三星手机还在，却被水泡湿了。他赶紧抠出电池，仍在吃饭喝酒的几个朋友看到他一身狼狈，纷纷取笑，问他是不是掉水里了。赵中全憨厚地笑笑，什么也没说。

听到这儿，记者忍不住激动地说："赵老师，当时你救落水母女时心里想的什么？"

赵中全挠头笑道："那会功夫想什么，啥也没想，就扑通跳下去。新买的三星手机和钱包还揣在兜里，全湿透了。"

这一行人惊动了在学校开会的教育局局长，专程把赵中全叫过去，夸奖说："小赵啊，数数你一共救了多少人的性命？你行事也太低调了，大伙今天才听说你的事迹，你就是咱教育系统的最美教师！"

赵中全见义勇为的"侠义之举"被汶上县广播电视台播出，在社会上引起巨大反响。《济宁日报》《齐鲁晚报》、山东电视台小么哥《拉呱》等栏目相继采访报道。赵中全成为大家口中见义勇为的"大侠客"。先后被评为济宁市"见义勇为积极分子""优秀退伍军人""济宁好人之星""山东好人"等荣誉称号。

自古英雄出少年

1972年9月，赵中全出生于山东省汶上县南旺镇柳林二村。打小，便听老人讲述抗日英雄的故事。村里大喇叭广播"杨家将，岳飞传"评书，他听得入迷。南旺人多尚武防身，赵中全拿着小木棍比比划划，有模有样。1980年7月，8岁的赵中全放暑假随大哥赵忠臣到其服役的部队，见识了真正的英雄。一个个解放军大哥哥身着军装，神气活现，英勇帅气，比电视上的霍元甲、陈真、岳飞威风多了。

临行前，赵中全抱住大哥的腿，哭着不走。大门处站岗的警卫笑呵呵地逗他："小朋友，别哭了，来，比一比，你有我手里这把枪高，就留下。比不过就回家，长大了再来。"赵中全见到枪，更是拔不动腿，可一比，还真矮一小截。他一脸倔强，咬着下嘴唇，抹干眼泪，暗下决心——长大一定要当兵。

1991年12月，19岁的赵中全穿上梦寐以求的军装，圆了少年时的"参军梦"，成为一名光荣的解放军战士。

来到部队，他立下目标，绝不当孬兵，更不能给家乡丢脸。新兵连训练苦，他却以苦为乐，磨炼出坚韧的意志。无论3公里体能训练，还是爬战术、射击等投弹训练，他的军装总是湿了干，干了湿。他对动作要领掌握悟性高，很快学会如何瞄准、找靶心，射击成绩名列前茅，成为同期士兵中的佼佼者。没多久，赵中全就当选为副班长，时刻遵守军队纪律、保持军人形象、注意军容风纪。不仅内务成为全班标准，就连休息时间也不闲着，捧着书本背各项规章条例，遇到排长、连长抽查问题，他答得最快最准确。

宝剑锋从磨砺出，梅花香自苦寒来，不经风雨，何来彩虹，没有人的成功不付出血汗。新兵连结束后，部队对表现突出的个人予以表彰，赵中全凭借特别能吃苦、特别能战斗的英勇精神，被团里评为最佳优秀新兵。对此，指导员表扬说："赵中全，你天生就是当兵的料，一上来就获团级荣誉，了不得，好好干，力争在部队干出一番事业。"

1992年7月，入伍不到一年，赵中全光荣地加入了中国共产党。他积极参加团里训练和各种军事训练大比武。五年间，先后历任战士、副班长、班长、代理排长。多次打破训练记录，十多次受嘉奖，被评为"最佳优秀新兵""刻苦训练标兵""学雷锋先进个人""优秀共产党员""军营奉献标兵"，一次荣立二等功，两次荣立三等功。在集团军作先进事迹巡回报告30余场，受到部队领导亲自接见。解放军《前卫报》曾报道他刻苦训练、爱军习武的先进事迹。

五年的军旅生活，使他从一粒种子，历经磨练，长成参天大树。赵中全说："不当兵后悔一辈子，我庆幸能来当兵，当了好兵。此生无悔，此心无悔。"

1996年11月29日，赵中全离开了心爱的部队回到地方，成为汶上县高级职业技术学校的一名教师。他把部队的所学所知运用到平凡的工作生活中，把崇高理想信念和道德追求转化成具体行动，开启了一条"拥军助人之路"。

建功立业助老兵

2016年11月，赵中全担任了汶上县爱国拥军协会党支部书记。

工作伊始，他积极探索创新双拥工作，自费到临沂市和浙江义乌两地爱国拥军联合会参观学习。设计新会徽，谱写新会歌，编写协会章程、建立档案、制定了协会的中长期发展规划和各项制度等文字材料20余万字，为协会健康发展奠定了基础。

每到"七一""八一"、春节等重大节日，赵中全会组织协会爱心会员，看望慰问英雄家属。从 2018 年起，腊月二十三，他邀请诸位英雄母亲、好军嫂齐聚一堂，由县武装部、退役军人事务局等主要领导陪伴英雄家属，吃上一顿热乎乎的年夜饭，使其感受协会大家庭的温暖。

2019 年 4 月，四川凉山发生特大火灾，30 余名消防官兵不幸罹难，噩耗传来，震惊全国。赵中全又组织协会在七一建党节前，自筹资金一万余元，冒着倾盆大雨，两天内行程一千余公里，来到山东临沂革命老区的平邑、费县、高新区和滨州地区邹平市，看望慰问五位牺牲的山东籍革命烈士的家人，送去"英雄人家无尚荣光"的牌匾、慰问金和家乡特产。他们紧握着赵中全的手，激动得热泪盈眶："感谢家乡人民，没有忘记我们。"

抗击疫情期间，赵中全积极号召，四处筹集，为政府和社会捐赠 84 消毒液、军用大衣、方便面、火腿肠、纯净水和生活用品累计达 10 万元。2021 年 4 月 2 日，赵中全又组织开展了"弘扬戍边英雄精神，关爱英雄烈士家人"活动。和协会爱心人士分两路前往河南、甘肃看望慰问在中印边境"加勒万河谷"冲突中誓死捍卫国土的，甘肃省陇南市两当县陈红军，河南省新乡市延津县肖思远以及河南省漯河市王焯冉烈士家属，带去了食用油、大米、面粉以及慰问金。来到烈士陵园向英雄敬献了花篮，以慰英雄在天之灵。

家住汶上街道阙庄村的特困军人王立业，已 80 岁高龄。文革时为保护县政府资产，被红卫兵用铁棍击伤脑袋，卧床数月，评为 3 级伤残军人，荣立三等功。老人家境贫困，协会便建立了帮扶对子，时常嘘寒问暖。有一年冬天下大雪，赵中全看到老人妻子在寒风中洗衣服，一双手被冻到变形。他看在眼里，记在心中，立马购置了一台洗衣机送到他家。王立业家住房老旧，墙上张贴着从上世纪 90 年代至今数百封春节慰问信，字迹模糊，纸张发黄受损。为此，他聘请专业人员，花费一万余元进行装裱，粉刷墙壁，进行室内装修，改善了老人家破旧的居住环境。

几年来，赵中全带领的协会发展爱心会员 350 余人，开展各类关爱活动 200 余次，募集社会捐款捐物 50 余万元，服务军人军属和退役军人 2000 余人次，获得省、市、县级荣誉上百个。其中两项尤其重要——2016 年 8 月，被济宁市委、市政府、军分区授予"爱国拥军模范单位"；2019 年被中共山东省退役军人事务工作领导小组办公室、中共山东省委组织部等评为"山东退役军人工作先进集体"，成为全省公益组织唯一获此荣誉的地方社会组织。2017 年 10 月 1 日，协会学雷锋活动照片代表山东济宁参加了全国双拥长城展，全国扬美名。山东省电视台《慈善真情》栏目组、《中国社会报》《中国国防报》等多次报道他的先进事迹。2019 年 8 月，《山东国防报》《济宁日报》头版对他一系列侠义之举进行了全面报道。

积小善为大善，善莫大焉——赵中全用自己的一腔热血，诚心助人，扶贫济困、见义勇为，拥军爱民，无怨无悔。他默默做着各类义举，用实际行动诠释了新时代"大侠"的风范。

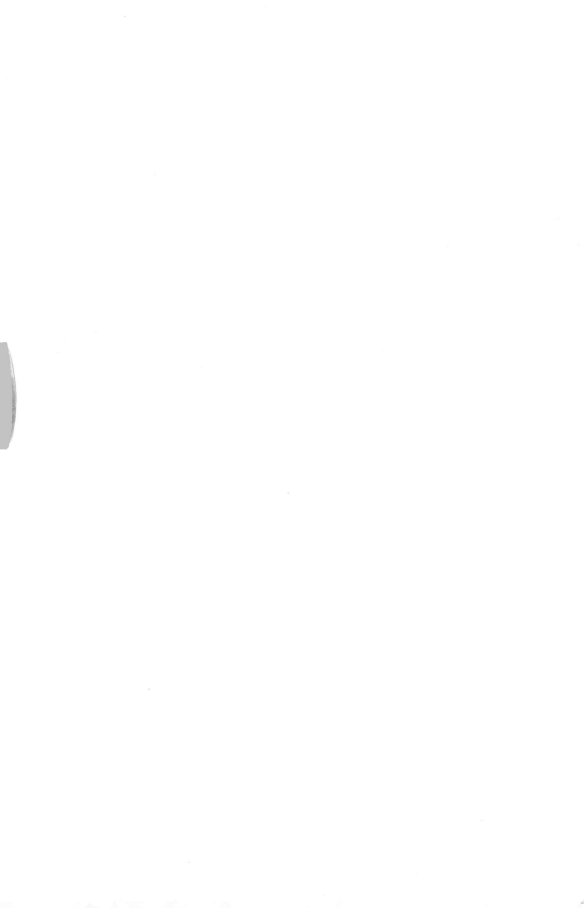

我只是做了应该做的事

——当见义勇为成为一种自觉

文/柏祥伟

一

世上没有从天而降的英雄，只有挺身而出的凡人。

2019 年 12 月 12 日，山东省济宁市公安局北湖分局发布了一则警情通报，全文如下：

2019 年 12 月 11 日 19 时 30 分许，济宁市太白湖新区许庄街道颂运水庭联华超市附近发生一起刑事案件。公安机关接警后迅速到达现场，将现场 3 名伤者及时送至医院抢救，其中 2 人经抢救无效死亡。经查，犯罪嫌疑人于某某因与被害人李某某存在纠纷，持刀伤害李某某及上前制止的 2 名群众。犯罪嫌疑人于某某逃离现场后畏罪自杀，现已送往医院抢救，该案件正在进一步侦办中。

这则通报一经发布，便引起了广泛的社会关注。随即，警方又发布了一则关于这起案件调查情况的详细通报，对这起案件起因向社会公开通报，及时引导网络舆情，消除了社会恐慌。

两死一伤，这是一件让人悲伤的事情。

这起案件发生时，其中两名市民挺身而出，与行凶者搏斗。行凶者挥刀刺向两位市民。其中一名男性因伤势过重，不幸身亡。另一名女性身受轻伤。社会群众在惋惜之余，对两位见义勇为的市民表示赞叹，关于见义勇为的行为，也引来社会群众的深度思考。

当身处危害之中，人都有保护自己安全的本能。当目睹危害正在发生时，人都有阻止和挽救别人生命的本能意识。试想这两位市民，看到犯罪嫌疑人把刀捅在受害人身上时，听到受害人的呼救时，面对行凶者的利刃，他们手无寸铁去阻止时，根本不会考虑自己身处险境。

无我，只因选择了心怀大我。

2021 年 2 月，省政法委、省见义勇为基金会授予此次案件中两位见义勇为的朱先生和兰女士为"山东省见义勇为模范"荣誉称号，并分别对两位模范给予医药费和救助补助资金。

二

见义勇为是中华民族的传统美德，齐鲁大地，自古遵循儒家文化，君子风度蔚然大观。早在两千多年前，就有扶危济困的记载：

《吕氏春秋·察微篇》记载：鲁国有一条法律，鲁国人在国外沦为奴隶，有人垫付赎金赎人后，可以到国库中领取赎金。有一次，孔子的门徒子端木赐在国外赎了一个鲁国人，回国后却拒绝收下国家给他的垫付金。

孔子说："赐呀，你采取的不是好办法，从今以后，就不会有人不肯再替沦为奴隶的鲁国人赎身了。你如果收下国家的补偿金，并不会损害你行为的价值；而你不肯拿回你垫付的钱，别人以后也就不肯再赎人。"

无独有偶。孔夫子的另一位高徒仲子路，素以忠孝刚勇著称。某次，子路救起一名落水者，那人为了答谢他，送给他一头牛，子路欣然收下。孔子称赞说："你做得对，从今以后，鲁人必多拯人与溺也。"

孔子认为，子路的行为是对的，这种行为是在倡导一种规则，即善有善报，付出就应该得到回报。子贡的行为是错的，收下垫付赎金是国家为了达到救赎国人而制定的一种规则。子贡的所为，破坏了这条规则，以后其他人就不会愿意为赎人而垫付赎金。

社会秩序要靠规则来维持，无论何人都应该遵循规则，否则，规则一旦打破，秩序必乱。

这就是孔子所谓"子路受而劝德，子贡让而止善"的道德标准。

千百年来，君子风度，在齐鲁沃土，生机勃发，开枝散叶，蓬阴天下。

儒家以仁为核心。君子怀仁。

《论语·颜渊》记载：樊迟问仁。子曰："爱人。"

如何才能做到"仁"？

《论语·述而》记载：子曰："仁远乎哉？我欲仁，斯仁至矣。"

见义勇为不是逞一时之能。是勇为者瞬间迸发的人性善念。是匡扶正义、舍己救人本能使命。

但凡见义勇为者，第一反应是：我应该去阻止。我应该去帮助，我必须要这么做……

这是人心之善行为，是黑与白的对峙，是正义对邪恶的较量。

这两位见义勇为的市民，虽然没能挽救受害人的生命，却用自己的身体彰显了正义之举。

也如孟子所言：道之所至虽千万人吾往矣。

三

　　查阅山东省见义勇为基金会的网站，在英模人物版块里，竟有近五百位英模人物的事迹风采。

　　这些英模人物不分年龄，不分性别，不分身份，他们都在平凡的工作岗位上做出了不平凡的事迹。这些英模身上彰显的凛然正气，面对危难挺身而出的责任和担当，读来荡气回肠。

　　这些英模有救助落水儿童的村民；有不畏危险与歹徒搏斗的公交车司机；有战斗在一线的警察和保安；有不惜生命，河流中勇救他人的军官；有勇擒盗窃惯犯，保住集体财产安全的共产党员；有驾车逼停肇事车辆，英雄用担当捍卫正义的新青年……

　　在危难之际，身处各行各业的普通群众，在他们身上所体现的人格魅力，正是生活中最需要的能量和榜样。

　　正如专职捉贼的下岗女工张业爱女士所言：我就是个爱管闲事的人。

　　因为爱管闲事，这位身材柔弱的女士，在捉贼之路上，一干就是三年。

　　问："您这么瘦弱，万一小偷狗急跳墙伤害您，您不害怕吗？"

　　答："有很多小偷告诉我，以后再多管闲事，小心脑袋。还有人说要把我五马分尸。我说你们尽管来，我不怕！"

　　我不怕！三个字，掷地有声！

　　没错，邪不压正！

　　这些见义勇为的英模，在挺身而出的时候，是勇为完成以后的价值体现感，是对生命的同情和保护的本能良知。

　　路见不平，临危不惧，是人区别于动物的第一反应。是正义蕴含在人心的浩然正气。是流淌在血液里的正能量，来自个人刚毅血勇的品德，是人之初的善良和正义。

正是齐鲁大义，君子风采。

四

勿以恶小而为之，勿以善小而不为。人心相处，给彼此温暖的是行善，给人以力量的是制恶。

试想，如果世间只以各人自扫门前雪，休管他人瓦上霜的观念为人处事，那么人心感受到的只有冰雪一般的冷酷。

道德失范，诚信缺失，麻木冷漠，事不关己，高高挂起的不正常现象出现时，已经到了好人难做、人人自危、有难不帮、见死不救，甚至互相算计、互相猜忌、互相欺骗的地步。这无疑成为家庭之痛，社会疾病。更是我们这个社会之耻，值得人们反思。

家庭和社会是以个人组成的，如果面对邪恶发生时，选择漠视甚至逃避，面对弱者受伤害时，选择明哲保身，人心和良知就会隐藏。

纵容行恶，其实就是对善良的亵渎。

常有人说，人心都是肉长的。如果有一天邪恶出现在自身面前，谁都希望能有勇为者来拯救，而不是面对无助的冷漠。

求救是弱者的呼唤，是善良的应答。

2017 年 5 月，身为医生的孙庆才先生和家人赴安徽明光市探亲。途经一处交叉路口时，恰逢一男子驾车途中突发疾病，意识丧失。

孙庆才挺身救助，在车内对病人实施心肺复苏，快速进行胸外按压。

正是这黄金 5 分钟的抢救时间，挽救了患者的生命。

此事经中央电视台新闻频道播出后，引发社会强烈关注。患者家人几经周折，联系了这位过路医生，驱车 400 多公里来到孔孟之乡，把锦旗送到孙庆才手里。

面对记者的提问，孙庆才说："作为一名医生，救命是第一位的，危难之际不伸手，我的良心一辈子都会不得安宁。"

孟子曰：仰不愧于天，俯不怍于人。

南宋大儒朱熹言：良心者，本然之善心，即谓仁义之心也。

孙庆才先生所说的良心，就是人心。

是人与人之间交往的定心丸，更是社会安定的奠基石。

心有良善之人，犹如手持灯盏，照亮了自己，也温暖着别人。

五

张甲生是鲁南乡间一位性情朴实的农民。2012年2月，在家忙完农活的张甲生坐上一辆长途大客车，准备去江阴的船厂务工。客车行驶到扬州江都境内时，突然在高速上起火。

张甲生临危不乱，及时疏散了车上41名乘客，在确认所有人都安全下车后，才最后一个逃生。

此事过后，他没对别人提起自己舍身救人的事迹，后来同事们看他总是流泪，声音嘶哑，口吐黑痰，同事追问半小时，他才说出事情经过。

遇到危急情况，自己不先逃生。张甲生的爱人说：哪有像你这样的傻子！

张甲生憨厚一笑：换了你，也会这么做。

正是张甲生这样一个见义智为的"傻子"，被扬州人称为"孔圣人故里，传统文化熏陶出来的好人"。

《宋史》有记："群儿戏于庭，一儿登瓮，足跌没水中，众皆弃去，光持石击瓮破之，水迸，儿得活。"

司马光砸缸，不仅是勇为，更是智行。

君子修为：讷于言，敏于行。在客车起火时，张甲生临危不乱，快速有效地引导全车的人撤离，在这位朴实善良的农民身上，彰显了孔孟之乡的道德风骨。

六

爱和责任是社会的道德底盘。

当行善是一种良知，勇为成为一种习惯。

当友善和互爱成为一种自我修养，我们所处的社会，才会平安和谐。

当每一个人成为社会安定的参与者、推动者和维护者，把担当和责任视为公德，成为每个人自觉行为的选择，我们就能听到一句温暖人心的话：我只是做了应该做的事。

见义勇为是对良知的考验，也是人心向善的标准答案。

星光洒在我们身上，才知道了星光所在。觉醒，对每个人，在任何时候，都为时不晚。

回 车

文/雪 樱

"我是一个平凡的公交司机,送你们去远方;我是一个平凡的公交司机,在这十米车厢……为人民服务,最高尚!"这首激荡心灵的原创歌曲《公交司机》,响彻大江南北,大街小巷,其中的演唱者就有山东济南公共交通集团有限公司 B52 路公交驾驶员董丹。

对公交驾驶员来说,每天把乘客安全快捷地送到目的地,是责任也是最幸福的事情。然而,行驶在路上,总要面临各种意想不到的事情,你永远不知道下一秒会发生什么。十米车厢好比个小社会,有柴米油盐,烟火漫卷,亦有突发事件,各种险情。2015 年 7 月 12 日,董丹驾驶 K52 路公交车行驶途中,发生了一起公交劫持事件。她机警处置,智斗歹徒,在公安民警李凤军、同事张宇的积极驰援下,成功疏散全车 20 多名乘客,最终与他们合力将歹徒制服。

经省、市媒体报道,他们的事迹登上了央视新闻,感动无数人的心灵。他们先后荣获"中华见义勇为楷模群体""山东省见义勇为模范群体""济南市见义勇为优秀分子"等荣誉称号;董丹个人荣获"全国道德模范提名奖""全国五一劳动奖章""全国向上向善好青年"等荣誉称号。

一把30厘米的尖刀

时间过去快七年了，这起公交劫持案在这座城市投下的阴影也消失殆尽，但每每提起，人们都不由得捏把冷汗。那是盛夏的一个周日，下午五点多钟，董丹像往常一样驾驶着 K52 路公交车，沿解放路由东向西行驶至济南中心医院公交站点时，上来一位 30 岁左右的男子。"您好！请站好，扶好！"董丹面带微笑打招呼道。然而，上车后他没有照例往后走，而是迅速掏出一把匕首，明晃晃的长刀啊，仅刃部就有 20 多厘米长。他上前一步，左手掐住董丹的脖子，右手举起尖刀，董丹的脑子里"嗡"的一声炸裂，连说话都打着颤音，"老师，您别激动！"他把刀子抵到董丹的腰部，胁迫她说道，"我去泉城广场，别停车，往前开！"他壮壮胆子，又朝着后面的乘客喊道，"你们坐在座位上不要乱动。"惊恐、惧怕、不知所措，这是本能，当看到这一幕，上来的乘客立马转身跑下了车，这也是本能。

董丹倒吸一口凉气，心脏扑通扑通差点跳了出来。工作 11 年，她闭着眼都能摸准方向盘，知道在哪个地方拐弯，遇上歹徒却是头一遭。"怎么办？我该怎么办？别慌！别慌！"她深谙，自己要是慌了神，乘客们的性命就无从保证。平日里单位的安全培训她熟稔于心，在眼前浮现。危厄压顶的时刻，趋利避害是人性的本质，主动利他则是高尚的品格。董丹心里盘算着，泉城广场途经市区多处景点和客流聚集地，把歹徒带到那里，后果不堪设想。"不行，我得先让乘客们下车。"就在她做出决定时，那把匕首再一次抵紧她的腰部，她头皮发麻，死神盘旋头顶的紧张感和恐惧感排山倒海般涌动，她的心痉挛了一下，双手不自觉地一抖。她害怕，乘客们比她更害怕，当发现与歹徒同车时，车厢里一阵骚动，董丹顺势拿起车载报话器想稳定大家的情绪，还没说完，歹徒举起匕首冲着她乱吼乱叫，她又是一阵头皮发麻。

济南，以泉水盛名天下，大地上也播撒仁义的种子，处处流转"抬头见舜"的幸福。泉城广场，齐鲁文化长廊内，大舜、管仲、孔丘、李清照等名人，仿佛穿越时空，与你迎面相遇。大舜之地，必有大勇；大舜之城，必有大义。何谓勇？何谓义？答曰："孝悌忠信，仁民爱物，厚生利用，恭敬谐和。"这些，早已植入世代济南人的骨血中，从鞭打芦花闵子骞到忠义勇武的秦琼，从爱国词人李清照到文武双全辛弃疾，等等，成为永不磨灭的精神 DNA。

稳住歹徒的情绪，借机站起身报警，董丹亮出第一招。她用缓和的语气说道，"老师，您别激动，您沉住气。"说话的瞬间，她停稳车辆，敏捷地起身，用手按下驾驶室顶部的一键报警键。劝说歹徒让乘客下车，自己开车把他送到泉城广场，董丹亮出第二招。她以商量的口吻询问，"乘客们都很害怕，能不能让他们下车，我陪着你，把你送到泉城广场，行吗？"歹徒恼羞成怒，舞着刀子又是一次恐吓，"不行，不行！别停车，继续往前开！"如果商讨一次被拒绝就放弃，歹徒的匕首说不定就会伤到哪位乘客，董丹反复地劝说，她觉得，乘客多待在车上一分钟，就多一分钟的危险，乘客一刻不安全，她就一刻不安心。"我不在站台停车，也不在人多的地方停车，我在没人的地方停车。他们人多，激动起来对你没好处。"听到这里，歹徒终于松口答应了，让乘客在解放桥南公交站点前方路口下车，董丹靠边停稳车，在她的缓缓目送下，乘客们从后门下车，她暂时松了口气。此时，她才注意到，有一位特殊乘客留在车上。

下车的乘客，脸上写满了劫后余生的惊惧感，他们第一次体会到，平安回家的感觉真好。很多乘客把车内遭遇歹徒劫持，转告给后面的 K52 路公交驾驶员张宇。张宇是个从业十五年的老驾驶员，跑过多条线路，经历的状况也很多，比如，车上遇小偷、乘客低血糖等。驶离公交专用道，走普通行车道，董丹亮出第三招。车速明显慢下来，只为赢得宝贵的救援时间，事后她回忆道,"泺源大街有公交专用车道,但是我没走,而是走车流比较大的机动车道。歹徒问我你怎么开这么慢,我就对他说,你拿着刀子我紧张,开不快。"我采访张宇时,他告诉我,当时听到乘客说发生劫持案,自己并不那么心慌,因为平时单位经常举行安全培训和反恐训练。"何况在闹市区,可控范围内,歹徒怎么也跑不掉!"他迅速驾驶公交车追赶过来,公交车为通体落地式玻璃,隔着车窗,董丹朝着张宇使了一个眼色,他立刻心领神会,报警。紧接着,他拉住手刹,把公交专用车道堵死,以防止后面车辆过来。

与歹徒斗智斗勇,智源自冷静沉着,斗基于心理上占据高地。见义勇为,以智取胜,既是护一己之身,也是为了拯救更多的生命。因为,生命之间,离得很近。

"特殊乘客"的紧急驰援

"他完全可以下车,但他主动选择了危险境地,正是他的这种行为给了我足够的底气,让我冷静面对。"董丹口中的这位特殊乘客,就是济南市公安局公交分局侦查二大队便衣民警李凤军。当天下午,他和妻子一同坐上 K52 路公交车,当乘客们下车时,他让妻子先走。身着深色 T 恤,短发花白,年过五旬的李凤军发现险情后第一时间打电话报警,稍后找到车上一学生模样的乘客,让他解下旅游鞋的鞋带,以备不时之需。他又从车上找到两个年轻小伙子,计划一起上前制服歹徒,但其中一个小伙子,原地不动。李凤军走到车辆前排与歹徒商量,"我来做人质,把女司机换下。"歹徒立马激动起来,举着匕首乱晃,让他坐到后面去。

李凤军再次与他交谈,"朋友,有什么想不开的事跟我说说,没有啥大不了的!"他始终盯着歹徒的眼神,凭借经验判断他一定是生活上遇到坎儿了。简单两句话,激中了歹徒的心,他把匕首架在了李凤军的脖子上,李凤军不为所动，歹徒嚣张的气焰减半。经过共同劝说，乘客们安全下了车。

当公交车从中心医院行驶到历山路，李凤军来到距离歹徒不足一米的位置，继续与他交谈。"你别急，都是大老爷们，哪有吓唬女同志的？有什么事跟我说说。"李凤军老家在潍坊高密，几年前部队转业分到公交分局，他操着一口浓郁的外地方言，一下子降低了歹徒的警戒心，顺势撬开了他的心门。歹徒垂头丧气地说，"晚了，什么都晚了，买彩票七八年，赔了好多钱！""我也是彩民，你出号我出钱，不行吗？钱花完了可以再挣，你这样做能解决问题吗？"他又道，"我把房子都卖了，还欠了一大笔外债，什么都晚了！""你看你要的是钱，可你站在女司机旁边，万一刹车什么的伤着她多不好！你往我这边一点，我在这边。"歹徒第一次听了他的话，往后面挪了挪脚步。

生死较量的 18 分钟

当车辆行驶到泺源大街，歹徒发现有警察围了上来，情绪异常激动起来，那把被他手心攥得发烫的匕首，此刻仿佛收敛了气势，他反复冲董丹吼道，"不要打开车门！"这时候，张宇站在门外，对歹徒说，"放了女司机，我给你当人质！"又劝说道，"都是男人，有事说事，不要伤人！"趁歹徒目光游移，李凤军上前欲夺下匕首，熟料天热手滑，没有拿下，却被歹徒甩在了前门口。董丹灵机一动，眼疾手快，站起来拿起身旁的灭火器，对着歹徒喷过去，对方迅速闪开。歹徒气急败坏，把尖刀举过头顶，不顾一切反扑过来，砍得旁边的扶手栏"咣咣"作响，眼看刀子就要扎进自己的身体，董丹的大脑一片空白，喷的瞬间才意识到，没有拔下保险销。十万火急的关头，她拔掉保险销，再次向歹徒脸面喷射干粉。白雾弥漫整个车厢，一时间分辨不清谁的脸庞。张宇大喊一声，"董丹，快跑下车！"她从前门跑下车，被困在车厢内的歹徒被从后门上去的警察制服在地。

那一刻，时针指向了 17 时 38 分。那一刻，董丹全身瘫软，坐在了马路边上，连说话的力气都没有了，内心的柔弱毫无顾忌地漾了出来，泪水在眼眶里直打转。

生死较量的 18 分钟，也是惊心动魄的 18 分钟。董丹多次说道，自己做梦都没有想到电影中的劫持案会发生在自己驾驶的公交车上，当时她吓得大气不敢出，事后也留下了心理阴影。有一次，一位男乘客从趵突泉南门上车，背着单肩挎包，里面鼓鼓囊囊，上车后就有音乐响个不停，她紧张得直冒虚汗，当看到他在后门处站着，有空座也不坐时，她紧绷神经，甚至做好了最坏的打算，生怕对方包里藏着什么违禁危险物品。就这样董丹一边向前开车，一边从后视镜里盯着观察，目光仿佛长出了翅膀，在乘客的身上来回巡视，"如果他有什么异常举动，我就随时冲上去。"公交车开到六里山南路站点时，男乘客莫名地朝着车厢内大喊了几声，轻松地跳下车，消失得无影无踪。董丹紧张的心蓦地放下，内心的防线再次被突破，她忍不住哭了一路，是释放也是对恐惧的又一次战胜。

生死较量的 18 分钟，也是她一生最难熬的 18 分钟。"公交丹姐"的爱称不胫而走，在很多乘客心中，她就是平民英雄。其实，董丹心中一直住着一位超级英雄，平日里兢兢业业，敬业奉献，关键时候临危不惧，勇于担当，她也是自己的英雄。

"回车" 就是平安回家

董丹的微信名叫"回车"。经历一场生死考验的劫持案，回车二字氤氲出太多的丰富内涵，令人不禁五味杂陈。其实，对每个人来说也是如此，"回车"就是平安回家。就像七年前的那个夏天，董丹去派出所做完笔录，又去医院做完检查，拖着疲惫的身躯回到家时已是凌晨时分。当看到家人为她担心的疼惜眼神，董丹把女儿一把搂进怀里，紧紧地，紧紧地，勇敢的女汉子再也忍不住了，泪水夺眶而出，"见到我的孩子才知道后怕，能平安回家，真好。"柔和的灯光，映照着她苍白的脸庞，光晕打在她的脸颊、发梢、肩膀，流泻出身为母亲特有的柔情和慈爱；泪水撒欢儿似的流淌，如一条清澈而透明的溪流，在这座城市的夜空下蜿蜒……

我在公益活动中经常见到董丹，也在颁奖典礼中与李风军、张宇有过接触。董丹就像邻家姐姐，和善、真诚、义勇，李风军身材虽不魁梧，但透露着精干和勇毅，有山东大汉的直率和仗义；张宇敦厚老实，一副老黄牛的工作作风，让人心里踏实。记得 2016 年 6 月的最后一天，那天参加活动时我与董丹相遇。当天本地各大报纸头条刊登了济南公交劫持案一审宣判的好消息：被告人刘某军犯劫持汽车罪，被依法判处有期徒刑五年六个月。我把这个消息告诉董丹，她满脸平静，不疾不徐地说道，"法律是公正的，我最大的欣慰就是车上的乘客毫发未伤，平安回家。"

"我是一个平凡的公交司机，送你们去远方；我是一个平凡的公交司机，也曾有过梦想！想起毛主席的那句话，为人民服务，最高尚！"

在不同场合的宣讲活动中，董丹说过，"当车上的乘客都能平安回家，和家人一个拥抱，与家人团聚，我觉得所做的一切都很值得。"公交车就像个流动型的小社会，承载芸芸众生的柴米油盐，安放普通人的酸甜苦辣，走街串巷，迎来送往，重复循环，把日子无限拉长，让生活涌动温暖。正是有了像董丹、李风军、张宇这样挺身而出和见义勇为的好司机，老百姓的安全才有了保障，我们的生活才会幸福如许，充满阳光。

采访札记

著名诗人孔孚在《趵突泉边》中写道："心似乎要跳出来/泪流满面/它

又雷声雷气地说话了……""雷声雷气",乃是济南人性格的真实写照,也是骨子里的仁义和气节。

公交劫持案过去七年了,董丹依然每天驾驶着公交车穿梭在大街小巷,那一身公交蓝的制服俨然成为了流动的风景线。李风军 2019 年退居二线,到秘书科工作;张宇因为身体原因,2016 年调整岗位也离开一线工作。但是,说起当时的举动,他们都不约而同地表示,"换做哪个人遇见了,都会挺身而出,济南人都会这样做!"作为老民警,李风军表示,"为了救人而牺牲自己不值当,要像董丹那样灵活智斗!"笔者辗转联系,才拨通张宇的电话,电话那头的他话语不多,却掷地有声,"见义勇为不能逞强,在能力范围之内,完全可以采取很多措施。"对于董丹的紧急处置,他连声称赞道,"很完美!很完美!"

回车,是平安回家;回车,也是红色信仰。董丹、李风军、张宇在突发状况下的默契配合,以智决战到底,是偶然也是必然,源自济南公交的企业文化,源自泉城济南的文化品格。

泉水在这片大地上汩汩流淌,仁义的种子也在向上拔节,奏响一曲曲"美德山东"的交响曲,动人的音符,上上下下,馥郁成花,一路袖藏,一路播撒……

故事会上的沉思

文/李恒昌

　　去年金秋十月，单位工会和团委联合搞了一个名叫"舟桥故事会"活动。吃过晚饭之后，大家很快聚集在职工夜校里，听本单位职工讲述身边人的故事。当时来了很多听众，足有一百多人，整个职工夜校大教室座无虚席。那天总共十二名职工先后登台，各讲了一个身边人的小故事。这些故事，有解放战争和抗美援朝期间英雄人物的故事，也有职工革新创造的故事，还有职工无私奉献的故事，给我留下印象最深刻，并引发我思考的是六个见义勇为的小故事。

　　最感人的是六十年代徐智在火车轮子下救下三名儿童的故事。这个故事由人事科谭冰凌讲述。因为她曾对徐智作过采访，所以讲得非常生动。

　　她坐在讲台上，向大家娓娓道来。她说，徐智出生于 1942 年，19 岁从安徽太湖来到我们单位，成为铁道兵独立舟桥团的一名战士，1965 年光荣加入中国共产党。就是这名普通的战士、普通的共产党员，却在危险降临的时刻，置个人安危于不顾，奋不顾身地冲了上去……

　　那是 1968 年 8 月盛夏的一天，山东益都县（现在青州市）火车站，几个小男孩正在铁轨上捡石子玩耍，而此时一列满载旅客的火车正从青岛方向疾驰而来。

　　"滴——"汽笛长鸣响彻火车站，几个大点的孩子见到火车来全都跑开了，剩下 3 个不满四岁的小男孩横趴在铁轨上，被强大的汽笛声吓呆，惊慌失措得连起身都忘记了。虽然火车司机发现了孩子们，立即紧急刹车，但是强大的惯性，使列车继续向前猛冲。五十米、四十米、三十米、二十米……眼看列车距离孩子们越来越近，悲剧即将上演。

千钧一发之际，正在一旁维修车站的铁道兵战士们发现了险情，他们甩开工具，立即朝孩子飞奔过去，身为排长的徐智冲在最前头。

"不要去，不要去，火车马上就来了！"等候在铁道线外的人们大声朝战士们喊道。但徐智跑得更快了，他一个箭步迈上铁道，用力把两个孩子拽到铁轨边，然后一把抱起稍远的那个男孩，奋力一跃，跳到轨道另一边。就在这一瞬间，列车擦着徐智后背驶过，强大的气浪把他们推到路基下面，徐智紧紧地抱着孩子昏迷过去，头部、腰部多处受伤，而三个孩子毫发无损得救了。

徐智见义勇为的壮举迅速在齐鲁大地传颂开来，27 岁的他荣获铁道兵司令部授予的一等功。同年国庆节前夕，他受国庆筹备工作组邀请，光荣参加建国二十周年大会。后来，唐山大地震救援现场、黄河防凌抢险等多种场合都有他的身影，他又荣立国家二等功、三等功各一次。

来自舟桥段的职工王珊讲述的是职工季明良在旅客列车上紧急救治旅客的故事。季明良是一位老铁道兵，1987 年毕业于西安铁路卫生学校，作为"特约保健医生"在舟桥处的职工医院从医近二十年。2019 年 11 月 4 日下午，季明良跟随单位的工作组乘坐 G279 列车前往广州增城项目部为一线职工做体检。快到郴州西站时，季明良听到广播里播报一条紧急救援通知。

"紧急救援通知，寻一位医生或者医护工作者，7 号车厢有一位乘客因胸闷无力，急需救治，请列车上可以做急救工作的乘客到 7 号车厢，感谢您的帮助！"

情况紧急，季明良当即拿起药箱赶往患者所在车厢。赶到后，他立即拿起血压计、听诊器为患者进行检查，发现女孩血压低，心率快，整体状况不好，建议列车长立即联系郴州西站工作人员拨打 120 抓紧送往医院。

行车过程中，季明良根据多年来的经验，通过调整体位、穴位按摩、心理疏导等方法来缓解女孩的病情。到达郴州西站后，等候在站上的 120 急救人员立即将女孩接去医院救治，他悬着的心也终于放了下来。

"谢谢您，季医生，感谢您帮我们救了急。"

"别客气，不论碰到谁，力所能及的情况下，都会尽力救助的。"

据悉，那个女孩送到当地医院，经过两天住院治疗后康复出院，随后顺利到达目的地广州。

来自安徽马鞍山轮渡段的王辉向大家讲述了职工们"高温下的破窗行动"。2019 年 6 月 16 日中午，福建龙岩湖公路大桥工地上，烈日炎炎，气温高达 36 度，职工陈文利用中午码头空隙时间倒运浮箱。他隐隐约约听到孩子的啼哭声，刚开始他以为是自己热晕头出现了幻听，当同事也觉得确实有哭声时，陈文感觉到事情不对。他立马叫停吊装作业，让大家在附近寻找。

在离吊装作业现场 20 米处，陈文发现一辆白色奇瑞小轿车，透过窗子看见一名约七八个月大的婴儿已从后排座位上滚落到座椅下面。婴儿满脸汗珠，呼吸急促，哭声渐渐嘶哑，处境十分危险。陈文顿时感觉到问题的严重，立即找来撬棍，试图撬开车门，但没能成功。

这时，附近的居民看见在救人，纷纷赶过来帮忙。有人准备去项目上拿安全锤砸玻璃，陈文立即制止，因为玻璃碎渣很可能对婴儿造成伤害。

车窗前没有挪车电话，于是他安排同事拨打 114 按车牌号查询车主信息，自己继续撬动驾驶位车窗。终于，车窗稍有缝隙了，但是手伸不进去，看到希望后，他叫同事来帮忙。

"一、二、三！一、二、三……"大家开始合力撬车窗。

经过约 2 分多钟的努力，陈文终于把手伸到反锁处，打开了门锁。

　　打开车门时，孩子已是满身大汗，身体极度虚弱。陈文也满身大汗，他小心翼翼地抱起孩子，和同事们赶紧把婴儿抱到值班室降温，并用矿泉水瓶盖盛水喂给婴儿。原本铁骨铮铮的汉子，突然就变得温柔起来。

　　大约 15 分钟后，婴儿家人接到电话后赶到了值班室。原来，这名婴儿的家人利用周日休息时间来龙湖游玩，孩子玩累了睡着了，他们就把孩子放在车上睡觉，下车再看一会儿，没想到走远了，没意识到把孩子留在车上如此危险。如果不是陈文和同事及时相救，后果将不堪设想……

　　来自浙江金华潜水段的潘永明讲述的是他们的职工在黄河大桥下的"二连救"故事。2021 年 8 月 3 日 15 时，潜水段职工蒋国军正和同事一起，在山东东明黄河大桥上进行施工作业，突然听到"扑通"一声。他转头一看，水流湍急、浑浊的河面上一个身影正一上一下在水里沉浮、挣扎。

　　蒋国军心中一紧，赶紧拿起身边的一个救生圈，向落水者抛了过去。但由于距离太远，救生圈绳子不够长，根本抛不到落水者的身旁。

　　此时，水的流速很大，除了会被淹死，落水者还面临被泥沙呛到窒息，甚至会被急速的水流冲走的危险，情况十分危急。蒋国军飞速跑到桥下，一跃身子跳入水中。他迎着急流使出全身的力气游向落水者，好不容易拉住了她。但是，落水者却一心求死，她一边挣扎着，一边拍打着蒋国军不肯上来，让他不要救她。蒋国军一方面把她抓紧，一方面做她的思想工作，让她慢慢平静下来。随后赶到的同事们一起过来帮忙，终于将落水者拉到了岸上。

　　闻讯赶来的轻生妇女家人到现场，抱着落水者大哭。当看到蒋国军后，他们弯下腰，向他深深地鞠了一躬，还掏出一大把现金感谢蒋国军，蒋国军坚决谢绝了。

　　其实，这已经不是他们第一次在黄河上救人了。早在这年 4 月 27 日，也是在这个地方，也是一个下午，不过，那一次首先发现落水者的是蒋国军，救人的则是同事宋海军。

　　一个个故事徐徐展开，讲述者讲得很认真，听众听得也很认真。一个个动人的故事，触碰大家的心灵，在我的内心一次次震响。听到感人之处，不免泪水打湿了眼睛。听着一个个故事，我陷入了沉思之中。我在想，我们这个不足1000人的单位，为什么会前赴后继，涌现出这么多见义勇为的英雄人物？是什么力量驱使了他们关键时刻的行动？

　　演讲结束时，主持人要我上台讲两句，我把自己想到的这个问题抛给了大家，希望大家能够给予回答。

　　我的话音刚落，一个职工便主动站了起来。仔细一看，是前年刚来的大学毕业生冯凯。他说，因为我们这个单位，是一支英雄的部队，有着浓厚的红色基因。随后，"舟二代"姚峰站起来说，因为我们有着美好的"家风"传承，关键时刻冲得上。对他们的回答，我非常满意，示意他们坐下。俗话说，一滴水可以折射太阳的光辉，一个故事能够展现一个团队的风采。一个接一个见义勇为的英雄，写照着我们这支舟桥铁军的血脉传承。与一个个见义勇为故事相比，我更喜欢和看重的是眼前这些年轻人身上所呈现出来的那种阳光、青春和血性。

　　走出教室，天已经暗了下来。忽然听到一阵雁鸣，举目仰望夜空，只见一排大雁正展翅高翔。那一刻，似有一股暖流悄悄从我的心头流过。

母亲河的思念

文/迟玉红

一

从此，夜幕下多了一颗耀眼的星辰，守候着千家万户。那颗滑过天际的流星，成了母亲河永远的思念。

2012 年 5 月 13 日的母亲节，天下的母亲都装着一个美丽的梦，或是儿女的一个电话、或是一声亲切的呼唤、一抹深情的笑容，甚至是向她奔跑的样子……都成了母亲幸福可期的日子。

南阳河是青州市的母亲河，北魏郦道元所著的《水经注》当中称其为"阳水"，南阳河水急沟深，是建造城池的理想场所，青州历史上的四座古城广县城、广固城、东阳城、南阳城都在南阳河附近建造。南阳河的治理始于上世纪 80 年代，从 1995 年开始步入系统化治理，主要是疏通河道、雨污分流、沿岸绿化。2008 年开始，先后投资 12 亿元进行综合治理，5 年的时间南阳河打造成了风景如画的国家级水利风景区。遐迩闻名的表海楼建在南阳河北畔，范仲淹、富弼、苏轼、欧阳修等文豪在此留下了美丽的诗篇，它像一颗璀璨的明珠镶嵌在母亲河畔。

这一天，南阳河的水像往常一样"掬水日在手"青绿，河畔也像往常一样"弄花香满衣"飘着鸟语花香，行人踩着诗情与画意，畅游在河畔。

第二炮兵工程大学士官职业技术教育学院副营职参谋沈星，于2010年攻读军事装备学硕士研究生。这一天，他回青州收集完硕士研究生毕业论文资料，并买好了绿色的车票，准备当晚返回武汉的学校。因平时与妻女聚少离多，他想利用走前的一点时间多陪陪家人。女儿快要过生日了，她像一只小鸟儿一样蹦蹦跳跳地围着他，想想再过几个小时后就要踏上列车，辞别这个温暖的家，让他更加恋恋不舍。于是，他提议提前给她过生日，一来陪她一起出去游玩，二来也给妻子过个母亲节。

上午9点左右，他们一家人其乐融融地走出家门。10时许，来到了南阳河畔。4岁的女儿蹦跳着拉着沈星的手，俩人很快就跑出了老远。妻子推着自行车，远远地跟在后面。她幸福地望着父女俩快乐的身影，听着他们的笑声一声接一声地落在河畔上。幸福竟是如此简单，简单的让她脚下的每一步都踏出快乐的足音，踏着一个家的温暖，踏着现世的温情。倘若时光能够多停留片刻，哪怕是一分钟，对于妻女来说都是奢侈的幸福。

熟料，这份幸福却是如此的短暂，短的不及一分钟。

沈星怕累着女儿，急忙抱着她往前走。这时，一个十来岁的男孩慌慌张张的边跑边喊："救命啊，救命啊！我同学掉进水里了。"沈星一听到有人落水了，他来不及多想一秒钟，也来不及想自己不会游泳，甚至来不及把幼小的女儿交到妻子的手里，就随手把孩子往旁边一放，毫不犹豫地飞跑过去，纵身跳入河中。谁也不曾想，这一跃，便成了永恒的诀别。他像一道闪耀的流星，滑落在南阳河明镜似的水中。

五月的季节，河水还有点凉，落水的男孩在水里挣扎着，已经喊不出声音来了，他的身体在水面一起一浮着。沈星快速朝他划过去，将落水的学生托起，用力把他往岸上推。但由于河堤湿滑，落水者一次又一次滑入水中，沈星再一次又一次地往岸上推。

平时河畔散步的人很多，但是那天却出奇得少。八十多岁的李老正好陪老伴走来，看到一个男孩大喊："救命，救命啊！有人落水了。"

他们夫妇急忙赶过去，看到两个人在水中挣扎。不一会儿，李老仅看到孩子的身体在水面上一动不动地漂浮着。原来沈星为了救孩子，在水里用头顶着加上双手托着他。这时候的沈星在水中几乎不能呼吸了，但是他还是用力托着孩子，不让河水淹没他。李老急忙招呼几个钓鱼人一起跑过去，大家手挽着手，连成一条线，想把两人拉上岸来。但是人手少，加上河堤太滑，相隔2米左右的距离，成了一道无法握住的生死线。

在随后赶来的群众帮助下，落水学生获救了，沈星却因耗尽力气沉入河中。不知是什么力量，在生死攸关的那一刻，沈星用力将孩子推向援手，而等到援手伸向他时，那股推向孩子的力量却不见了，他慢慢地沉下去，慢的没有惊起一朵水花，慢得没有荡起一圈涟漪。

妻子赶过来的时候，看到人群中女儿惊慌地站在一旁。她急忙问："爸爸呢，爸爸呢？"

孩子摇着头说:"不知道!"

这时,妻子听到旁人说水里还有一个人,一种不祥之感涌上她的心头。对于妻子来说,眼前发生的这一幕太突然了,父女俩的笑声还在耳边回荡着,女儿的手中还留着爸爸掌心里的温暖,丈夫的身影还留恋在她的盈盈目光里,这些美好随即都落入水中,再也无法打捞。河水依旧是青绿,依旧如刚才那般缓缓地流淌,而沈星的身影却静静地躺在水底,融入了母亲河的怀中。

河水表面依旧是那么平静,像一面镜子与蓝天相映着。它倒映着河畔上一群人的身影,倒映着一张张焦急的面孔,倒映着沈星妻女的泪水,却倒映不出沈星的影子落在何处。

二

我们都渴望奇迹会出现,当奇迹终于不再的时候,望着他那个托举的姿势,整座城都流泪了。

沈星的纵身一跃,感动了整座青州城。当救援队抱着他往岸上游时,大家都祈祷他平安无事;当众人看到他仍保留着那个托举的姿势时,整座城都流泪了;当救护人员已知他心脏停止了跳动,仍然希望有个奇迹——他会醒过来!然而,他终于没有给自己这个奇迹,在众人的期待里,他放下做儿子、丈夫和父亲的责任,长眠不醒。

当天下午 15 点左右,我们青州作家协会一行十余人,赶到沈星工作的地方。他的战友含着泪接待了我们,我们在泪水交替中,读着沈星那些令人感动的话语。

沈星在日记本里写有这样的句子:

当人民群众有困难时，他们需要帮助时，想到的是谁呢，不是我们吗？军人的价值在哪儿呢，不是危难之处显身手吗？

可以平凡，但不可以平庸。

一天做件实事，一月做件有意义的事；一年做件大事，一辈子做件有意义的大事。

寥寥数语，每一个字都像钟声敲击着我们的心弦。这辈子，他真的做了一件有意义的大事。为了他人，不顾自己的生命，把自己定格在 31 岁。那张绿色的车票，成了一辈子无法等待的归期。

沈星是陕西阎良人，当他父母从陕西赶过来时，父亲沈希望忍着悲痛说："被救的孩子，平安无事就好。那么，儿子的付出也就值得了。"

这是一位多么伟大又朴实的父亲啊！他的眼里还含着泪花，他的心里还装着丧子之痛，但是沈希望知道，如果当时见死不救，那就不是沈星了。2002 年，沈星考上中国人民解放军军事交通学院后，他把对党和人民的朴素情感升华为革命军人的使命责任。当遇到陌生人向他求助时，他像对待亲人一样为其解困；当同学、战友遇到困难时，他总是伸出援手；当人民群众生命财产安全受到威胁时，他临危不惧、挺身而出；甚至，他还多次义务献血。他入军校一个月后曾经写信回家，父亲就在回信中信手写了一首诗，而这首诗也成了沈星铭记在心的座右铭：

金榜题名离家乡，巩固国防穿戎装。

忠骨紧随民愿走，满腔热血献神州。

……

5 月 16 日下午，潍坊工程职业学院的部分师生已经提前来到殡仪馆的追悼会现场，他们将叠好的 12000 只千纸鹤和 2600 朵绢花挂在了树上，并亲手赶制了手捧的朵朵白花。晚上的南阳河畔，数千人点燃了白蜡烛，橘黄的烛光重重包围着"沈星"的名字，多么希望这些烛光能够温暖他冰冷的身体。

5 月 17 日，数万支千纸鹤在广场、街道、南阳河畔，在风里飞摇着，九万多市民自发地为他送行，整个青州都笼罩在一片洁白之中。上百辆出租车司机组成一个团队，免费接送前去为沈星送行的人。他们含着泪说："让我们为英雄做点事情吧！"

斯人已逝，千古不朽。沈星生前部队已建起了英雄沈星纪念馆，部队院内还有一条"沈星路"。沈星救人不远处的一座无名桥被命名为"沈星桥"，2012 年 10 月，在桥北首建了一座沈星铜像，以缅怀这位年轻的英雄。

沈星烈士雕像是青铜铸造的半身正面像，周围是汉白玉围栏。矗立在四棵大雪松前，雕像背靠苍劲雪松，寓意是英雄舍己救人的精神不休；东西两侧各有两棵国槐，寓意英雄精神长留青州人民心中；雕像与像座是 2.12 米，寓意烈士牺牲于 2012 年；整座烈士台基总长 5.13 米，寓意是烈士牺牲于 5 月 13 日；南北长 4 米，台基高 0.4 米，寓意烈士长眠于此，祝愿烈士四季长眠永安；板栏及地铺石总高 0.81 米，寓意烈士 1981 年出生；柱端四面刻有八一五星，体现了烈士"中国人民解放军"身份；台基栏板雕刻苍松翠柏、群山祥云及花环五星，寓意烈士舍己救人的精神永垂不朽。

"南阳河边草青青，一缕菊香随风去。一江花瓣一江情，一腔热血感动地。一道星光化彩虹，一个壮举化丰碑，一位英雄成永恒……"十年来，一首《青州忆》仍在青州广为传唱。

因疫情防控工作，周日下午我在北门组团小区做排查工作。这里离"沈星桥"不远，仅隔着两座桥。不知为什么，当我朝西望去的时候，突然想起了沈星。门卫大爷跟我说 10 年前的 5 月 13 日，他也去河畔了，一直等到沈星被找到，等到众人把他抬上救护车，等着他能醒过来，可是……说着，泪水从他的脸上无声地淌了下来。

4点半接班后，我特意去南阳河看一看沈星。春日的阳光是那么煦暖，杏花、玉兰次第开放，不少游人结伴而行。他们有的坐在长椅上望着两岸的优美风光，有的赏花踏青。鸟声不时落在河畔上，落在林间，落在花朵上，落在碧水之上。现世美好，陌上青青，令多少人留恋于此。

沈星的铜像矗立在葱绿的树旁，对岸的迎春灿烂开放，献给他最美的微笑。周边杨柳拂水面，百鸟嘤鸣，他的目光望向河面，我想他一定看到了现世的温情，岁月的安稳。桥西不远处是范公亭，范仲淹的"醴泉"之水正源源不断地流向此处。当年范仲淹以"井水喻德"而写的《清白堂记》，"予爱其清白而有德义"就是把自己喻做清泉一样，践行了"从无中来，归无中去"的得民心官吏。去年春天我参加第三届"清白泉"杯征文的时候，我站在醴泉旁总是想起沈星；今日，我站在"沈星"桥上，却又想起了范公。因为他们是一样的人，从无中来，归无中去，皆以其清白而有德义。

他用自己的生命完成了人生的毕业论文这份答卷，这里有孝顺、有热心、有乐观、有坚韧、有谦逊、有担当……

无论时光多么匆匆，在青州人民最美的风景里，千千万万的人永远记的那道星光曾经怎样绚丽地化作南阳河畔上的彩虹，成为母亲河永恒的思念，成为天下母亲永远无法割舍的思念。

河岸双碑

文/张克奇

　　每年的这个季节，我都要来这里一趟。

　　河里的水凉凉的，我卷起裤管，一手提着鞋子，一手提着烟酒菜肴，向河对岸慢慢移动。河的上游有一座桥，经过那里可以驾车直接到达我的目的地，也就是多走十几里的路程。但是我不，不是心疼那点油钱，而是觉得只有这样的方式，才能让自己感到既安慰又妥帖。

　　此时，地里的庄稼都收割完了，有的播上了小麦，有的就那么闲着，等着来年春天的耕种，河两岸平展展的是那么开阔。远远地，我就看到吴哥在向我招手，一副欢天喜地的样子。我不由地攥紧手里的东西，加快了脚步的移动。

　　吴哥名叫振华，小名顺子。我们是初中时的同学，后来我读了中专，他上了高中而后考入了一所警察学校。喜欢打抱不平、行侠仗义的吴哥，的确是适合加入到警察队伍中去的。他的秉性，跟他在当时的公社派出所里当联防队员的父亲差不多，豪爽而正义。只不过他比父亲更智慧一些。

　　吴哥的父亲绰号叫"吴三炮"，性格如此可见一斑。虽然只是个联防队员，但是整得比正儿八经的警察还神气。吴三炮最惊人的壮举是在我们上初三的时候。那个夏天的晚上，我们正在上晚自习，公社派出所的另一个联防队员急匆匆地闯进我们的教室，一把抓起吴振华的胳膊就拽着往外走，全然不顾老师的存在。后来吴哥回忆说，就在看到张叔（来找他的那个联防队员）的第一眼时，他就预感到发生什么了。果不其然，当吴哥来到公社卫生院时，面前的父亲已经是一个血人。听到儿子撕心裂肺的哭叫，他使劲地睁开了眼睛，想说什么却已经出不了声，最后指了指儿子，又指了指同样沾满了血迹的自己的那顶帽子。后来听说吴哥的父亲是因为跟一伙偷窃黄牛的犯罪分子搏斗时被连刺七刀而壮烈牺牲的。

父亲一走，吴哥就成了没爹的孩子，但从此真正长大了。最大的变化是，他开始在学习上用功了。四年后，他如愿以偿走进了淄博警察学校，三年后成了一名人民警察。毕业后，依照组织上的照顾，他可以分配到县刑警大队，可他还是固执地选择了父亲当年工作过的派出所。其时，我已经师范毕业在县城当了三年的小学老师，经历了一些世事，也看明白了许多事情，就竭力劝他改变决定。他第一次在我面前沉默了。长久的沉默之后，他说：你说的这些我都懂，可是我就是想回到父亲的身边去。我之所以要考警察学校，成为一名警察，就是为了这一天。我无语，只是使劲地拍了拍他的肩膀。那天晚上，我们在弥河边坐了三个多小时。河的对岸，是万家灯火的安定祥和，抬头看天，月亮在淡淡的薄云里时隐时现。

虽然吴哥常到县城里来，但是每次都是行色匆匆，见面的机会极少。每次回老家，我都会给他打个电话，只要他在所里，我们就见个面，说说话，但每次刚开个头他就被电话叫了去，不是董家村有打架的，就是韩家庄有聚众赌博的。他每次都抱歉地跟我笑笑：没办法，一地鸡毛。然后还没等我走出派出所的大门，他早就骑上摩托车一溜烟不见人影了。

吴哥所在的那个派出所，是个三县交界的地方。这样的地方，治安往往都很复杂。那时派出所里一共8个人，其中包括4个协警，所有的工作都是分工不分家。吴哥年轻，腿脚麻利，领导也算是重用，从早到晚把他指使得就像个陀螺。吴哥毫无怨言，他觉得警察就应该是这么个样子。有一年，卧铺村出了一桩人命案，据说是因为不正当的男女关系引起的。犯罪嫌疑人手起刀落，杀死跟自己老婆通奸的一个拜把子兄弟后逃之夭夭。为了尽快抓获犯罪嫌疑人，县公安局抽调人员成立了专案组，吴哥理所当然地成为办案人员之一。经过紧锣密鼓地侦查之后，锁定犯罪嫌疑人逃到了陕西的太白县。抓捕行动立即展开，吴哥他们在陕西一待就是半个月，最终在太白山里将犯罪嫌疑人抓捕归案。我设家宴为他庆功，没想到半个月的时间他竟然瘦了十多斤。我跟他开玩笑：你这是去抓罪犯还是去卖肉？吴哥嘿嘿一笑：在太白山里转了八天八夜，十多斤的血肉都无私奉献给那里的蚊虫了。边说边掀开衣服让我看，一个一个的大疙瘩真让人怀疑他是不是得了瘟疫。几杯酒下肚，他突然一拍脑袋，说：我咋就忘了给你带个菜肴回来呢，那地方的蚊子跟上我们这里的蚂蚱大。

吴哥二十八岁那年，开始谈恋爱，女友姓孟，在那个镇的初中当语文老师，一起来过我家几次，小巧玲珑的。谈了恋爱的吴哥更加精神抖擞，工作上也更加积极上进，天天就像打了鸡血一样。二十九岁那年，吴哥当上了副所长，准备年底就结婚。拿到任命书的那天，正好是周六，吴哥约我回去一趟。回去后才知道，他原来是要我陪着去给老父亲上上坟。我懂得吴哥的心思，他是给父亲报喜来了。他要借此告诉父亲，他没有给他老人家丢脸。仲春时节，万物复苏，萌发的新绿恣意汪洋地在大地上铺展着。吴叔的坟就在离他们村不远的弥河边上，坟头不大，坟前有公家给立的一块碑。摆上供品，斟满酒，点燃香烟，吴哥双膝跪地，嘴里喃喃地说着什么，两行泪水就哗哗地流淌了下来。抚摸着碑体，想想英年早逝的老人壮烈而悲惨的英雄事迹，我的眼泪也不知不觉地流了下来。

这年年底腊八日这天，吴哥终于结了婚。婚后第三年秋天，有了一个可爱的女儿，成为千千万万个幸福的小家庭中的一个。由于职业的特殊性和所承担的担子越来越重，吴哥是越来越忙了。有一次好不容易我们两个小家庭聚会，我跟他开玩笑：你这个小小的派出所所长弄得比国家主席还忙似的，越来越难见你了。还没等他回嘴，他媳妇就撅起了嘴：你还想见他？现在连我见他一面都难了，整天早出晚归的，鸡毛蒜皮地忙。我故意逗她：早就跟你说过，给警察当媳妇就得做好守活寡的思想准备，可你偏不听。小孟脸一红：守活寡算什么？关键是天天得为他提着心吊着胆呢。吴哥见状赶紧打哈哈：再干也干不了二十年了，等我退了休就把自己拴在你的裤腰带上，一霎也不离开。一句话就把人全逗乐了。

回想起这些温馨的时刻，我的眼泪禁不住又来了。往事如在眼前，人却已经阴阳两隔。护佑一方平安的吴哥，竟然同他父亲一样，猝然间就走了，为了逮捕那伙抢劫农村信用社的亡命之徒。千钧一发之际，他挺身而出，迎着歹徒的枪口冲了上去，用自己的生命保护了人质的安全。英雄壮举，生命悲歌，时隔二十年后再次在这片土地上上演，感天动地。亲人撕心裂肺的哭喊，父老乡亲们的哽咽呼叫，都没能挽留住他年仅 36 岁的生命。他走了，走的那么义无反顾、毅然决然，却把无尽的悲痛留给了娇弱的妻女、满头白发的娘亲，还有那么多的朋友、同事和弥河两岸的老少爷们。弥河边上，在靠近他父亲的地方，从此又多了一个小小的坟头，一块挺拔的墓碑。两块碑肩并肩地挨着，就像当年他和父亲手拉手走在大街上一样。

吴哥走后，每逢他的忌日前后，我都要来看看他和他的父亲。我不带烧纸，只带着一瓶酒、一包烟和一只烧鸡。酒是他一直喜欢喝的秦池，烟是他最爱抽的泰山。我在两块碑的中间摆好烧鸡，斟满两杯酒，点燃两颗烟，静静地，跟吴哥和老人一起说说话。然后，分别抱一抱那两块碑，告别，回到他们曾经用生命护佑过的世界里去，继续生活，怀想。

哥俩好

文/许烟华

在我看来，采访这事，有点像媒人保媒拉纤。见面之前，两个人免不了要做做功课，思忖着到时候该扯些什么话题。至于初次相见的两个人能否聊到一块，很大程度上得看眼缘。

凑巧的是，我和王磊，彼此都是有眼缘的人。

王磊的"惠书堂"位于邹平市黄山三路，远远望去，鳞次栉比的沿街店铺中，"惠书堂"并不起眼。没等我走到近前，一位身着运动装，看上去十分干练的年轻人便迎了过来。店里也不算宽敞，靠近门口的地方，放着些笔墨纸砚，另一侧摆着一张小茶台。我注意到，桌上有两只建盏，应该是主人杯，一只像是鹧鸪斑，一只疑为兔毫。再往里，一张工作台占去了屋里的大部分空间，三面墙上挂满了装裱好的字画。我平时甚喜翰墨，见到这么多名家作品，便忍不住点评起来。没想到，王磊对我的胡言乱语多有认同。我知道他开了十五六年字画店，鉴赏能力自不一般，见他频频点头称是，心里便一下没了遮拦。

说话间，忽闻门外人声嘈杂，回头望时，三五个大汉已推门而入。见到来人，王磊急忙迎上前去。来的是王磊老家长山镇大由村的乡亲，带头的是一位村支部委员，看样子是先前约好的。原来大由村要建村史馆，他们带来三幅画，要王磊装裱后陈列于馆内。一幅名曰"王氏义塾"。"王氏义塾"是村里最早的学校，据说建于明朝中期，被村民们视为大由村的百年文脉。鼎盛时期科第迭出，数名学子由此登甲入仕。王磊说，受"崇文"风气影响，现在村里喜文善墨的很多，不说别的，这三幅画就出自村里徐成才老师之手，还有一位年轻人，去年刚刚加入了中国作家协会。自己也是自小喜爱书法，还拜了当地名师系统学习，开字画店也是兴趣所致。另一幅画画的是关帝庙。画中的关帝庙，看上去并不那么高大气派，但那里却是村民心中的"天"，供奉着心中最美好的愿望。朴素的民间信仰，蕴积成大由村淳厚善良、崇尚忠义的质朴民风。第三幅画最大，呈现的是上世纪五十年代的村容村貌。画的上方是徐老师的题跋："这里的人们有一个共同的特点：勤劳、善义、忠厚、诚实"……在乡村振兴的伟大历史进程中，大由村已整体搬迁进了光明社区，家家户户住上了新楼房，原先的村子成了永远的回忆，成了回不去的家。村支部委员说："我们建村史馆，就是想用这种方式，留住回忆，记住乡愁。王磊是俺们村的骄傲，村史馆里专门有王磊见义勇为的事迹展示。"他还说，王磊是个热心肠，不仅为村史馆的建设出了好多好主意，还捐赠了自己珍藏多年的一批古籍，其中最珍贵的是一套清光绪年间的木刻本《诗经》。

送走村人，我又一次欣赏起墙上的字画，这才注意到，西面墙上，一幅幅山水、花鸟、书法之间，一面红色锦旗分外引人注目："奋不顾身救人，情深恩重似海"。我这才想起此行的目的，连忙招呼王磊、王刚坐下，听两位英雄讲述起一年半前发生在店门前的那个真实故事。

2020年9月12日下午一点多，像往常一样，张英（化名）吃完午饭，准时来到自己的店铺。她刚刚停好自行车，突然发现一名男子手持尖刀向她冲来！张英本能的想要躲避，但环顾四周，心里不由更加慌张，她所处的位置恰巧是死角，她退无可退。眼看着歹徒一步步逼近，张英瞅准时机，以自行车做掩护，夺路而逃。由于过分慌张，加上不时回头观望，张英重重摔在地上。她忍痛爬起来，见王磊的铺子开着门，就急忙冲了进去。此时，挥着刀子的歹徒已追至身后，并将刚刚捡起的张英的保温杯砸了过去。

那天下午，王磊也早早地来到店里。上午快下班时，一位老主顾送来一幅《塞上江南图》，要他快点装裱起来。王磊在案板上铺开画作，一片胡杨林、一群身着回族服装翩翩起舞的少女映入眼帘，他不禁回想起在宁夏的青春岁月。小时候，王磊对本村的抗日英雄张方胜烈士非常崇敬，盼望着有一天自己也能穿上军装报效国家。2002 年，18 岁的王磊实现了自己的梦想，来到宁夏回族自治区武警第二支队一大队。这是一支承担着反恐、处置突发事件等重要任务的机动部队。在那里，王磊接受了严格的军事训练，也在那座熔炉里迅速成长，多次获得连嘉奖、团嘉奖，被评为"优秀士兵"……

突然，王磊的思绪被门外的尖叫声打断，他扭头看时，张英已冲了进来！"快、快报警啊！有个人拿着刀子见人就捅！"王磊吓了一跳，由于张英戴着口罩，王磊一时也没认出她来，等他反应过来，男人已冲到门口了。王磊赶忙锁上门，一边提醒着张英快报警，一边对着门外的男人大声呵斥："走开！快走开！"满身酒气的男人推了一把门没有推开，便挥刀叫嚣："有本事你开门，你出来！"说着就疯狂地踹门，接着用胳膊肘捣碎了玻璃，一只手拿着刀子划拉，另一只手想伸进来拧开门锁。看到男人如此疯狂，王磊知道被动防守不是上策，一旦男人破门而入，后果不堪设想，必须立即反击！王磊随手抄起门口的木棍，狠狠地打向男人！打斗中，歹徒的头部、脖子屡屡被王磊击中，胳膊也被门上的碎玻璃划伤。王磊说，事后想想，能够成功击退歹徒，多亏了这根棍子。从部队复员后，王磊一直保持着每天运动的好习惯，疫情期间外出锻炼不方便，王磊就买了这根棍子放在店里，闲暇时间就练练在部队学会的应急棍法。这套棍法动作简单、实用性强，没想到派上了大用场。

你永远想象不到醉酒的人下一步的举动。或许是认识到自己不是王磊的对手，男人退回到人行道上，将刀子随手一扔，大喊着："杀人了！救命啊！"并指着王磊吼道："有本事开门！有本事开门！"见没人搭理他，男人又跑到马路上，张开双臂，继续大喊大叫，好像他是一个可怜的受害者。善良的人们啊，千万不要以为他会就此罢休，其实，他心里狂躁的欲望在继续升腾着，这个已经失去理智的男人，正伺机展开他的再一次疯狂之举。

店铺内的王磊心里有些慌乱，一时陷入了两难的选择。是出去制服男人还是守在店内等警察来？这个人在自家店铺门口哀嚎着、谩骂着，这对自己的声誉可是有影响的啊！但是这人已经把刀子扔了，再出去制服他似无理由也无必要，如果贸然冲出去，说不定还会刺激男人，引发他的过激行为。何况这种情况下再出手，会不会越过正当防卫的界限？思来想去王磊打定主意：你不动，我也不动，我就在门口盯死你，你只要不拿刀子，我就不出去。反正派出所也近，五分钟之内肯定赶到。你骂我就骂吧，到时候我会跟警察解释清楚、证明清白的。

男人见自己的表演引不起路人的兴趣，就又回到人行道上，围着树转了几圈。见男人弯下腰时，王磊心中一惊，不好！歹徒分明是在捡起刚才随手丢弃的刀子！"张姐，那个人拿上刀子了，我怕他再伤害别人，要出去看着他！""你可不能出去！别伤着你！"张英好心提醒。"你拿着我的手机给我录着像！"王磊边说边将手机解锁并打开了摄像头。

因为王磊在店铺内视野有限，他并未观察到整条街道的情况，等他冲出门去，眼前的一切让他的心一下子提到了嗓子眼！原来，几乎是在王磊开门冲出去的同时，歹徒也发现了目标，向一位迎面走来的八九岁的小女孩冲去！七八米的距离，王磊三步并做两步飞速向前，大声喊道："孩子快跑！"此时，歹徒已经抓住了女孩的上衣，使劲拉拽着，同时挥起刀子刺向女孩的颈部，女孩被拽倒在地。王磊脑子急速旋转着，男人和孩子纠缠在一起，因为位置的关系，王磊无法打到男人拿刀的右手，仓促出招可能会伤到孩子。若是全力打到歹徒头上，万一打死了怎么办。王磊在一瞬间做出决定：打男人的脖子，让他松开女孩，攻击自己。或许是酒精麻醉的原因，被木棍击中的男人似乎并没有感到疼痛，依旧不肯撒手。王磊又瞅准时机，一棍子顶到了男人胸膛上，将他打翻在地，小女孩趁机跑到了远处。王磊又接连几棍将男人击倒。看见刀子还在男人手里，王磊又一棍子打在他的手腕上，将刀子打落在地，迅速地拨到一边。王磊说，从冲出来与歹徒搏斗到将歹徒打倒在地，一共 15 秒钟。当时觉得时间很慢，后来看监控，他有点佩服自己了，原来一秒钟还能打出好几棍子！

王磊无法断定男人会不会再次起身伤人，正在思考下一步的行动时，一个熟悉的身影冲了过来！是对面眼镜店的王刚！来人将路边停放的一辆电动车横着拖了好几米，重重地压在男人身上！王刚踩着电动车，王磊用棍子顶着歹徒，使他动弹不得。判定男人再无法起身，王磊心里一块石头落了地。兄弟两人目光交流的一瞬，王磊心中涌出一股暖流。刚才在与歹徒打斗时，王磊用眼角的余光，隐约感觉到身旁的店铺里、路边上都有人观瞧，却无人出手相助。现在好兄弟就在身旁，王磊觉得自己身上又有了无穷的力量。

王刚是一位看上去身体单薄的"90 后"，他工作的眼镜店就在斜对面，几分钟前，出门上厕所的王刚听到对面有动静，见有人正在踹王磊店铺的门，他马上觉得事情有些反常。哥俩关系挺好，他想，以王磊哥的为人，不可能与人结仇，所以就一直不放心地盯着。当他看到男人捡起刀子冲向女孩时，就从对面跑了过来。他赶到的时候，男人正被王磊打倒在地。王刚的右手三天前修车时不慎受伤，还打着石膏，这一剧烈活动，伤口又被挣开……

如果说经营字画、研习书法的王磊是王氏义塾的一名书生，仗义出手、舍身救人的王磊是关公麾下一员猛将，那警察到来之后的王磊，成了一枚妥妥的暖男。看到哭泣的孩子，王磊急忙上前询问：你有没有受伤？孩子捂着后脖颈喊疼，王磊凑近一看，女孩的脖颈被划开了一道又长又深的口子，鲜血汩汩而出。王磊说，就是在与歹徒搏斗时，自己也没那么紧张，看到女孩的伤势，他一下子慌了。王刚补充道，当时就看到王磊的脸色变得煞白。王磊一边用卫生纸堵住女孩的伤口，一边安慰着孩子，向孩子询问家长的电话。这时的王磊，手抖得厉害，连手机解锁也解不开。他着急地对围观的人喊："快打120！""别等了！救人要紧！快上警车吧！"一名警察边说边发动了警车。王磊抱起孩子，和匆匆赶来的女孩母亲一起奔向医院。警车上，孩子的母亲后悔不迭，在王磊身边不停地询问孩子的伤势。原来，孩子本来和母亲同行，可小孩子跑得快，慢慢地就把母亲抛在了后面。王磊心想，孩子的伤口我看了都受不了，孩子母亲看了能撑得住吗！便说，你不用看，你放心吧，孩子没事！

在医院做伤口缝合手术的时候，孩子母亲在前面攥着孩子的小手，王磊在后面按着女孩的肩膀，防止女孩乱动。看到女孩的伤口，王磊心里涌上了深深的自责：如果我早一步冲出来，如果我不让张姐给我录视频，也许孩子就不会受伤了。现在看来孩子性命无忧，但万一孩子落下后遗症，自己也会后悔一辈子啊！手术进行了一个多小时，对王磊来说，每分每秒都是煎熬。这二三十针，好象一针针缝在自己身上。缝完之后，王磊又陪着孩子做了CT检查……直到确认孩子安全才离开。

当天晚上，王磊整夜未眠，脑子里循环播放着白天发生的一幕。过去只有在电视剧里看到的故事，突然真实地发生在自己身上，他既兴奋又有些后怕。他想起躺在医院病床上的小女孩，心里继续责怪着自己；自己把手机给张姐，张姐却紧张得一点没录上，白白耽误了几秒钟，幸好相邻的电脑销售部有三个摄像头，从不同方向，完整、清晰地记录了事件过程，让自己省去了很多口舌；他还想起被警察带走的男人，自己的棍子都打弯了，那么大的力量，有没有可能把他打骨折、打残？如果他反咬一口怎么办？自己是不是防卫过当？但最后一想，张姐躲过一劫，孩子身体无大碍，歹徒被成功抓获，自己毫发无损，这也是可以接受的结果啊！

让王磊没有想到的是，第二天上午，邹平市政法委就送来了盖着红印章的荣誉证书，认定了他和王刚的义举，给两位英雄吃了一颗定心丸。

王磊、王刚的英雄事迹迅速发酵，各大媒体纷纷报道，某网络平台当天播放量上亿，点赞 900 多万。看到视频里王磊对歹徒暴揍、狂扁，网友大呼过瘾！解气！说来也巧，就在我采访他们当天，中央政法委公示了第十四届全国见义勇为英雄模范名单，王磊、王刚光荣入选！

经历了烈火淬炼，赢得了鲜花和掌声，眼前的王磊、王刚还是那么低调、内敛，都有着与其年龄不相称的沉稳。他们还是过着以前平淡而充实的日子。王磊的妻子在 30 里外的乡镇企业打工，字画店里里外外就靠他一个人打理。平日里接送孩子、照顾老人，还要参加民兵训练，出去做报告，店里经常关门。近几年书画市场不景气，好在他为人实在、信誉好，客户宁愿多跑几里路也愿意到他店里来，所以生意还算过得去。王刚的妻子在淄博市张店区工作，他每天都要往返 60 公里来回奔波。我问他为什么不在张店找份工作，这样岂不是更方便照顾妻子孩子？他憨厚地笑了：在眼镜店干了这么多年，老板说离不开我。

初春时节，小城邹平山黛含青，从"惠书堂"出来，微风带着久违的暖意，像一只毛绒绒的小猫，贴在我的脸上。我挥手向王磊、王刚道别，却看见门口那根棍子，还笔直地站在那里。

白鹭飞飞

——本故事以中石化优秀共产党员王卫东同志怒海救人的真实故事改编

文/陈 东

每年冬天，白鹭湖边，群鸟飞。老赵总会在这个季节跨过一片海来滨城寻人。

漫长的大巴旅程总让他想起鬼浪袭来，恰似睁开眼时脸颊浸出的冷汗。老伴周老太太及时递过来手帕替他擦拭额头：又做噩梦了？

睡眼惺忪的他掏出一张剪报，皱着眉头放到远一些的地方看：救援队从海潮里拖出一个奄奄一息的年轻人。

撩开窗帘，老赵认的一望无际的田野上冬雪覆盖着的冰冷的红色铁疙瘩，在田野中起起伏伏，昼夜不息。大平原是虚实二字充斥的田地。冲击平原的虚，是海边长大的老赵从未见过的虚，虚到可以一目千里，虚到可以稍稍抬头便想到沧海桑田的变幻。实是因为抽油机，从高速公路向远处望去，白茫茫的田野中纵横捭阖的油井比比皆是，每一次起伏都缓缓地积蓄着力量。

不想吵醒你，反倒自己醒了。周老太太抬手为他盖了盖衣服。

馆门口就有一口油井。蓝色值班房立在一旁，原本昼夜不停的红色抽油机被挪开，架上了很高很高的铁架子。铁架子下机器轰鸣，几个染上黑泥的红工衣工人操作着机器轰隆隆拉起一根根油管。

　　他们在干什么？老赵问。眉清目秀，脸蛋白净的前台服务生，说："撸管子。"口气里充满不屑，"一看就是外地人，这叫井下作业，也叫修井，井里有管子有杆子，坏了，就得提出来修修。就像……"

　　"就像人的心肝脾肺肾，哪里坏了就得提溜出来，该修的修，该换的换，对不对？"老赵抢答道。

　　小伙子眼睛一亮，一点就透啊！

　　隔着宾馆房间的玻璃，老赵皱着眉头望着轰鸣声中忙碌的工人们。初夏风略凉，工人们脸颊渗出了汗水。一根根管子从井口被提出，带着一股股黑色粘稠的油，沾在手套上，沾在管钳上，沾在红工衣上，还有些落在安全帽上。正因此，他们原本猩红的工服缀满了星星点点。从午饭后一直到晚餐前，老赵盯着窗外目不转睛。他在努力回忆大海里的那个身影，坚实有力，充满信念。老赵的目光从一个红工衣挪到另一个红工衣，又从另一个红工衣挪回来……那么久之后，他确定了两件事：一，这些人做着既简单又重复且极其枯燥的劳动；二，这些人大多肥头大耳，绝不是迅敏的那类运动型人才。可恩人留下的单位名称明明就是……油田啊！

　　周老太买了水果回到宾馆，老赵缓缓坐回床边。

　　尽管老赵想一劳永逸找到救命恩人，尽管老赵也希望有生之年能够对那个年轻人说一声感谢，但事实是，宾馆门前的这口作业井上并没有老赵要找的恩人。

　　有心事？周老太太手里削了皮的苹果递过来。

　　老赵一愣，手却没有上前接：总觉得哪里不对。你看外面作业工，一个个五大三粗，身体笨拙，这种职业的人，绝不会有时间游泳的。

　　老赵推开苹果，坐回沙发上，从怀里取出那张剪报，越发看不清照片里那本就模糊的脸。

　　"也不能一概而论，凡事总有例外。当初你不是也不相信他能救你吗？"

老伴说道。

"这倒是……"

海水遮住他的脸，应该是什么样子？老赵闭上眼，被海平面遮蔽了视线的下午那样。

一切都因为那次突袭的风暴……

原本风平浪静，烈日当空，海水温度不冷不热。老赵打算从青焦崖出发游向对岸的岛礁再返回来，刚刚游到一半，一阵狂风袭来，海上天气巨变，乌云黑墙一般压过海面，海水先是升温又骤然降至冰点。熟悉的渔民都知道，这叫鬼浪！来得快，去得也快。偏偏就是这种浪，最危险。

不等老赵回过神，鬼浪如猛兽般扑来，正中老赵的胸口，呼吸瞬间闭塞了。若是换做十几年前，老赵完全能够凭借条件反射一个猛子扎进深海，飞速游回岸边。时过境迁，四肢像锈了的轴，使上劲儿也转不动。再者，这波鬼浪来得实在太急，只是转身一瞬，巨浪便掏空了所有力气。此时的他四肢僵成了竹筏，努力呼吸，整个肺就像灌了铅的鞋，呼吸都变得沉重。老赵抬头望向青焦崖，海岸线上影影绰绰，摆手、呼喊，他听不见，更看不清，只有海水的轰鸣。他努力摆手，向岸边求救，一次，两次，每次都耗尽体力……

几次呛水后，他放弃了。鬼浪不存生，眨眼就过奈何桥。老赵心里浮现儿时的记忆。

他闭上眼，一片赤红。那一刻，他似乎不再需要呼吸，只等鬼浪把他带走。

别睡啊，千万别睡！话音未落，一只臂膀勒住了老赵的脖子，窒息让脑子里闪现一个个过往的画面：孩子出生、咖啡杯摔落、飞驰的野马、军舰拉响的汽笛、海面上的日出，加了开水的燕麦粥、门外沙沙作响的大枣树……

一瞬便是一生，一生就是一瞬，老赵在用最后的时光走完人生最后一次回望。

别睡，不能睡！还是那个声音提醒着他，啪啪啪一阵接着一阵……老赵觉出了皮疼，不耐烦地抬眼，抬眼正看见一张大手照着自己面门一遍遍拍着。原来，麻嗖嗖的疼，是在被人扇巴掌！这么大的浪，谁会冒着生命危险来救我？

老赵用尽最后的力气说，放了我，你救不了我……

嗨……大……大爷，他的声音伴着粗壮的呼吸声时断时续，跟我……别睡啊……千万别睡！喘息声一阵大过一阵……

老赵脑子空空，吐出呛进的海水，咧嘴。他在笑，仰着脸，看不到前方的岸，却看到身后的浪。

鬼浪要人命！老赵喊道：放开我，不然都得死！

小伙子真的松手了……老赵身子滑落，浮在汹涌的浪头。也好，老赵心想，你就不该下这趟水！一个人死，总好过两个人死。没那本事逞什么能！

老赵索性放弃了，摊开了双臂等待海浪再次吞噬。

拍打海水和呼吸的声音越来越远，老赵闭上眼，任由巨浪卷积，向深处、更深处的海面涌去。那一瞬间，老赵想起了好多事情，又被海浪冲垮了样子。就这样吧，在这个年龄离去，够本了……

海浪依旧汹涌，无知觉即将降临。很久很久，他没有等到。

老伴儿……我还想多陪你几天呢。看来陪不了了……老赵哭了，泪水入海中，分不清哪一滴是自己的。

老赵的身体突然一震，好像被什么拽了一下。睁眼看时，一个粉红色的泳圈套上了他的脖子。

嗨，大爷，还能说话吗？

老赵看了看他，又看看海岸线，足足两公里多，比刚才鬼浪涌的时候更远了。"不要命了?！这么远，咱俩谁都活不成！"

海面上聚拢着乌云，雷声滚滚，随时都有可能下雨。情况不能再糟了。小伙子嘴里咬着泳圈的引绳，吃力地向海岸线游走。

半个小时前，小伙儿暂时离去原来是为了上岸借游泳圈，一波折返游回来，发现老人已经从刚才的位置飘到了更远的海面上。他从围观的人群中借了泳圈和绳子，挂上脖子又冲进了鬼浪中。来回海里的游走，小伙儿已经消耗了大半的力气，返程距离更长，浪更大。之前，老赵还能多少蹬两下腿，稍稍缓解两人的压力。可这一趟，冰冷的海水早早消耗了老赵余下的热量，他像一只失去呼吸的鱼，只有漂的力气。小伙子咬着绳子一路向沙滩返程。一次巨浪连着一次巨浪，他低下头再钻出来，每一次人们以为他和老人即将消失时，他又在海浪中奇迹般地露出头。

半个小时后，海上救援队终于赶来，他们搀扶起来的不是老人，而是奄奄一息的小伙子……

为这事，老赵曾找过当场的摄影记者。不要瞎写，照片上的那个才是我的恩人！

他叫什么呢？每想到这问题，老赵的眼神总是随着记忆浑浊起来。

但是，能扛住鬼浪的人绝不是新手！老赵坚信这一点。

第二天，他带上泳裤和老伴儿一起去找水。找到水，也就找到了游泳的人，也就找到他了。冬泳必然要选在较大的水域里，一些小水沟就可以直接排除，范围也可以进一步缩小。老赵带着老伴儿走了四个大水泡子，直到白鹭湖才见到冬泳的人。

见了水就兴奋的老赵，见了冰也一样。老伴儿千般阻挠才拉着老赵回到岸边，不要命了？心脏都打了支架了，还逞能?!

老赵抬头指了指远处刚打的冰窟窿说，看，兴许就在那。

远远地，小伙子搓了搓手，一跃跳进去，传来咚的一声闷响。

周老太问，是他吗？

　　老赵摇摇头，不像。

　　老赵找湖边游客问过，这里是滨城冬泳的圣地。老赵在滨城一待就是半个月，守株待兔。天越来越冷，要找的人似乎不愿出现。周老太有些灰心地劝他，要不回吧，谁知道能不能找到？

　　这一等就是五年的花开花落。

　　白鹭湖的对面建起了井工厂，几十口油水井耸立林中。

　　湖对岸的油井架起了井架，修井机轰鸣。

　　初冬的一早，老赵又来了。轰隆隆的井架前，一个身影摇晃。

　　嗨……他远远地摆手！

　　小伙子闻声回头，微笑。

　　远处，惊起一片白鹭，振翅高飞。

生命之光

文/司玉传

一

看到陆现敏，很诧异，是不是找错人了？

没错。村里的人告诉我，右腿残疾的这个人就是。陆现敏憨厚地冲我笑了笑。

采访陆现敏之前，我在脑海里"谋划"了一个形象：此人高大，彪悍，健谈。总之，是个很勇敢健康的人。但是，眼前的这个陆现敏，右腿残疾。个头不高，不善言谈，看上去挺朴实英俊的青年汉子。

我走进大山，到了一个叫加力箭的小村，拐过几条水泥小路，进了陆现敏的家。那是一处普通的民房，砖瓦结构的房屋，宽敞明亮，屋内收拾得干干净净，看得出，陆现敏是个既勤快又爱干净的人。家具，电器，生活用品等归置得条理清楚，有模有样。他堂屋的北墙上，悬挂着一面锦旗，上面写着"当代雷锋，见义勇为"八个闪闪生辉的大字，落款处，写着"平邑县铜石镇石顶山村姚传娥"。这是被救的家人送来的锦旗，是一份感谢，也是一份真诚，人间的大爱，汩汩流淌，流进了这个普通的小山村，流进了人们的血液，流进了左邻右舍，也流进了社会。

陆现敏出生在山东省平邑县流峪镇加力箭村。这里四面环山，清泉长流。山上山楂树，核桃树郁郁葱葱，斜坡处，山沟里，栽植着金银花，每到五月，金银花满山开放，花香四溢。树荫下，聚集着一群群山羊，洁白如云，滚动着整个大山。富足的山水养育着加力箭一代代农人，滋润着善良朴实的乡亲。唯一的缺陷，通向村外只有一条山路。崎岖的山路，一度承载着加力箭村民的吃穿住行，承载着落后与先进的较量，禁锢与文明的咬齿。历史以来，通往村外的路，坡陡，路面崎岖不平，无论自行车还是机动车都上不去，只好步行，一步三喘。甚至，村民卖山货，卖猪卖羊，众人抬着下山，出门难一直制约着加力箭村的发展。2019 年，借扶贫的东风，村里整修了道路，浇筑了水泥路面，机动车顺利开到家门口。

陆现敏 1981 年 3 月出生。春暖花开的季节，陆家迎来了第四个儿子。父母看着胖嘟嘟的刚出生的儿子，喜上眉梢。父母总想盼着要个女儿，干脆取个女儿的名字吧，就让这个小家伙叫陆现敏。陆现敏长到一岁多的时候，得了一次感冒，持续发热，他父母吓坏了，由于住在山区小村，道路难走，去乡镇医院路远，就把村里的医生找来，给小现敏治病。医生给小现敏注射了两天退烧的药，小现敏的高烧退了下来。可是，没过几天，曾经到处乱跑的小现敏，突然不能走路了。为了查明原因，小现敏的父母到处找医院。抱着小现敏去县医院，省医院。最后，医生告诉他们，小现敏的右腿致残，不能像健康人正常走路了，是打针时打到了坐骨神经。后来，鉴定，二级残废。一个健康活泼的孩子，右腿残疾。曾经多少个日夜，小现敏的母亲暗暗地流下眼泪。这种委屈，叫天天不应，叫地地不灵，只好面对着大山高喊，面对着河流哭诉：加力箭村啊，世代生活在大山里的人们，这么愚蠢吗？什么时候能让人们及时地看病，孩子们能及时上学……小现敏的母亲不止一次这样呼唤。可是，加力箭村也曾经是李渊征战的地方，是一个美丽富饶的山区村。

加力箭村是一个典型的山区村。相传，该村始建于隋末唐初，有一陆姓老人带领五个儿子从山西迁至平邑县洼子埠村，在此，以制土陶（泥盆、泥罐）为生，不多时，为逃避战乱，又举家迁至流峪镇南一个山坳里，加力箭村。

隋朝末期，中原大地满目疮痍，各路群雄欲争霸业，刀光剑影，引起战火纷纷，生灵涂炭，百姓日不聊生。一日，李渊带一队人马被一路劲军穷追不舍，人困马乏。李渊来到群山之间，立马在一块大石边，前面是万丈深渊，他仰天苦笑：莫非老天让我李渊穷途末路吗？愤怒之间，他策马回身，眼看追兵将至，他伸手搭箭，两臂雄力，向追兵"嗖"猛射一箭，同时，他发出洪吼一声"去也！"随即，一名追将应声倒下战马，追兵立马停顿，掉头撤走。此时，李渊双目紧闭，满头大汗，长舒一口气，连说几声"罢了、罢了。"当他睁开双眼，瞭望空旷山野，说，此乃好地方，这里就叫加力箭吧，一箭取胜强军。于是，这个小山坳，有了名字，叫加力箭村。李渊为了纪念绝地重生，在那个大石上，用剑刻下了马、箭的图形，后来，人们就叫它"石马"石。

二

16岁的陆现敏初中毕业，辍学了。身体残疾的他对生活一度失望，前途感到渺茫，整天精神不振。这些都没有瞒过疼爱他的母亲，母亲开导他，给他讲人生的道理，讲左邻右舍一些好的例子。"只有努力奋斗，吃苦能干，就有好的生活。""人不能看不起自己，更不能让别人看不起。"母亲不断给他增加生活的勇气，陆现敏对母亲说，"放心吧，娘，你儿子绝不会给你丢人。"从此，陆现敏买来自行车，木杆秤，跟随别人学贩卖金银花等中药材，他要证明自己，有能力创造美好的生活。经过一年多的努力，手里赚到了一万多块钱。这时，他发现了一个商业门路，看到收购废品很赚钱。1998年，他买来一辆小四轮车，下乡收购废品。他头脑灵活，会经营，能吃苦，短短几年，赚了一笔，得到不少的收入。2003 年，金银花盛开的季节，与一位邻乡镇的姑娘结了婚。爱情和婚姻的收获，增添了无穷的幸福指数。陆现敏不满于现状，他重新思考今后的路。2006 年后，连续几年，他到外地承包砖厂，承包木板厂等。2015 年，命运又和他开了一次不如意的"玩笑"，在临沂木板厂调试机器时，右手被刀片切伤，险些丢掉了一只手。

几度风雨，几度春秋，陆现敏努力创业，收到了不少的回报。日子逐渐好起来。然而，就在这几年间，他的三个哥哥，陆续病故，给他带来致命的打击。三个哥哥没了，几个侄子还小，看着整天泪水满面的嫂子和侄子们，他心如刀绞。决定，无论有多大的困难，一定把几个侄子照顾成人。他把挣来的钱，逐个帮助几个侄子，先后给他们 20 多万元，并且，帮助他们娶上媳妇，成家立业。

随着母亲年事已高，陆现敏盘算不到外边闯荡了。他在附近的乡镇承包了 60 亩土地，进行中药材种植，又在流峪镇驻地开了一家育婴店，投资 100 多万元。

2021 年 6 月，陆现敏出发到外地，他开车路过铜石镇驻地一个桥头边，早晨 8 点，路边一名中年妇女，身上有血，焦急地招呼来往的行车，可是，二十多辆车过去，没有一辆停下。陆现敏发现后，把车靠在路边，停下车，发现一名高龄老太太卷缩在地上，老太太的头部血迹斑斑。陆现敏刹时意识到：不好，老太太有生命危险。他急忙把老太太抱到自己的车上，一边打 120，招呼那位中年妇女赶紧上车，他调转车头，向平邑县中医医院奔去。

他们来到中医院，医生护士在医院门口等着，顺利把老人送进急救室。被救的老人是那位中年妇女姚传娥的母亲。

陆现敏把老人送到医院，急忙调转车头，离开医院。

三

2021 年 7 月 1 日，上午，平邑县铜石镇姚传娥一行 3 人，来到流峪镇政府大院。暴烈的太阳晒得她们满脸流汗，姚传娥激动地将一面写着"当代雷锋　见义勇为"的锦旗送到了陆现敏手中。姚传娥紧紧握着他的手，一直表示感谢。当看见陆现敏是一位残疾人时，她有些惊愕，不敢相信自己的眼睛。姚传娥说："没想到，你的身体也不好，谢谢你，救了俺母亲。"

姚传娥叙述道，母亲 95 岁了，在她家上二楼厕所时，不慎摔倒，从二楼楼梯摔下。当时，姚传娥急忙跑过去接母亲，可母亲还是重重地摔了下来，头部出血，昏迷过去。姚传娥因为接母亲胳膊受了伤，她一边打 120，一边把母亲抱到路边，此时的母亲已经昏迷不醒，流血很厉害。

县医院离她家 60 里地，姚传娥哭喊着拦截过路的车，想更快把母亲送到医院，可是一连拦了好多辆车，竟然没有一辆车停下救自己的母亲，正当姚传娥灰心失望，回到母亲身边等 120 急救车时，这时一辆白色轿车停在了自己和母亲身边。开车的正是陆现敏，陆现敏说："姐，你不用担心，不等 120 了，我直接把老人送医院吧。"陆现敏立即把老人抱上自己的车，急忙向医院奔去。

几天后，陆现敏接到一个电话。"大姐，这点小事，用不着感谢，谁都有难处的时候，大姐，你不用来，真的。"电话中，陆现敏坚决拒绝来感谢自己的姚传娥。

姚传娥感激地说，当时，没有来得及问陆现敏姓啥叫啥，幸亏医院的护士同志提醒，把陆现敏车前方小牌上的手机号拍下来，要不然，上哪找到这位恩人。陆现敏的小轿车上，始终放着一个手机号码牌。陆现敏说，便于停车方便，留个联系方式。陆现敏是个心细的人，处处为别人着想。最后，姚传娥想方设法终于找到了在危难时刻帮助自己的恩人。

看着手里的锦旗，陆现敏有些不好意思。他不停地说，应该做的，应该做的。

2021年，加力箭村村委会换届时，陆现敏当选村委委员。助人为乐是陆现敏在村里一贯的表现，在村民中享有很好的口碑。他上任后，与另一个村干部共同捐资，在加力箭村大街上安装了30盏路灯。为方便村民及时注射新冠疫苗，十多天，陆现敏用自己的车，免费接送村民去流峪镇卫生院注射疫苗。为美化村里的环境，他开着自己的车，去临沂请绘画师，在村里大街小巷的墙面上，免费进行美图绘画。

2021年，陆现敏被评为"平邑县见义勇为先进个人""学雷锋先进标兵"等荣誉称号。

暮年英雄石连杰

文/陈林先

　　网红主播日进斗金的现象深深地诱惑着我，自忖也是一位喜欢搞笑的人，又有写几篇小说的能力，编个小故事拍段短视频应该能够做到，于是试着搞了几个段子，没想到反映平平。有网友告诉我，现在流行拍农村的落后场景，特别是找一个有"看点"的农村老人拍一下，也许能"火"了。我思来想去，想到了老家的石连杰。

　　没来城里之前，要说我在老家有哪些比较熟悉的人，石连杰算一位。有一段时间，我家的一块责任田和他家的紧挨着，我教学之余到田间劳动，常常碰到他，他是村里唯一不嘲笑我不会种地的人。

　　按村里的辈分，我管石连杰叫哥。那时，连杰哥四十多岁的年纪，个头不高，身体特别精瘦，由于长期的田间劳动，背微微有点驼。连杰哥尽管体格不是很棒，但他种庄稼是一把好手，教会了我许多书本上学不来的种粮知识，更难能可贵的是，他的左右地邻，从没因地界问题和他发生过争吵，在农村，多占别人一韭菜叶子宽的田地，也会争得面红耳赤。

　　连杰哥在村里的威信很高，这得益于他二十多岁的时候跳入刺骨的冰窟救过村里的人，而且是四位落入冰窟的群众，那个时候，我还很小，对救人的过程不甚了解，只是后来听村民说起过这事。我离开教师岗位，来东营经商后，因为要写以沾化为创作背景的长篇小说《老西北有座太监坟》，在一九九五版的《沾化县志》查资料，才发现连杰哥因为在一九七九年一月四日，跳入冰窟勇救大高公社东黄大队四名群众，被惠民地区行署、惠民军分区记二等功。

"一定以连杰哥为素材好好拍几段，力争火一把。"我心里暗暗下了决心。

有了这个想法后，我一冬天都在寻找回家的机会，可冬天的生意出奇地忙，一直没有走成，这一拖，就到了春节，老家有故土难离的老人，不得不回家了。

近几年，受移风易俗风气的影响，过去那种在大年初一全村磕头大拜年的现象不见了，这样的话，我只能专门去拜访一下连杰哥。我和几个本家族的哥哥弟弟聊完了家常，已经是中午时分，顾不得吃中饭，急匆匆赶往连杰哥家。

连杰哥显然对我的到来感到很诧异，他和嫂子的脸上都写着呢！我见堂屋里挂着家堂，连忙给连杰哥故去的列祖列宗磕头，这更让他老两口子诚惶诚恐，因为在他们这代人心里，不种地的人就是有本事的人。

连杰哥的背驼得很厉害，走路已经有些颤颤巍巍，脸上的沟壑比村东头老河坝上的雨水沟子都多，毕竟是快八十的人了。我环顾屋里的摆设，虽然不能说家徒四壁，但像样的家具一件也没有。

我问道："闺女给送年了吗？"

一头白发的连杰嫂子说："腊月里送了两趟，真沾闺女光了。"

连杰哥没有自己的亲儿女，只有一位养女，养女虽说嫁得不近，但对养父母很是孝顺，村里人都称赞。

连杰哥和我拉了几句家常后，终于忍不住问道："兄弟，你不像是来闲玩的，肯定有事。"

我笑了，看了一眼同样疑惑的连杰嫂子，说道："您不是救人大英雄嘛，我来了解一下这事。"

我在老家时，村里人都知道我常在报纸上发文章，种地时，也常和连杰哥聊起写文章的事，连杰哥显然误会了我的意图，说道："都过去四十多年了，还想写写吗？"

从连杰哥的语气中，我能听出他不反对说说这事，于是回道："嗯，嗯，再不说说，人们都忘了。"

连杰哥浑浊的眼睛里透露出些许光芒，两只手掌叠在一起，不住地揉搓。

我连忙拿出手机，打开相机，点了视频，镜头对着连杰哥说道："大年初一，我来到了四十多年前跳入冰窟勇救落水群众的英雄石连杰家，和英雄一起回顾一九七九年那惊心动魄的事件。"

连杰哥疑惑地问："你这是和谁说话？"

我关了视频，笑道："哥，我在给您录像，将来播出后，天下人像看电影一样看您救人的事迹。"

连杰嫂子搭腔道："这感情好，比早先在戏匣子里听好多了。"

我打开拍摄功能，重新对准连杰哥问道："哥，您当时是怎么知道咱村有人掉进冰窟窿里的？"

连杰哥慢悠悠地站起身，走到供桌前，给列祖列宗换上新香，又慢悠悠地回来坐在椅子上，看了一眼对着他的手机说："俺们队的饲养处就在河坝附近，俺和一帮上年纪的社员正在铡草，河坝上突然传来有人掉河里的吆喝声，俺当时最年轻，丢下铡刀就往河滩里跑。"

我问道："您看到冰面的时候，他们都落水了吗？"

连杰哥似乎又回到了当时的场景，端着茶杯的手不住地发颤，脸上荡漾着一种非常庄重的表情。

连杰哥说："俺是第一个跑到河边的人，落水的人都在离对岸较近的冰水里挣扎，都穿着棉裤棉袄，不用多长时间，棉衣全部湿透，都得顶了锅盖儿。"

我问道："那年冬天暖，河里的冰不结实，您不怕危险吗？"

连杰哥说："当时真没来得及考虑，俺怕没到跟前就掉进冰窟窿里，是滚到他们面前的，俺先把一个女的拖上来，可其他几人够不着了，俺只好跳进河里，把一位老人推到岸边，这个时候，随后赶来的人把一根竹竿扔了过来，俺把竹竿拖到两个落水的群众面前，他俩已经冻得抓不住，没办法，俺只能扔掉竹竿，用手去拽他们，还好，又有两个人跳进来，这才把两人救出，要不是岸上的人帮忙，俺说不定得搭在里面。"

连杰嫂子抢着说："他被咱村的人背回来，盖了三床被子，还抖成一团儿，嘴唇都紫了。"

我问道："现在不会有什么后遗症吧？"

连杰哥没作声，只是下意识地揉了一下自己的膝盖，脸上带着一种痛苦表情。

连杰嫂子说："能不受影响吗？膝盖一到冬天就疼。"

我见连杰嫂子有埋怨的意思，立刻转移了话题，问连杰哥："哥，我在县志上看到，您受到过行署和军分区的表彰，没去开大会吗？"

连杰哥显然很高兴，说道："怎么没开？在北镇开的，还去济南做过报告呢！"

连杰嫂子撇着嘴说："火腾了一阵子呢，吃着大白馍馍，还挣着工分。"

连杰哥仿佛回到了过去，坐在椅子上，不住地把那弓形身子往椅背上靠，好像还在做着报告。

我关了视频拍摄，用商量的口气问连杰哥："哥，要不然咱们去救人的河边看看去？"

连杰哥竟然一点犹豫也没有，痛快地说："走，反正也没啥事。"

连杰嫂子看着从椅子上站起来的连杰哥，对我说："兄弟，俺看你俩真是有毛病，这么冷的天，还赶上在家热乎乎地喝杯酒吗？"

连杰哥笑着说："在家喝酒，还不得你炒菜呀，俺俩还是让你清闲一会儿吧，走，兄弟，别理你嫂子。"

我拿出手机，重新打开视频拍摄功能，对着镜头说道："各位朋友，我们现在跟着舍己救人的大英雄，去当年的救人现场看一下。"

今年的大年初一格外冷，又碰到了禁止燃放鞭炮，大街上除了传来一阵阵的饭菜香味，连个人影也见不到，大概都猫在家里喝酒了。我和连杰哥穿过一条南北胡同，沿着池塘边的小路向河坝走去，快走到坝根时，连杰哥指着一处民房的位置说："这就是当年饲养处的地方，俺当时正在这儿铡草。"

我看了一眼民房，又看了一眼跟前的河坝说："嗯，的确离得很近。"

我俩爬上坝顶，还没向坝子下面走，就看到冻得结结实实的河面像一条玉带一样，横隔在我们村和甜水井村之间。连杰哥佝偻着身子，极目眺望，好一会儿，才指着对岸有一处渠首的地方说："对，就是那地方，你看到了吗？那个渠下面原来有一处甜水井村的扬水站，他们就是在靠近抽水笼头坑的地方掉下去的。"

我问道："他们过河干啥去？"

连杰哥说："甜水井村一个老人死了，他们是去吊丧，本来冰面不结实，他们又犯了一个错误，怕在冰上滑倒，手拉手过的河，都集中在一块，冰面终于托不住了。"

"等会儿说，"我拿出手机，对连杰哥说："哥，我打开视频后，我问您啥，您就说啥。"

连杰哥知道我是想拍视频，有意识地把帽子整了整，说道："这个俺懂，想当年，省里那些在报纸上写字的人，也是问俺啥，俺就说啥。"

视频开录后，我先对着镜头说了句"我和救人英雄石连杰已经来到当年的救人现场"后，接连问了连杰哥几个诸如"什么时间、什么地点、落水群众干什么去、救了几个人"一类的问题，连杰哥都积极配合做了回答。我边录，边心里一阵窃喜，仿佛上万的粉丝和几十万的点赞量就在眼前。

可是，我多说的一句话，让我的心如同当年掉进冰窟的群众一样，拔凉拔凉的。

我拍完后，高兴地对连杰哥说："哥，等着发财吧，网上的人看了，肯定有很多人给您捐款捐东西，说不定还会有很多粉丝来看您呢！"

让我没想到的是，连杰哥一听就急了，问我："你说啥？你拍这个就是为了弄人家的钱？"

我连忙解释道："哥，您别误会，咱可不是故意弄人家的钱，我拍的这些内容火了后，肯定会吸引很多粉丝，粉丝里肯定有爱心人士被您的事迹打动，给您捐钱捐物很正常……"

连杰哥不待我说完，连连摆手道："兄弟，还不是一样吗？都是让人家送钱，你可千万别把俺这事和钱扯上，俺救人从没想过钱的事，变味了啊！"

我说道："哥，也不一定会火了，就算火了，粉丝捐钱捐物，也是自愿的。"

连杰哥一边转身往回走，一边说："兄弟，俺也不管啥粉丝粉条的，今天弄到手机里的东西，千万别让人家知道，咱可不能让村里人戳脊梁骨。"

我还是不死心，又说道："哥，看您那状况，有人帮您不好吗？"

连杰哥有些急了，语气不再那么随和，说道："兄弟，俺有啥状况让人帮？现在过得很好呀！闺女三天两头买东西回来，国家还给办了低保，不愁吃，不愁喝，咱白要人家东西干啥哟！"

我俩快走到胡同口的时候，连杰哥说："兄弟，俺也不让你家里坐了，大过年的，你回家陪着俺叔吧，再嘱咐你一句，千万别把手机里的东西传出去。"

我心里那个后悔呀，多说那句话干啥啊！

每年陪老人过完除夕，无论早晚，我都是初一回市里。下午，我和家族中的哥哥弟弟到祖坟上拜别列祖列宗，收拾好父亲给捎上的年货，正准备回城，连杰哥突然拿着几个年糕来到我家，说是年糕里的枣特别多，让我捎着。我知道连杰哥的意思，不等他说，立刻信誓旦旦地保证不会把视频发出去。连杰哥一听，非常高兴，不住地说"那就好，那就好，要不然，丢人呢！"

父亲听了事情的经过，也唬着脸嘱咐我不要把视频发出去。

路上，我想到给连杰哥拍视频的事，心里不免一番感慨："英雄毕竟是英雄，不管到了多大岁数，永远是那个秉性。"

生命之花诠释正义之美

文/郝立霞

初识他是在五年前，市公安局举办的"警媒一家亲"活动中。

他主动和我搭讪，说喜欢摄影，如果需要尽管拿去。立马被他的豪爽感动，好巧啊，我正打算给推送的文章中添加原创的图片呢。

他的脑袋锃光瓦亮，眼神真诚，略黑的脸庞带着微笑，和善而倔强的神色，标准一副山东大汉形象。他问我是不是80后，说他生于1972年8月。我笑，大哥你长得好着急啊，才比我大4个月。他也笑，摸着寸草不生的脑袋。

初相识却如老友相见，我们加了微信。之后，他时不时把满意的图片发给我。我配图时，署名曹新庆。慢慢地熟络了，我得知了他英雄救美的"惊险大片"。

1988年初中毕业后，曹新庆招工入职东营市供热处，1990年3月报名参军。当兵三年后转业，又回到了原单位。虽然退伍那么久了，但他腰板笔直，做事干脆利落，举手投足间透漏着军人的气质。

2014年9月22日晚上，曹新庆和朋友在东城一饭店吃饭。准备结账离开的时候，饭店合伙人黄某和店内女服务员孙某吵了起来，接着撕扯在一起。女人哪是男人的对手，没几下黄某便恶狠狠地掐住了孙某的脖子，用力把她摔在地上。黄某往裤口袋里一插，掏出了一把弹簧刀，一按刀柄，明晃晃的尖刀出鞘。孙某看到刀子，吓得嗷嗷大叫，抱着头，蜷缩在地上打哆嗦。曹新庆见状一个箭步冲上去，从身后抱住黄某，劝他有事说事，不要伤人！黄某扭头愤恨地瞪着曹新庆，破口大骂，说他吃饱撑得多管闲事。曹新庆耐心地劝说，不要动刀，动刀事情就大了。黄某满脸愤怒，挥起刀一划。曹新庆忽然觉得左胳膊一阵麻木，继而疼痛难忍，随即看到有血流到了手心。曹新庆放开黄某抓住伤处止血。没想到，黄某又挥舞着刀子刺向孙某。情急之下，曹新庆抢起右手猛劲给了黄某一拳。黄某一个趔趄，差点摔倒，等他站稳，回过身，瞬间乱捅曹新庆三刀。曹新庆昏倒在了血泊中。黄某瞟了一眼曹新庆，看他身下的血越淌越多，满脸惊恐地逃离现场，消失在了黑夜里。

整个过程不足三分钟，在场的人们惊呆了。死里逃生的孙某第一个反应过来，起身爬到曹新庆的身边，摸着他的头，哭喊，大哥醒醒，醒醒啊。身边的人似乎被她的哭喊惊醒了，报警的，打 120 的，拦截出租车直接送医院的，七嘴八舌还原经过的，慌成了一团。

曹新庆身上的四处刀伤，分别在左腕部、左大腿、右上腹、背部。其中右上腹的伤口最严重，深达腹腔，导致肝脏破裂、膈肌破裂、胆囊破裂，命悬一线。做完检查后，医生立即下了病危通知书，告诉家属，尽力做一下手术试试，希望不大。

冥冥之中，自有天意。本来，曹新庆的心脏安装了两个支架，还患有糖尿病，长期服药是不能立即手术的。可是，事发半个月前，他觉得心脏舒坦、血糖测得也正常，便停了服用的几种药物。这可谓不幸中的万幸，得以让手术第一时间实施。

手术前，一直昏迷中的曹新庆突然有了意识，他听到医生在说他的病情，不容乐观，早做准备之类的话。他很平静地想了想，突然记起家里没有他的个人照，开追悼会的时候怎么办？他努力地想睁开眼睛，任怎样用力也睁不开。他嘴唇蠕动了几下，守候在身旁的妻子看到，急忙起身把耳朵贴近他的嘴巴。妻子无声的泪落到他的脸上，他身上瞬间爆发出了一股力量，嘟哝出：

我有照片，在红十字会，追悼会上你们别抓瞎……话还没说完，便又昏迷了过去。他的妻子泪如雨下，呜咽道：命都快没了还为我们着想呢？

手术进行了 5 个小时，治疗需要切除了胆囊。术后主刀医生说，手术很成功，但能否扛过来全凭造化。

4 条长长的刀疤，永远留在了曹新庆的身上。左手腕处的伤痕清晰可见，足有 15 公分，像一条丑陋凶狠的小蛇趴在上面，让人不寒而栗。据说这一处最短。

曹新庆热心公益，事发一年前，已是红十字会的志愿者，经常参加志愿者活动。他还是红十字会造血干细胞捐献者资料库的成员，在长期的无偿献血志愿服务活动中，荣获了突出贡献奖。

事发后，曹新庆获得"东营市见义勇为先进分子""东营市第三届道德模范提名奖"还有 2019 年"东营市最美退役军人"等荣誉。但他从不提及。他说这些荣誉最初对自己是一种无形的约束，有束缚感，但这几年习以为常之后，自律成为了习惯，觉得也很自然了。

时隔六年，我问他受伤那么重，现在身体怎样？曹新庆轻声说："浑身疼，每天都在疼，重一天轻一天，可我从来没说过，包括家人。"我追问原因。他说："我告诉亲人朋友，我就不疼了吗？我还是疼，而大家都跟着心疼，那多难受啊。"

他的左手现在麻木，提不了重物，但他却笑呵呵地说："没事啊，反正还能用。"他甩着那只手，说得那么轻巧。我的眼睛瞬间模糊了。我知道，随着年龄的增长，后遗症会越来越明显，疼痛也会越来越严重。

我吁一口气，问他："这么做，值吗？"

曹新庆头一扬望向空中盘旋的一只小鸟："值啊！我住院期间好多年不见的战友来了，好多年不见的同学来了，好多年不联系的朋友来了，还有很多陌生人也来看我。"他那知足劲仿佛捡到了无价之宝，欢喜无比。

曹新庆说，他手术后昏迷了三天，第四天虽然睁开了眼，但视力是模糊的，看到人的形状都是扁扁的。有一位戴眼镜的女士，捧着鲜花，攥着钱，站在他床前，眼泪不停地流着，一直说他伟大了不起。媳妇让他认认是谁，他怎么也记不起来。人家自己说，以前并不认识，只是听说了，被感动得不得了，才跑来看看的。直到现在曹新庆也不知道她是谁。他还说："我一直被他们感动着，我有啥啊，都来看我。"

命都差点搭上，还不以为然，大概只有曹新庆能做到吧。

他说："不要给我戴上英雄的桂冠，也不要说我见义勇为。我没有那么伟大，劝个架只是举手之劳，不过付出的代价有些惨痛罢了。"

秋阳高悬，垂柳依依，明潭湖碧波荡漾。

我与曹新庆漫步湖边追忆着往事。有只小鸟欢快地落在随风飘摇的柳树枝上，他用手中的相机迅速按下了快门。拍完让我看画面，说："多可爱的小生灵啊。"是啊，所有的生命都那么可爱，那么可贵。我问，再遇上这样的事，还出手相救吗？他把相机往脖子上一挂，郑重地攥起两个拳头："路见不平一声吼啊，该出手时就出手。"唱完，对着我笑，笑得碧波荡漾。

眼 神

文/犁 米

　　母亲躺在二哥的怀里，就像二哥小的时候躺在母亲的怀里一样。不一样的是，二哥躺在母亲的怀里哭闹撒娇，现在母亲躺在二哥的怀里，呼吸困难、眉头紧皱，眼神如熬干的油灯，一点一点地暗淡下来。在"灯光"快要熄灭的那一瞬间，母亲睁大眼睛，眼神如跳动的灯头，右手指着床头柜上面，那个陪她嫁到我们家的柳条箱子，似乎要说什么。但是，抬起的手臂还未举到一定的高度，一下就耷拉垂直成一条线。

　　母亲眼中的火焰被一行清泪浇灭了，慢慢地停止了呼吸……

　　处理好母亲的后事，在叔父的见证下，我们兄弟四人打开了母亲的嫁妆，那个被母亲称呼为"保险柜"的柳条箱。揭掉上面几层被母亲洗得干干净净的衣服，这才发现在箱底放着一个薄薄的红布兜。打开布兜，原是大哥那张发黄的立功喜报。

　　看到这张奖状样式的立功喜报，仿佛让我们又回到了四十五年前的那一天……

一

　　1977 年，阴历大年三十上午，当我们吃过早饭正准备贴对联时，只听得门外锣鼓喧天，一队小学生在村支书和民兵连长的带领下，排着整齐的队伍，喊着"向解放军同志学习……向军属致敬！"的号子，来到了我们家门前。听到号子声和锣鼓声后，我们放下手中家什，一股脑地涌到了大门口。只见村支书将一朵红绸布做的大红花，斜披在父亲的胸前，随后将一张泛着亮光的立功喜报，递到父亲的手中："祝贺您，孩子在部队上立功了！"父亲用左手将大哥的立功喜报紧紧地抱在心口上，右手使劲地攥着支书的手，张着嘴一句话也说不出来，激动的泪水如断了线的珠子，吧嗒吧嗒地落在手腕上。

"应征入伍驰骋疆场只为报效祖国；苦练本领立功受奖誓为家乡争光。"当父亲回转身时，那群兴高采烈的小学生们，已将鲜红的对联板板正正地贴在大门两边的门框上。

回到家后，父亲恭恭敬敬地将大哥的立功喜报，贴在了堂屋正面的墙壁上，让每一位来我家拜年的亲戚朋友、左邻右舍，一抬头就能看到"李书平同志：在执行特殊任务中荣立二等功，特此报喜。"字样的喜报。回想起那个年，是我们家过得最有意义、最高兴的一个年。

二

1975 年，大哥从原莱芜县第八中学毕业时，还未满十八岁。毕业回到家的大哥，接过父亲那辆浸透汗渍的独轮小车，上山下乡，推土运肥，与生产队整劳力干同样的农活。最终，让大哥下决心走出农村的是那次为生产队运氨水。

秋收后，大田需要追肥，生产队长安排大哥和其他劳力到离村 20 公里外的莱芜火车站货运场，购买散装氨水。

第二天凌晨，鸡叫三遍，大哥他们一行 10 人，每人推着四个陶瓷琉璃、圆柱形的氨水坛子，踏着秋露，在嗒嗒嗒的车轮颠簸声中，朝着东北方向的莱芜火车站赶去……

20 公里的路程，去的时候单趟空车未感到劳累。但是，回程 200 公斤的氨水加上陶瓷坛子，足足有 300 公斤的重量负载，脚力稚嫩、耐力不足的大哥，推着小车如同推着一座山在吃力前行。

人车路过汶河桥后，这时，西山衔阳，夜幕四合，大哥逐渐地被落在了队伍后面，且越拉越远。一会儿，前面的队伍衔枚疾走般地消失在夜幕中。又急又饿、眼冒金星的大哥，驾着推车走不了多远，就得支起车架喘几口粗气，然后，再吃力地端起车把，一点一点地向前挪动。

只要你尚有一点气力，意识清醒，就得端稳车把、保持车架的平衡，如果一方倾斜歪倒在地，那陶瓷坛子将喊哩喀喳成为一堆碎瓦。寸步难行的大哥，用最后一丝力气，放稳小推车后，一屁股坐在地上，再也站不起来了。直到接应的人寻到他身边时，才勉强地站立起来。此时，脚踝外翻、两个小腿肚子就如包进了一堆碎石子般的胀痛，不得不在两人的搀扶下回到了家中。

奶奶和母亲看到杀猪般嚎啕痛苦的大哥，一人抱着大哥的一条腿，用热水敷、用手搓、使劲地来回地捋，以此方法，用以减轻大哥腿部的胀疼。

秋末冬初，当听到年度征兵的消息后，大哥第一时间报名备检，立誓走参军之路，实现自己的人生价值。连续两次体检、政审全部合格后，只待换装成为一名光荣的解放军战士。当时，别提大哥有多高兴了。然而，好事多磨，大哥的参军梦差一点就被扼杀在劝让中。那年，我村有三名体检政审合格人选，一个是村支书家的侄子，一个是连续三年参加体检的大龄青年，终于体检政审过关，如果本年度再走不了的话，他就永远没有机会了。三人中，属大哥年龄最小、关系最弱，且被淘汰的可能性最大。但是，大哥高中学历，个人条件及优势大于前两位，参军入伍的机会最强。此情此景，大哥当仁不让，无论什么人劝说，王八吃秤砣——铁了心的也要去参军。

接兵军官了解大哥的情况后，在家访中，告诉大哥说，你若真心想当兵

SANWEN 散 文

山东省见义勇为基金会 | 241

的话，我们首先考虑你，因为部队也需要文化程度高的兵员。话音未落，奶奶在一旁抽抽噎噎地掉起泪来。大哥见状，非常抱歉地对着军官说，我奶奶激动得直落泪呢！随后，他一把抱起奶奶，将她放在了里屋的土炕上，随手将门从外面用一根小木条别死，防止奶奶从里屋跑出来乱搅局。

接兵军官这种场面见多了，知意老人留恋孩子，担心在外吃苦遭罪，用悲情方式阻止大哥出外当兵。但他毫不在意，只是尴尬地笑了笑……

春节过后，在一个大雪飘飞的早晨，大哥换上未挂红领章红五星的军服，背着新发的军被褥，在村民兵连长及叔父的陪同下，冒着大雪赶到公社武装部集合，坐闷罐车前往部队军营。此后，奶奶和母亲的心就分成了两瓣，一瓣挂念着大哥，一瓣在家中操劳。

三

夜深人静，母亲有时盯着墙面上贴着的"立功喜报"痴痴地发呆。她在想什么？有时还会念念叨叨、自言自语地说，到底做了什么事，让部队奖励了二等功。她知道，邻居张嫂子家的大女婿在青岛当兵，有次在灭火处置炼油厂的火灾中，不幸受伤，被烈火烧毁了三分之二的皮肤，耳朵没了、鼻子只剩两个黑咕隆咚的气孔。为了挽救这位救火英雄，据说医院用死刑犯的皮肤植附在他的体表上，后被国家授予"见义勇为"荣誉称号，荣立一等功。

那么，二等功又是什么概念呢？谜一样的"二等功"，纠结在母亲的心中，线团一样缠绕着母亲的心绪……

1978 年，大哥在部队提干后，回家探亲的次数多了，母亲曾试探性地询问过他几次，大哥欲言又止，总是用"一点小事，不值得一提"来搪塞、安慰母亲。也许，大哥担心抖落实底后，让母亲牵挂，徒增母亲的心理负担，才用这种善意的谎言，欺骗母亲。

大哥的立功喜报成为母亲向亲戚朋友炫耀的资本，每当有亲戚或者邻居来我家串门、聊天，母亲总是有意无意地将话题生拉硬扯在大哥的立功喜报上，以至于让人家耳朵听得都生茧子了，还乐此不疲。

为了保存好"立功喜报"，她还专门让木匠按照喜报的尺寸用泡桐木制作了一架相框，将喜报板板正正地用双层玻璃压在了相框里面。每隔几天，她就用干净的抹布，将装喜报的相框揩拭得闪闪发亮。

随着时间的流逝，那架泡桐木做的相框，承受不住两页玻璃的坠压，木框的连接处，出现了裂缝。发现这一情况后，母亲小心翼翼地从墙上将相框接下来，卸掉前后玻璃，将发黄的喜报取出来后，用她出嫁时的蒙头红布，把大哥的喜报仔细地包裹好，放在了柳条箱的下面。

天有不测风云。奶奶年老体弱、偏瘫在床无法行走，母亲给她翻身、擦身、端屎、端尿伺候了两年，于1990年8月份，与世长辞。在给奶奶穿衣、净面时，母亲分别将两片生面饼子塞在奶奶的左右手中，流着泪嘱咐奶奶说："西方路上不好走，奈何桥下是深沟。恶犬守着桥两头，面饼打狗把道留。"母亲担心奶奶去天堂的路上，遇到恶狗的阻拦和追咬，对着闭着眼睛、躺在屋当门灵床上的奶奶，嘱咐了又嘱咐，直到被人抬到去殡仪馆的灵车上，才停止了她对婆母情真意切的嘱托与留恋。

歌星苏芮在《牵手》中曾经唱道：因为路过你的路，因为苦过你的苦，所以快乐着你的快乐，追逐着你的追逐。也许奶奶舍不得母亲，或许母亲担心奶奶在去天堂的路上担惊受怕，一个月后，母亲突然发病、口吐鲜血昏迷在地。我们兄弟几人，急忙用担架将病中的母亲就近送到乡镇卫生院进行抢救。经过几天的治疗，母亲恢复了意识，医生建议到大医院做进一步的检查和治疗。

大哥收到母亲病重的消息后，从部队急忙赶回家中。随后，将母亲接到原济南军区的106医院做全面的检查。最终结果是胃癌晚期，生命进入倒计时。医生建议保守治疗，此时，如动手术已没有任何意义。

看到大哥严肃而又闷闷不乐的样子，母亲很坦然地对大哥说："要是瞎包症候（指：癌症）咱就不治了，回家待着去。这里人多，心里也不肃静。"大哥强作欢颜地告诉母亲，"没事，就是严重性胃炎，打打针、吃吃药就好了。"

子欲养而亲不待。大哥为了报答父母的养育之恩，暂时让母亲留在济南的家中伺候她。但是，没待几天，母亲就吵嚷着回家。她已预感到自己的生命之火将要熄灭，编了个借口央求大哥说，"你奶奶刚刚去世，你爷忙农活，一忙起来就忘了给你奶奶烧纸上香，我还是早点回家吧！"看着母亲祈求的眼神，知道强留她只能增加她的焦虑和痛苦。于是，捎信让二哥来济南接母亲回家。

临行前，大哥委托在医院工作的朋友，经过申请特批后，购买到了两支针剂杜冷丁，趁着母亲不备，悄悄地将二哥拉到一边说，"娘时日不多，在没咽气之前，打上这种针剂，能减少母亲的痛苦，延长母亲的生命。但，不到关键时候，不要打，能让娘在最后时刻见到我最好……"

母亲和二哥坐上济南开往莱芜的中巴车后，母亲将头伸出窗外，眼望着大哥，流露出欲说还休、欲言又止、局促不安的眼神。大哥明白母亲心里想说什么，但是，鉴于母亲病情的严重性，他还是很痛苦地将谜底压在心底，到母亲生命终止前的那一刻再告诉她吧。

四

K205 次绿皮火车奔驰在中原大地上，大哥坐在靠近车窗的位置上。眼前的树木、村庄、逆向行驶的车辆，一晃而过。一望无尽的田野里，麦苗经过冬霜、寒冽的揉搓，已失去了往日的翠绿，呈现一片油黑墨绿的颜色……

正当沉浸在眼前美景和到某部参加学习喜悦中的大哥，突然感到脚踝被人轻轻地踢了一下。这时，他才将注意力投向对面的椅子上，只见眼前坐着两个四十多岁、农民模样的男人，中间坐着一位二十岁左右的姑娘，披着一件男士的黑大衣，大衣破烂不堪，有的地方露出了黑白色的破棉絮。其里面穿着的红底碎花布棉袄与外套破大衣，格格不入，对比明显，格外刺眼。姣好的面庞被一件灰黑色的大围脖捂得严严实实，只露出一双黑漆漆的大眼睛。

两个男人，一个胡子邋遢、浓眉大眼，黝黑的面部布满了粗糙的皱纹，看人的眼光含着煞气，与人对视，让人不寒而栗；另一个，比较瘦弱，稀疏的头发，黄白的面皮，尖尖的下巴，贼眉鼠眼透着一股精明劲。

黄面皮见中间的姑娘踢了一下大哥，忙满脸堆笑地向大哥道歉说："解放军同志，不好意思，她是个哑巴，你别介意。"大哥回答道："没事。"然后，又将目光投向了车外。不一会儿，大哥又感到脚踝被那个"哑巴"姑娘踢了一脚。这一脚，显然比刚才那一脚力气重，并且感到了火辣辣地疼。大哥正要发作，黄面皮急忙弓起腰，连连向大哥道歉："对不起，实在对不起。"随后，他对络腮胡说："让你妹妹坐到边上的位置，你坐中间这个座位吧。"络腮胡站起来，用手抓住"哑姑"肩膀向外拽，那"哑姑"挣扎着和络腮胡较劲拔河。见"哑姑"粘着不挪动身子，黄面皮从里面使劲地推搡那姑娘。"哑姑"乌拉乌拉地嘟囔着，眼里喷着一股怒火。络腮胡见状，举起拳头就要捶打挣扎着的姑娘。

"放下拳头！"黄面皮一声怒喝，络腮胡乖乖地放下举起的手臂，坐在了中间座位上，右手臂很不正常地半揽着姑娘的腰身。姑娘直勾勾的眼神紧盯着大哥，那眼神，流露着愤怒、祈求、无助与失望。

大哥见状，一个虎步跳到姑娘的面前，一把将姑娘的大围巾撕了下来。只见，姑娘的嘴巴被一个破毛巾堵塞着，掏掉毛巾，姑娘不住地大喊救命。那两个男人被大哥敏捷的身手和举动，一时惊呆了。待回过神来后，络腮胡从腰后面刷地一下，掏出了一把锋利的菜刀。同时，黄面皮也从裤兜里掏出了一把木柄的螺丝刀，一步一步地逼近大哥，面对手持凶器的歹徒，大哥一把将姑娘推到身后，斩钉截铁地警告歹徒："把刀放下，把刀放下！"穷凶极恶的歹徒，哪管得这些，挥舞着菜刀向大哥和姑娘砍来。

为了避免伤害乘客，大哥保护着姑娘，迅速地退守到车厢之间的连接处，赤手空拳，毫无惧色地与两名歹徒搏斗起来……粗暴鲁莽的络腮胡，蛮力无穷，刀刀致命。大哥躲闪不及，右臂、后背被他重重地砍了两刀，刀伤及骨，鲜血顺着军服滴滴答答地流淌下来。大哥忍着剧痛，左挡右闪，趁机扭住络腮胡的手腕，将沾满鲜血的菜刀打落在地。后在众乘客的帮助下，才将两名歹徒制服。

车厢中，有正义感的旅客，也纷纷站了出来，先是将姑娘背负身后、拴绑的双手解开，并将她转移到安全处保护起来。此时，大哥因失血过多，晕倒在车厢里，火车到站后，被车站工作人员急送到当地医院进行抢救。也许大哥的义举感动了上苍，鬼门的锁扣始终未被阎王的魔手打开。由于抢救及时，大哥在昏迷了两天之后醒了过来。

后来，案情公布后才知道事情的原委。被绑架的姑娘与两个歹徒是一个地方的人，姑娘与络腮胡的妹妹是直换亲，也就是换给络腮胡当老婆。姑娘死活不同意，出逃十多次，每次都被络腮胡及家人抓回，实在受不了络腮胡的折磨和惨无人道的摧残，于是，姑娘逃到外地亲戚家藏了起来。络腮胡在本家兄弟的帮助下，再次寻到她，并用暴力劫持姑娘回家成亲，没承想，在火车上遇到了身穿军服、好管闲事的大哥，美梦如花瓶落地摔了个粉碎。

五

母亲与癌魔抗争了半年后，终于成为毒瘤的俘虏。1991年农历的四月十九日，天空布满了雨雾，雨水顺着房檐如断了线的珠子，滴落在门前的青石板上。母亲半张着嘴巴，如离开水中的鱼艰难地呼吸着。尽管手臂上扎着输液的针头，但是，双目已合。

此刻，杜冷丁的药力也未能拉长母亲的生命链，当大哥接到"母病危，见报速回"的文字时，母亲已经下葬、入土为安了。

母亲的坟头前，大哥痛哭流涕、长跪不起，心怀歉意地向母亲坦白了立功的经过和谜底，以慰母亲地下安息……

看见

文/徐彩娥

先"见""义"，始生"勇"，"为"便顺理成章了。

——引言

只因在人群中多看了你一眼

是偶然，也是必然。

不过是随机一个转头。我看到你了，一个破衣薄衫的少年，趿拉着脱鞋，正踽踽独步，一身的茫然和落寞。猛然想到我们几个正在讨论的寻人启事。来不及细思量，立马让司机师傅停车⋯⋯

正是你，一位菏泽少年。十六七岁的少年，遇到自己人生中第一道难过的坎。困惑，愤恨，绝望⋯⋯你走上了这个年龄的孩子容易走上的歧路：离家出走。

你说那不是你，哪有这么巧。不管是不是你，我们认定了，你是需要我们伸出温暖双手扶一把的小老弟。任凭你默默无语，漠然以待，我们缠定你了：不停地跟你讲话，安慰你，劝导你，试图用同龄人的"懂得"去温暖你；想陪你吃个饭，好好聊聊，即便我们刚刚吃过。你反应淡漠，或者干脆拒绝。心灵的锁只有你的亲人才能打开。我们只好给你叫了外卖，递上润喉的矿泉水。这期间，悄悄给你的家人打了电话……

风轻轻地吹，寒意中暗生春天的气息。路旁的草木静静的，但有的已经酝酿好叶芽了。这是最青春的季节，恰如眼前的你，你勃发的生命正在冲破春寒，那种你一时领悟不明白的阻力，让你陷入困顿中。青春岁月，谁都难免遇上这样的倒春寒，这时候需要有人看见。我们看见了，当然只是看见了你外在的样子，希望你的家长，你的老师，能走进你的内心，助你早日跨越这段尴尬的岁月。

大约五十分钟，你的父亲风尘仆仆地赶来了。五十来岁的人，已经是白发斑斑了。因为焦虑，他面容愁苦，眼神黯淡。足足愣了半分钟，他的目光一下子亮起来。他踉跄上前，俯身脱下自己的鞋子，给儿子换上。父子相拥，泣不成声。我们也不觉潸然泪下。

之后，这位父亲断断续续跟我们讲了你的事。原来，你还是学霸一枚呢。一直名列前茅的你，到了高中成绩却上不去了，一时想不通，就犯了糊涂。

告别的时候，我很安心。我看到你紧紧地抓着那瓶水，你父亲以为是捡来的，要夺过去扔了，你怎么也不肯。只因为这是张世越哥哥送的啊。这个时候，你什么都不想要，却还本能地保留了心底的那份感恩，还想握紧人间的温暖良善。你一定是一个好少年。

"2月27日下午，山东师范大学信息科学与工程学院2020级的李祥熙、王奥琪、裴海铮、张世越同学结束聚餐乘坐出租车返回学校时，在出租车座椅上读到一则寻人启事……"仅仅过去一周，2022年3月4日，《人民日报》公号赫然转载了《齐鲁晚报》这则消息，还给我、王奥卓来了个特写。只不过在人群中多看了你一眼，却被整个国家看见了。再一想也好啊，这样的"看见"蔚然成风，也就有了更多的"看见"。

这里，特别要说说那位送我们返程的出租车司机师傅，他让车辆承载他的"看见"：他欣然把这一份寻人启事，醒目地贴在了车座的后背上。

顺带救了个人

后来我才记起来，那天是 2022 年 3 月 20 日，临近正午了。德州禹城建设路北首，路旁，我静静地躺着，脑子里混沌一片。这是怎么了？头部有点疼，但也不是特别疼，有点迷糊，有点木然。这是在哪里呢？好像是一阵天旋地转，我就躺在这里了。使劲地想。下意识地摸了摸后脑勺——血。突然明白了，我这是摔坏了，可能正摔在路边石上吧？我有点懵，也没敢动，我也不清楚我是不是还能走动，就这么静静躺着，努力地想想明白这是怎么一回事。

这时候我听到紧急刹车声。一个中年大哥甩开车门走了下来。他跨开大步就往路边跑。

"这是怎么了？伤势怎么样？"他急促地说，像是自语。当然，他不需要我回答。他一边查看我的伤情，一边拨打了 120。看到我还能走动，他赶紧扶起我上了他的车子。

车子在飞驰。躺在洁净的座位上，我很不安。血还在流，不忍心弄脏好人的车座，想跟他要点东西垫一垫。他急火火地劝我："这都什么时候了，送医院要紧，别怕弄脏车座！"

一路急驶。这时候疼痛清晰起来，但我很安心，飞驰的车子让我感受到亲人般的关怀。后来才知道他为了我——一个萍水相逢的邢姓女子，连闯了两个红灯！

陌生的大哥以最快的速度，把我送到禹城市人民医院，医护人员迅速展开急救。他为我垫付了 500 元治疗费，并且打电话通知了我的家人。

何其幸运，在遭遇不幸的时候，我没有遇到扶不扶的尴尬，而是第一时间被看见，被救治。我几度感动地流泪。

但是他说没什么。"呵呵，不过是顺带着做了一点该做的事。"对他而言，一个做了十年公益志愿服务的好人，做好事已经成为一种习惯。

他叫高孝河，那天，他正在抗疫的路上——去为封控区的居民送饭。许多天来，他和妻子一起，在防控一线忙碌着。

"我不纠结。以后，遇到见义勇为的事，我还会第一时间去救人。"

"什么扶不扶，救人是第一位的！"

我是在网络上看到这些话的。他的善良能够让更多的人看见，我很开心。

我想他也很开心，见义勇为者还有一种快乐，是被他的救助者"看见"并且感念一生。

忘了不会游泳了

如果他不知道我是谁，就当我是一个吃瓜的路人吧。

那天我正在赶海。

我们青岛有一片当地人引以为傲的海。潮生浪涌，无边的蓝呼应着蓝天白云，辉映着红瓦绿树。潮退下，广阔的海滩坦荡荡展现在人们眼前，海礁、沙滩和海泥珍藏着的秘密，吸引着人们前来发掘探索。

在鸥鸟的银色翼翅剪过的美好时空里，听着人们的欢声笑语，我正在如痴如醉地赶海。

海潮的清鲜味儿越来越浓。凭经验，我知道海水开始涌动了，是该上岸的时候了。

突然我看见了逆行的他。

春末夏初的时节，近海地域还脱不了寒凉的底子，初涨的海水，依然是冰冷的。他却脱下了上衣，迎着上涨的潮水，深一脚浅一脚地行进。是该回家的时候了，一定是发生什么不寻常的事情了！

循着他前行的方向，我看到了，大约一公里外的海域里，一个女子呆呆地站着，一动也不动。她是被淤泥困住了吗？我看到他一边费劲地走，一边跟女子招手，也不知女子看没看见。我着急起来，替她，也替他。

他走得越来越艰难了。水已经涨了起来，逆着海潮，举步维艰。突然，他折身了。我差点喊出来，莫非，他放弃了？正疑虑中，看到他抓起了赶海的工具，返身又步入海中。

海潮阵阵，听得见哗哗的声音。细看那陷入困境的女子，海水已经快到她的腰部了。他也加快了速度。近了，近了！逆流而上的路，十分钟居然就走过去了。他伸手抓住了那个女子。

深陷淤泥的女子，已经没有了力气。她软绵绵地靠在他身上。他架起女子的手臂，帮助她挣脱出了淤泥。抓紧她的胳膊，他拉着她，一步一步往外走。走走停停，我看到他们短暂停顿了三次，最后终于在赶来的民警的帮助下走上岸来。

补一句，打电话叫来民警的，其中就有小女子我哦，我可不是光管吃瓜的。

这时候，海潮已经涌上来了，它抚平了大海的狂躁，把它的壮美展现在世人面前。面对浩渺的大海，真想问问，不会游泳的人，想起这件事来会不会后怕呢？

怕肯定是怕的。关乎生命的事，谁不怕呢。

这是我替他说的。上岸后他瘫软在地上，不只是因为累吧？

"我下海的时候，四周没有发现可用的漂浮物。只好找了根绳子把水裤拦腰系紧。"

"我当时感觉涨潮的速度挺快的，如果水裤进水的话，不仅救不了人，可能自己也会被困住。"

"我虽不会游泳，但绝不能见死不救，遇谁都会这样的，一条人命胜过一切。"

　　我想，他一定是下海后才突然想起自己不会游泳的吧。他救人这可是第三次了。一直老想着自己不会游泳的人，哪会去冒这个险。

　　写下这个故事，不仅是写见义勇为者的"看见"，还想告诉大家，目击者的"看见"，也很重要，它是一种与"扶不扶"相较量的社会风气，是见义勇为者的另一种力量。

　　他叫王学兵，一个邻家大哥的名字。李沧人，年近花甲，是山东省见义勇为模范群体的一分子。

　　2021年4月28日午后，朴实的邻家大哥，为我们美丽的青岛海加描了寻常又不寻常的一笔。

作者说

　　齐鲁英雄地，古来多义士。

　　"义"，即"见义勇为"之义。

　　那些忘怀自身利益、置生死于度外的行为，需要各种"看见"。"义"字当头眼明心亮的勇士，应当被热烈赞美。

　　推开窗子，满眼的新绿鲜红，一街的花流入怀。齐鲁大地又迎来一个新的春天。

向一位农民致敬

文/邱家兴

　　春风吹绿了这座享誉全国的蔬菜之城，春风吹皱了一条条闪着银光的小河，春风唤醒了农人们那热爱劳动的朴实心怀。广阔的平原上舒展开一片蔚蓝色的春天，一排排菜棚，透露着神奇的绿色，一条条菜畦，散发着湿润的泥土和菜叶的清香。

　　"好多年没有见到这么干净、新鲜的春天了！"穿着一件薄薄的黑棉衣的王经中走出他那临街的大门，慢悠悠地向村东的河边走去。他中等身材，憨厚纯朴，是这个村子里一个普普通通的庄户人。他差不多和新中国同龄，今年七十有二，清瘦的脸上有一双和善的眼睛，从耳朵向下围着下巴的一圈胡子像割过的韭菜一样，露着齐齐的白茬。在村里他不算富裕的人，却是一个人人都喜欢，个个都夸赞的人。

　　他十七八岁就下了学在农村劳动。他做农活从来不会偷懒，总是默默无声，兢兢业业。村干部看他干活认真，便安排他学习开柴油抽水机、拖拉机，他便成了村里年轻人个个羡慕的农机手。不管什么样的破机器让他一摆弄，就成了新机器，又轰隆轰隆地响起来。有一年秋天，他开着村里唯一的一辆拖拉机到黄河口的孤岛拉大粪，他兴奋地加足了马力，轰隆隆地沿着乡村大道向前奔，却忘记了这是一辆刹车失灵的拖拉机。正跑得欢呢，一抬头，斜刺里驶过一辆大马车。眼看就要撞上前面的马车了，车上还拉着几个人呢。

怎么办？他灵机一动，一个鹞子翻身，跳到拖拉机前头，硬是用肩膀扛住了在土路上摇晃摇晃、蹦蹦跳跳的拖拉机。

一想起年轻时候自己闯下的这个祸事，他就想笑。哈哈哈，真有意思！幸亏那年代路上的车子跑得慢啊！这是我认识了农民老王以后，坐在他家的屋檐下，他给我讲的故事。

活在人世间，我们每个人都在向着更好的自己靠近。但没有谁的好事是垂手可得，相信时间对每个人都是公平的，人生的每一步荣耀，只有通过日积月累的美德才能获得。

每天早晨送下在学校读书的孙子，农民老王都喜欢沿着村东的小河转一转。他年轻时候心灵手巧，木匠、瓦工、维修电器样样都会，平时村民们有点活儿只要找到他，他赶紧放下手中的营生儿先去帮忙。干完活转身就走，从不想赚人家的便宜。现在年纪大了，他喜欢随手捡些路边丢弃的垃圾。来到河边站半天，大口呼吸着清新的空气。他喜欢这条河，它有一个神话般的名字："跃龙河"。

老王记忆里的跃龙河可美丽了。他童年时代的跃龙河像一条玉琢的带子，从村东日夜流淌着，一路向北，哗啦啦地唱着岁月的歌谣，唱着生活的歌谣，奔向大海。夏天，小河里开满了五彩缤纷的荷花，河水静静地流着，看着又凉快又爽心，细长的水草在清澈的水里摇曳着，颇像女子绿色的秀发，真好看啊！少年的老王和小伙伴们趁大人不注意，脱个净光，一个猛子扎进清凉的河水里。他能从河西边一气游到河东岸，有时他会游进荷花丛中，观赏着一朵朵怒放的花朵，看着在荷叶上游动的水珠，像珍珠一样在阳光下发出五彩的光芒。秋天，雪白的芦花与河流共舞，肥大的鱼儿跳出水面，正是捉鱼的好时候，他扎一个猛子就能捉到两条草鱼。最漂亮的还是到了夜里，晚风轻拂着河边的柳丝，月光在流动的河面上铺了一条明净的大道，朦胧的白纱似的水雾，飘飘渺渺，如梦似幻，天上却是繁星点点。星河相映，他好想踏着这条月光与河流的大道，奔向远方，去看看大海，去看看外面的风光啊！可是，上世纪七八十年代的农村太穷了，家家艰难，村村贫困。云游远方只是一种理想罢了。

故乡的跃龙河有一个美丽的传说，他从小听着传说长大。他有时多么想变成一条龙，一条跃动的、舍生忘死的神龙。

传说很久以前，每到夏季，此地暴雨连天，河水泛滥，积水成灾，两岸百姓都非常贫苦。村里有个青年叫阿龙，从小聪慧善良。他看在眼里急在心里，千方百计想治理这片水患，一有闲空就四处拜师学艺。有一年，他遇上一位仙人，神仙得知他是为了解除百姓疾苦学艺，便慷慨收他为徒。在师傅教导下，他不畏寒暑，苦学苦练。斗转星移，不觉已满十年。师傅说："如今你的功法已基本圆满，我看你一身正气，专为他人，再多教你一个化龙术和遁地法就可出山了。"一晃又过了十年，两法修炼成功。春暖花开之季，师傅送他下山。走出山门，师傅再三叮嘱说："在人世间做好事只需用力去做，切莫信口言说。"嘱毕，师徒挥泪而别。

再说阿龙为了治理水患，远行修仙之后，乡亲们盼了一年又一年，都已心灰意冷。一日清晨，村人见一花须童颜人飘然而至，村民驻足观看，正是阿龙。一时间沿河村庄的百姓都传扬开："阿龙回来了，咱们水灾有救了！"可事与愿违，他回家后就病倒了。他的妻儿守在床前见病情这么严重，要去请大夫，他坚决不准，说："我自己知道病入膏肓，请多么高明的大夫也无济于事，请你们让我静一静，好和乡亲们说几句话。"停了片刻接着说："眼看我就不中用了，我这一生对家乡毫无贡献，尤其是对父母妻儿更没尽到责任，真对不起大家啊！"他的眼里滚着泪水说："我死后你们不要悲痛，将我浑身洗净，赤身放到灵床上，抬到村西头那两间场院屋里，放在北墙脚上便可。然后把门窗封严，到七七四十九天后再去开门。"阿龙说到这里就咽了气。一家人按照他的嘱咐行事。亲人们把他的遗体浮厝在场院屋里，每天到屋前祭奠。只见屋子四周天天雾气腾腾，不见明亮。人们都感到奇怪，但又不能开门看个究竟。直等到第五十天上，开门一看，灵床上空空的，尸首不见了。大家把床搬开，见床下一个黑古隆冬的大洞，穿越北墙而去。人们想，这个洞通向何处呢？尸体又上哪去了呢？大家百思不得其解，只好用锨锹随洞延伸的方向挖去，洞越挖越远。一天天过去了，他们朝着北去的方向挖个不止。眼看到了雨季，沟也挖到了海边，洞忽然不见了，他们四处寻找，结果找到了一条死去的龙人。

乡亲们一下醒悟了，是阿龙牺牲自己，钻出一条河道，最后将积水导入大海。从此家乡没有了水患，庄稼连年丰收。为了纪念阿龙舍身治水，就把这条河称作"跃龙河"。

2021 年秋天，我踏着一地细碎的秋意，去寻访这个美丽的传说。不曾想，却在跃龙河畔听到了一个比传说更动人的故事。

我坐在这个叫王端宇村的村委大院里，村党支部书记笑眯眯地说："你想调查跃龙河的民间传说，算找对地方了。我们村有的是好古儿。"他略微一停像卖关子，"不单有老古儿还有新故事，最近跃龙河里就出了一个惊天动地的新故事。你想不想知道？"

我一下子瞪起了眼睛问："什么新故事，你别装神弄鬼，莫不是跃龙河里的那条古老的神龙再现了？"

"倒不是神龙再现了，而是出现了一条新时代的真龙！"他眼角闪着喜悦的光芒说，"破冰救儿童，早上去几十年他绝对是一个罗盛教式的英雄呢。就是我们村里的。"

"谁？"

"王经中！"

叮叮当，叮咚咚……暖洋洋的秋风送来一阵奇妙的敲打声。那声音像河流的歌唱，像劳动的号子，顺着村里的大街飘来我的耳边。我好奇地顺着这一阵阵奇妙的打击乐找过去，终于发现了声音是从村委大院西旁的一座农家小院里传出来的。我轻轻地推开大门，在宽敞的门道里，一个老汉正撅着腚用锤子敲打着一个个螺丝帽、烂铁头（后来，我得知这些东西都是老王随手捡来，以便乡亲们修理电动车、家用电器时常用的小零件。来他家准能找到合适的不要钱的配件）。

"你就是王经中师傅吧？"我站在一缕从屋檐下跳下来的秋色里，用右手敲敲门板问。他转过身子望向我，是一道慈祥的眼光，我觉着似乎有点眼熟。他黑色的遮阳帽上落了一层灰尘，饱经风霜，布满皱纹的脸孔让秋天的阳光点染出一种油画似的色彩。

"哦哦……嗯哪！快请坐。你是？"他眼角的鱼尾纹快乐地颤抖着问。

"我是来跃龙河畔进行田野采风的记者，刚才听你们村的王书记说您是一条下凡的真龙。不是吗？"我坐下来以尊敬的心情问起他的故事，"你是新时代的罗盛教，不久前你救了两个孩子？是吧。"

"这个、这个，是有这么回事。都过去了，值不当地说。"他似乎有点像孩子般的腼腆起来。

"你老人家这是见义勇为的行为，很值得大力宣传呢！"我高兴地说。

他不好意思地抚摸了一下下巴，虽然不是善于言谈，但顺着我的引导，他给我放起一幕幕动人的电影来了——

跃龙河畔。白天，村外。

2019 年腊月二十八日，春节即将到来，家家张灯结彩。天气阴沉，北风呼啸。

老王牵挂着这时节的路边是不是还有散落的垃圾，就骑着三轮车来到河边转转。突然，听到一阵童声童气的呼叫，顺着寒风传来。老王想，快过年了，谁家的孩子还在外边玩呢，不对啊，听着娃娃声嘶力竭的叫声，像在喊救人，是不是有人掉水里了。他赶紧停下车子跑到桥下去。到了水边，果然看到一个小男孩在没过膝盖的冰水中站着，边哭边喊："掉水里了，快救人啊！"

他安慰孩子："别怕，爷爷救你！"一边小心翼翼地踏着冰层靠近孩子落水的地方，一把抓住孩子推上去。小孩刚刚上岸，只听"咔嚓"一声，冰层破裂，老王落入水中。小男孩在岸上着急地指着说："还有一个，俺姐姐掉进河中间的深水里了，爷爷你快去。"老王扭头一看，果然有个小女孩正在水里一上一下地乱扑腾。

农民老王没有丝毫犹豫，冲小男孩喊了一句："赶紧回家叫人。"衣服顾不上脱又跳回冰冷的河水里。等他游到小女孩附近时，小女孩已沉入水中。幸亏老王自小在跃龙河边长大，颇会游泳。水深大概两米多，他只能仗着水性摸索着那个小女孩到底掉在哪里了。孩子你在哪里？在哪里？快浮出来吧！早一分钟救出孩子，孩子就多一点生还的希望。

河边的芦苇、树林这时全像被寒气冻死了一样，萧瑟无声，万籁俱寂，只响着老王"哗哗哗"地拨水声。谢天谢地……老王终于在水下摸到孩子的胳膊。他精神一振，赶紧把孩子拉出水面往岸边游去。拖着一个人远比自己游的难度大，加上河水冰冷，在游向岸边的途中，老王已感觉自己的腿有些不听使唤。

王经中强忍冰水的刺骨和抽筋的疼痛把小女孩救上岸后，他却发现小女孩已经昏迷。"哎啊，天寒地冻的，得抓紧救啊！"这可急坏了王经中，找出电话叫人时，发现手机进水，无法使用。王经中急得团团转。他什么也不想了，立马脱掉身上已经结冰的棉衣，撒腿就向村里跑去。孩子家人闻讯赶来，立即将孩子送往医院。

寒风中，老王望着远去的两个孩子，长长舒出一口气，这才感到一阵扎透骨头的寒冷。浑身像在风中颤抖的树叶，直打哆嗦。生硬的寒冷锋利地啃咬着他七十多岁的皮肤，他简直变成了一个冰人，全身异常疲惫。他披上湿漉漉的衣服，踉踉跄跄地回到家里。善良的老伴给他烫了壶热酒暖了暖身子，然后，他洗了个热水澡，钻到被窝里捂了一晚上才缓和过来。万幸的是经过医院及时抢救，两个孩子脱离了生命危险。

农民老王破冰勇救落水儿童的故事，迅速地传遍了跃龙河畔的大小村庄。2020年，他的事迹被街道党工委得知后立即上报到市里。2021年，他的事迹又被市政府上报到省里。不久，由山东省委政法委主办、山东省见义勇为基金会承办的"大义耀齐鲁——2020山东省见义勇为模范颁奖典礼"在济南举行。农民王经中站在金光闪耀的主席台上，省委领导亲自把大红证书送到他的手上并向他致以深深的敬意。

这一刻，农民老王流下了幸福的、激动的泪水，他着实感到了光彩和荣耀。祖国没有忘记他，人民没有忘记他！

从济南领奖回来后，他从自己应得的奖金中拿出五千元，送到村委会，他说："今年重阳节的时候，用这笔钱买些东西送给咱们村里的老人吧！荣誉是全村的。"村支书喜得合不拢嘴："好人哇，你是咱村的骄傲，新时代的楷模。"

壬寅年二月，寒风料峭。我又来到跃龙河畔采风，顺路去看望我的农民朋友——见义勇为的王经中。我和老王漫步在河边，不知不觉地走到了他当年救出两个落水儿童的地方。一夜春风，吹绿了跃龙河畔，吹开了跃龙河两岸土生土长的一片片野花。春风一度，春光旖旎。河边的杏花最早盛开，枝头像布满了一颗颗纯洁的小星星，散发着一阵阵沁人心脾的清香。

我站定望着春风吹皱的水面说："你知道吗老王，跃龙河畔的高家庄、王家老庄、八里庄，又涌现出好几个被政府授予'见义勇为'的人，像张志民、王小滨等都是八〇后的年轻人。咱跃龙河畔真是个出好人的地方啊！"他酡红着脸，谦卑一笑。我注目着他那纯真的、沧桑的脸庞，一种感动升上心头。就是这样的农民，他们并不富贵，却不畏艰险、勤恳劳动、不计索取地为社会奉献着自己的能量，在人世间播撒着大义和美德。

瞬间即永恒

文/翠薇

一

星光满天，树影婆娑，万家灯火从窗口透出来温馨，小区里宁静祥和。大门口有个小广场，用鹅卵石铺就着双层六瓣莲花圆心，象征着吉祥和圆满，更代表了和谐。草地中间是映入眼帘的黛瓦白墙，红木格的小轩窗。水塘旁边，白石桥栏杆上，刻着梅兰竹菊与荷花的图案，立体优雅，凹凸有致。藏在小区草丛中的音箱播放着萨克斯《回家》，优柔婉约的曲子在院子里起伏飘荡。孩子在紫槐树下奔跑，唱歌，游戏，笑得前仰后合。老人们坐在石凳上，脸上是满足的神情。院子里有一些山楂树、石榴树，硕果累累。弯曲的石径上，偶尔路过三三两两散步的人，步履轻快优雅。

这是2020年10月5日晚上，山东聊城茌平的一个小区里，纪昌浩来看望朋友。他看见这里环境优美，邻居和谐，心情也是非常愉悦。正欣赏着美景浮想联翩，突然听到有人急促地大喊：着火啦！着火啦！同时他也闻到了一股烟火味，一抬头，前面的一栋楼房里，一股浓浓的黑烟正从二楼一个窗口向外冒，恶魔一样狰狞着身子向天空翻滚。在浓烟哔哔剥剥的声音里面，隐约还夹杂着孩子惊恐的哭声，像刚摔坏的瓦片，尖利并充满恐惧，给这个和谐的夜晚带来不和谐的音符，打破了小区的宁静。

发现起火，小区居民纷纷闻讯赶来，跑上楼又发现屋门是上锁的，有人连撞加踹也没把门打开。有人赶紧拨打消防电话，从邻居家寻找救火工具。纪昌浩走到失火的窗前，还有几米远就感觉热浪扑面，他脑子里立刻闪过：屋里还有孩子！他异常冷静又理智，迅速做出判断：救人要紧，等消防员来了再救人说不定就晚啦！孩子有生命危险，我不能等。时间就是生命，我必须争分夺秒！他看见二楼的窗口安装着防盗窗，有空调外机，他机敏地顺着雨水排水管道，爬到二楼窗口处，站在空调外机上。见他上了窗台，小区居民靳斌也迅速爬上来，两个人一起用脚踹弯防盗窗的两根钢筋，砸碎玻璃，不顾尖利的玻璃毛刺，迅速钻进房间。二人立刻被滚滚浓烟吞没……

房间里热浪扑面，呛人的黑烟让他们睁不开眼睛，喘不过气来。他们强忍着，趴在地上，用衣服盖着头，盖着脸，辨别着孩子哭声，浓烟让人流泪，每走一步，都是异常艰难。

热浪炙烤着，他们忍耐着，一点一点向前。告诫自己，坚持！坚持！近了近了！走一段他们碰一下手，握一下，相互鼓励。这两个陌生人，因为相同的愿望，相同的目的，让他们的心贴得很近。孩子的哭声越来越清晰，他们向前摸索着，推开挡路的物品，吃力又尽量快地向前移动，尽管呼吸受阻，他们心里是清醒的，就快到孩子身边了！向前伸着手，摸索。摸到一个孩子的胳膊，孩子正瑟瑟发抖，嘴里哭喊着妈妈，已经是有气无力。这不是一个孩子，他们听出来了，是两个孩子的哭声，是两个孩子蜷缩在一起。他们没有思考，来不及思考，脑子里只有一个念头，救人！救人！救人就是唯一目标！

浓烟辛辣、火热、灼烧。任何人在这种环境里都会想着极力摆脱、逃离。他们也是，进入浓烟中不一会儿就精疲力尽，但是孩子的哭声让他们坚持、强忍。

　　终于纪昌浩抓住一个孩子，用双手迅速抱住，使劲抱在怀里，向后转，摸索着递给靳斌，又转回身抱起另一个，两个人向窗口的方向迅速蠕动。脑子里没有任何念头，就是要把孩子送出去！送出去！

　　只能用"蠕动"这个词形容他们的速度，走得太慢了。他们把孩子抱在怀里，紧紧抱着，用衣服遮住孩子，掩藏在自己身体里，让孩子的面部贴着自己的胸口，贴着急切跳动的心脏，以免受到火魔的伤害。他们觉得时间太慢了，怎么走不动？怎么还没有到？呛人的烟雾让人无法呼吸，几乎要晕眩过去。他们摸索着，抱着孩子，顺着墙边寻找窗户。似乎走了一万年，两万年，每一步都是异常艰难，烟雾呛人，令人窒息，热浪像滚开的海水在周身呼啸……

　　他们强忍着，几乎快要昏厥了，就想躺在这地上，不动。但是意志时刻提醒着：坚持！坚持！孩子不再哭闹，在他们怀里很安静，手指紧紧攥着他们的衣服，几乎要攥到肉里。

　　不知道过了多长时间，热浪中的肩头突然感觉到一丝凉意，他们明白了，是窗口，是窗口的风！心头掠过一丝惊喜，赶紧挣扎着爬起来，跪在地上。眼睛根本睁不开，微眯着朝向光亮，摸索着窗口，将抱紧的孩子递出去。窗外早已经有人接应，一个孩子递给接应的居民张长谱，又将另一个孩子递出去。两个孩子是一对兄妹，一个六岁，一个四岁。孩子被接出之后，还冲着窗口伸着手臂，大声喊着：叔叔！叔叔！

　　窗外的人，潸然泪下。

　　实际上，纪昌浩与靳斌二人在浓烟滚滚的窗内救出两个孩子，就用了十分钟，但是这漫长的十分钟啊！这难耐的十分钟啊！好像万年！

　　快出来！出来！把手伸出来！外面的人喊着他们。有几双大手，热乎乎的大手一起拉着，把他们的上半身架出去，他们机械地跟着，已经没有力气爬行一步。

有人背起他们，放到了安全的地面上。外面的空气真好！新鲜的带着凉意的空气让他们舒服和清醒了很多。就在他们刚刚躺在地上休息，房间里突然一声炸响，浓烟滚滚变成了冲天火光……

在这场救援中，纪昌浩的手部被窗户划伤，手机和衣服也受了损。"救出两名孩子我很欣慰，这事谁见了都会做。"纪昌浩松了一口气说。

二

我清楚记得这是在电视上本地新闻里看见的镜头：初春，一位大约六十多岁的老奶奶，蹬着一辆人力三轮车走在徒骇河边的小路上。小路崎岖，坑坑洼洼，老奶奶的车子摇摇晃晃。谁也不愿意看见的一幕发生了，一不小心一个趔趄，车子歪了，老奶奶摔了下来，顺着河堤滚到了河里。虽是初春，也是冷风凛冽，河里半水半冰，太阳高照，但是没有温度。掉到河里的老奶奶，在生死线上极力挣扎，她吓晕了，摔晕了，只能发出微弱的呼救声。

小路上行走的人很少，这一刻，几乎连车辆的影子也看不到。还好，在老奶奶身后大约五百米处，同向走着一个中年人。刚才他看见前面的老奶奶时，心里还想，河边这小路不好走，前面的老人家怎么从这里过。念头一闪就过去了，低头想起来自己的心事。等他突然一抬头，发现前面的人和车都不见了，他惊了一下：不好！会不会出事！赶紧小跑起来，一边跑，一边朝河边看着。果然，前面不远处的水里，他看见了歪倒的三轮车，看见了在水里挣扎的老人。这中年人一边疾跑一边掏出电话，让家人来接应，然后一边解着棉袄扣子。他迅疾向前奔跑，健步如飞。

此时，田野空旷，只有无边葱绿的冬小麦还在熟睡，河边白茫茫的枯草摇晃，似乎在催促他快一些，快一些！

老人家，等着我！边跑边脱棉袄，中年人呼哧呼哧喘着粗气，还没走到跟前，就一下子跳到水里，使劲向老人游去。一下到水里，刺骨的寒凉想把他淹没，冰水瞬间把他浸透。打了一串寒战，他咬着牙，忍住寒冷游向老人，老人自己不会动了，但是流水来回摇晃老人。中年人使劲伸出手臂，一次又一次，一连抓了四次，才把老人抓住。刺骨的河水想要击垮他，用寒冷刺激他的血肉、骨头。因为寒冷，他打开的手几乎合不拢，他伸开的腿几乎使不上力气。他一心想着救人，救人，用意念坚持着。他使劲抱起来像石头一样寒冷和沉重的老人，奋力向岸边游去。幸好，他会游泳。幸好，离岸边不远。连抱带拖，终于把老人弄上河堤上。

幸好，他家就在附近，把老人弄到河堤时，来接应的家人已经到了。中年人的爱人开着电动三轮车过来，两个人又是手忙脚乱把老人放到车子上，赶紧拉到家里。

夫妻二人先给昏迷的老人脱掉湿衣服，放到被窝里，盖上两床厚厚的被子，让老人一点点缓和过来，爱人倒了红糖水，喊着老人，让她喝下去。

照顾好老人，中年人自己才去换掉湿衣服。他上下牙打着哆嗦，浑身都打着哆嗦，腿脚生疼。爱人把他推到卧室里，让他到被窝里去。一边照顾一边又数落着：你光救人，自己就不要命了！你的关节炎还轻啊？要是在水里犯了抽筋的毛病，上不来岸，我看你咋办！你要是没了，还叫我活不？还叫孩子活不？不要命！不考虑后果！

爱人的话都是耳边风，虽然听着，但是一句也没有记住。躺在被窝里哆嗦着，他还在想：看见有人落水，咋会见死不救！救人的时候咋还会想到关节炎和腿抽筋！那一会儿，全忘了，全忘了，光想把老人救上来。他还在想：这是哪村的老人啊，她的孩子是不是正到处找她！

这位中年人，也已经是五十多岁的年纪了，头发花白，满脸沧桑。

电视台记者采访，他爱人说："俺家住的离河近，河边容易出事，俺老头在河边救人不是救了一个，这个老太太是第六个。"中年人自己并不说话，低着头整理一些东西。他不善于言谈，不善于表达。救人现场的健步如飞，像年轻人一样的身轻如燕，这一会儿都看不见了，看见的是他的腼腆。

原谅我，忘记了这中年人的名字。我就喊他英雄吧，他是当之无愧的英雄。

叫英雄的人还有很多，比如聊城东昌府区的贺安友，聊城莘县的贺增涛，舍身救出不慎跌落十五楼窗外平台的四岁女童；还有聊城阿尔卡迪亚小区的刘天凯刀下救出幼童；阳光大姐职业讲师卢静成功抢救被食物卡喉的小谭，被人称为"侠女"，更让人感动的是见义勇为基金会奖励给她的慰问金，她又全部捐出；还有聊城东阿卓宁，徒手救护卡在四楼防护栏里的孩子；还有聊城吴伶义抢救落水女孩的事迹……太多了，太多了，英雄就像东昌湖里的水滴，数不完。

三

意外和灾难，常常伴随在生命里，不知道什么时候会突然袭击。见义勇为事迹自古有之，有人受难，在千钧一发之际，迅疾出手，拔手相助，这是善良之人的本性。见义勇为的道路，没有终点，有正义感的人临危不惧，随时准备着出击。

救人！救人！这两个字像雷霆响过头顶。根本来不及纠结，他们用平凡诠释伟大。不，在英勇无畏的那一刻，没人想到伟大、崇高的字眼，他们一心就是救人、救人。命大于天，那一刻，其他什么都是浮云。那一刻，他奋不顾身，那一刻，他义不容辞，那一刻，他毫不犹豫。救人是唯一的选择。

他自己的生命、家庭、爱人、老人、孩子，那一刻全都忘记了。他觉得自己能行，只要我去，就能把人救出来！

"在那一刻，事情被我看见了，我必须上前。我快一步，被成功救助的希望就大一点儿。别人遇到危险，我看见了就要帮助，我就应该帮助！我看见了，我不帮谁帮，否则他会有生命危险。"朴实的语言土得掉渣。那一刻，他像一只大鸟，有普爱精神，有精彩的展翅。

聊城市民活动中心西广场建有一处标志性建筑，英雄精神教育基地——聊城市见义勇为文化广场。主题雕塑有着鲜明的聊城特色，外部镌刻着水波，浪花涌动的类圆型造型，代表着聊城水域广阔。雕塑中心部分上面一只手紧紧拉住下面一只手，代表将溺水者救出水面，寓意危急关头，人们及时伸出援手，救人于危难。相拉的双手和下面翻卷的浪花，构成"聊城"两字的首位汉语拼音字母，在视觉冲击下呈现出见义勇为的精神和力量，传达"众擎易举，义涌水城"的主题思想。见义勇为文化广场成为一道聊城的文化风景线，人们在这里了解、学习、诠释见义勇为精神，接受正义与熏陶。

人物墙上一幅幅笑脸，就是表彰会上带着大红绶带，站在舞台上，满脸含笑，被人竖起大拇指的人，他们的事迹在各种媒体，被传播、被颂扬。路过文化广场，经常看见有人仰着脸指着那些照片说：这个是我叔叔！这个是我邻居！这一位是我的小姨！这一位是我的大伯！他们的姿势是骄傲的，他们的神情是自豪的。

英雄，也都是我们身边的人，都是平常的人，他们都有一颗高贵的心。

她的丈夫又跳了黄河

文/韩竹青

妻子慌忙打开门，门外是她的丈夫。

浑身湿透了的她的丈夫，衬衫被分成大大小小的格子，一格一格紧贴在身上，显出与他瘦瘦的身条有点违和的、那鼓鼓的肚子。她的丈夫正站在门口，一手扶着门框，一手扶着肚子。

她吓愣住了，竟忘了去搀一下他。

所幸进了门只要走上两步就是客厅的沙发了，她的丈夫便走了那两步。那两步里，他想着，身上湿，不该直接坐下的，弄湿了沙发，她要说他的。但他两步后还是直接坐进了沙发里。只能让她说他了。

然后他就倚在那儿，一动也不动了。

妻子一下子哭了出来。

"你不寻思你多大年纪了啊，七十了！七十了！你咋这么大胆啊……"

妻子站在沙发旁边的茶几旁，面前是她湿透了的、一动不动的她的丈夫。她哭着骂，骂着哭，边哭边骂了十几秒钟，然后两个声音都突然低了下来，只剩下一点呜呜咽咽的声音。她走过来扒丈夫身上的衣服。很难，因为她的丈夫此刻像一个进了水的、坏掉的机器人。她努力地抬起他的"机械臂"，一只，然后另一只。她又努力地抬起他的"机械肢"，一条，然后另一条。

最后，她的机器人丈夫只穿着一条裤衩坐在沙发里。

妻子抱着湿透的衣服，又哭了起来。

就在这时，楼下传来问路的声音。有人在问九号楼怎么走。

妻子的声音戛然止住。她迅速地把湿衣服放进盆里，进卧室拿了干净的衣服出来。

"快穿上，来人了。"

她的丈夫还没穿好衣服，敲门声就来了。

开了门，门口两个人。一个年轻的，一个年长的，年轻的人跟他们的儿子一般大，年长的跟他们俩年纪差不多。

"叔……多亏了叔，谢谢叔，要不是叔，我妈就……真的……谢谢叔了。"

丈夫张了张嘴，想说点什么，最后只是朝年轻人点了一下头。

年轻人又转向她，"婶子，真是不知道怎么感谢你们，这是我们一点心意……"

一个厚厚的信封落在茶几一角上。

还没等她反应过来，那二人已经走出门去了。

她的丈夫又张了张嘴，想说点什么。

她抄起茶几上的信封，追了出去。

"放心吧，给他扔车上了。走了。"

妻子去屋里拿干毛巾。

从屋里出来，看到丈夫已经站起来了。他的眼睛是细长的，笑的时候，眼角会垂下来。此刻，他又垂下了眼角，努力地向她挤出一个笑容，"水，喝多了。"

她赶紧走过去扶他。从沙发走到卫生间，大概需要七步或者八步。他们走了有一分多钟。

从卫生间出来到卧室的床上，大概需要五步或者六步。他们走了也有一分钟。

她的丈夫坐在床边，她站在床边，她给他擦头发。头发怎么也擦不干。

先这样吧。妻子使劲眨眨眼，眼前又清晰了起来。她扶他躺下，轻轻地走出卧室，带上门。

从卧室门口走到客厅的沙发，大概需要三步或者四步。但是她感觉自己走不过去了。她就在卧室门口蹲了下来，捂紧嘴，眼前完全模糊掉了。

过了一会儿，妻子听到屋内轻微的声音。

她马上站起来，推门进去。

"上厕所？"

"嗯。"丈夫无奈地又垂下了眼角。

第二个三分钟。

到第三个三分钟的时候，家里的电话响了。

妻子接起来，按下免提，哥，你等一会儿啊。

丈夫从卫生间出来，她挽着他走到电话这儿。

"啊，听说这个河务局里一个姓林的救了个人啊，黄河里救了个人，不是你吧？"

"是我。"丈夫说。

"哎呀！了不得！轰动全县城了啊，都在说这个事儿。了不得了，老林啊，你都……你身体还好吧？"

"还好。"

妻子把话插进来，"哥，多大点事啊，没事，咱改天见面再说哈，你先忙啊。"

挂了电话，她搀着他回卧室。

"轰动全城……可轰动了是吧，可厉害了，可厉害死你了……"

丈夫还是笑着。

第六个三分钟完成的时候，敲门声又响起来了。

开了门，门口一个人。是刚刚那个年轻人。

"婶子，听110说，叔的手机进了水，开不了机了。"年轻人递过来一部手机，新的。"婶子，今天多亏了我叔了，叔是为了救我妈才把手机弄坏了的，这个你们真的得收下了。你们不收我们实在过意不去。"

"这不……"

"这么大的恩，我们一家这辈子都还不完的了，你们收下，我们多少好受一点。"

妻子看向床上的丈夫，她不确定，但她觉得丈夫朝她点了点头。

"孩子，手机我们就先拿着，但是钱你拿回去，钱你拿着。"妻子把信封塞回年轻人的手里。

"你妈情况怎么样了？"

"在医院了，说情况还好，医生说没喝太多的水，整个人情况都还好。还在观察。"

"那就好，那就好。"妻子搓着自己冰凉的手。

跟他们儿子一般大的年轻人走了。

他们的儿子来了。

儿子也在河务局工作。对下游的黄河人来说，这时候是一年中最关键的时候，正在险工上忙碌的儿子听到父亲跳河救人的消息，马上赶回家来了。

儿子看着躺在床上一声不吭的父亲，心那个疼啊，他的父亲已经快七十岁了啊。父亲退休的那一年，他进入了河务局工作，转眼已经二十年了。

他的父亲离开河务局二十年了，却一直没有离开黄河！

他的眼眶湿润了一次又一次。

"听说这次又是在东关控导那地方，那个地方真是够危险的。"儿子对母亲说道。

东关控导……

妻子的记忆被这几个字打开了一个缝。

那天晚上，她在岸边，看着她的丈夫和丈夫的同事们，在黄河里来回地寻。

寻的是个小伙子，18岁，还是19岁，他们一行去了三四个人，都是十八九岁的孩子。天爷啊，他们是去黄河里洗澡的。

那个小伙子块头大，胆子跟块头一样大。他选了一个看着挺浅的埽挡，脱了衣服就跳下去了。

年轻孩子不知道，两个埽挡的中间这地方看着浅，其实深得很。而靠近石头垒的埽，那里是最深的。小伙子不知道，就是他跳下去的这个地方，死了好几个人了。

小伙子一跳下去，黄黄的水打了几个旋，一下就看不见人了。同伴们喊他，没有回应。他们赶紧往岸上跑，边跑边喊人。

喊了人过来，见那个埽的水只悠悠荡着一波一波的纹，几近平静，让人怀疑是不是真的有个大小伙子刚刚跳了进去。

从白天到晚上，利津河务局上上下下全出动了，还雇了船。几米，十几米，二十米……那船越开越远了。她站在岸边，看着她的丈夫在几十米外的黄河里起起伏伏，她的目光比系在他腰上的安全绳要紧得太多。

夏天的夜晚怎么会过得这么的慢。七点多，八点多，九点多……她看着黄河里的丈夫，看得眼睛疼。

突然，她听到了熟悉的声音。她看到河里的丈夫喊着："哎！这里！"

她想哭。

大家往岸上拉着他，他用晃钩拖着小伙子。水里拖人不是拖木头，一米七多的他拖一米八多的小伙，用了最大的力气。到岸上的时候，已经接近虚脱。

上了岸，丈夫才看到那被钩住的小伙子。那么白、那么长的一个人，他看了一眼就跳起来。

"哎呀我的妈！"

喊了一声，他就蹿了。边跑边喊，来人啊，都来啊，人在这儿呢！

妻子看他还能跑呢，不管他了，就帮着一起救人。

但是时间太长了，鼻子都控出血了也没把人控过来。

那是在东关控导，那时是黄河的伏汛。

这次又是东关控导，这时节又是黄河的伏汛了。

妻子觉得，她的手冰得要僵住了。

她有点恨他。

两个小时之前发生的事，妻子在每个人的言语里一点点把它拼起来。跳进黄河之前，他还在岸上跑了二百多米。这二百米就够他受的了，妻子想到这里，觉得喉咙干得很。

这二百米里，他肯定是没有想起她的，没有想起他们的孩子，更不要说他们的两个孙子了，不然他怎么能连手机和身上三千多块现金都没来得及掏出来扔掉，就直接跳到黄河里去了呢。

她看着已经能慢慢自己走去卫生间的丈夫。

她知道，他没有。

问候的电话终于渐渐平息下来，丈夫跑厕所也少一些了。天是什么时候黑的，这会儿已经黑透了。妻子催促儿子离开，七八月份的黄河是最需要人的时候。

儿子临走前，一直念叨着还是得去医院看一看，查一查，这么大岁数了，不是年轻人了，经不起这么折腾的。

儿子走后，丈夫突然开始不停咳嗽。

妻子的心骤然紧了起来，她有点手足无措，不知道怎么做才好，只是轻轻拍打着丈夫的背。

"真是不要命了，不要命你早跟我说啊，来这么一出，嫌自己身体太好了是不是啊。"

"你不知道自己多大年纪了啊，还以为年轻呢？"

……

"岸上那么多人，就你会水啊？"

听到这句，丈夫憋住咳嗽。

"我熟……"

妻子的眼泪刷地流下来。她轻轻地一拍，重重地落在丈夫的背上。

"就你跟黄河熟，就你熟，黄河跟你熟吗？你下去黄河就不是黄河了啊?!"

她的丈夫在河务局工作了二十几年，她的儿子也在河务局工作快二十年了，她比谁都知道黄河的无情。

黄河只是看着浅，因为泥沙多，真下去就知道有多深了。

而且黄河是单纯的水量大、水流急吗？黄河下面都是漩涡，只要你敢下去，打着旋儿就把你抽下去了，三秒之内，没人再能看得见你的脸了。而河下面的泥沙，可能会让你永远上不了岸。多少在黄河里溺死的人，家里打捞几年也打捞不着，有的只能当作失踪处理了。

她知道的，她的丈夫能不知道吗？

被她重重拍了一下，他又剧烈地咳嗽起来。

妻子忙来回抚着他的后背。

"一个闺女，不知道她是哪里的，不认得。"

"感觉她是想投河吧，往里面走着。"

"我就在后面使劲地追着她跑。"

"幸好是在漫滩上啊。"

"她慢慢地走，我怎么叫她都没反应，我那个急啊。"

"眼看着水就快没过她了。"

"我终于够着她了，我把她抱住，就往岸上拖。"

"上了岸之后，她好像回过神来一点了。"

"她没说啥，就走了。"

"啊，可累死我了。"

那天午后，她刚哄着孩子睡着，就听到急促的敲门声。

打开门，是她的丈夫。

浑身湿透了，大口喘着气。

然后他跟她讲，发生了什么事。

那时他们刚结婚几年，孩子刚会叫爸爸妈妈。丈夫在河务局里做工程队长，常年待在黄河上，他们也把家安在了黄河边。

丈夫一连串讲完，衣服已经不滴水了。她看着她的丈夫，突然想起来，他俩是怎么走到一起的了。

他很穷，家里很穷。没有房子，什么都没有。

但她就是要跟他在一起。

听说他水性很好。听说有小姑娘洗衣服掉进村里的湾了，湾很深，他凫着水下去。听说只露着一个小辫儿了，但他把她提溜上来了。

"俺就是看中他这个人了咧！"

当兵退伍回来，他还是没有房子。他们那一年腊月结的婚，过完年春天盖了房子，第二年春天，他们有了第一个孩子，是个小子。那时候的党员干部是不能要二胎的，那便是他们唯一的孩子了。

她想起来了。

不同的是，这次她觉得心里疼了。

她早该知道的，会救人的人，怎么会只救一次呢？

咳嗽声渐渐停了，她扶他躺下。

她走出卧室。客厅的沙发上，下午被丈夫坐湿的地方，已经干了。

黄河的水位升了会再降下去，湿了的东西晾久了就干了。

可是岁月是不回头的，有些人是不会变的。

全部收拾完，已经十点多了。

丈夫不再频繁地上厕所，也不咳嗽了。这会儿已经睡着了。

疲惫感向她袭来，她还没有洗漱，就这么躺在了他旁边。

她侧躺着，看着他，看着他脸上的一道又一道皱纹。一年又一年的，她看着这些皱纹一道又一道爬上他的脸。

她闭上眼。

黄河在黑暗里传来流逝的声音。

她看见他往黄河奔去。

那是盛夏里少有的阴天，黄河浊浪排空，模糊了天地的界限。两百多米，他跑着跑着，越跑越快，她看见他脸上的皱纹一道又一道消失了。

"扑通"一声。

她的丈夫又跳了黄河。

（2020 年 7 月 27 日，下午 3 时左右，69 岁的林存良正在利津黄河东关控导 5 号坝头与人聊天。听到救人的呼喊，他马上向 6 号坝头奔去，瞄准位置，纵身一跃，跳入了湍急的黄河之中。）

余晖的暖

文/赵 红

一

那时候，夕阳正要落下天边去，它还有亮亮的光芒，中心像是一枚圆形的 LED 吸顶灯，一圈微黄的晕圈环绕了它，吸附在青苍色的天幕上。天幕上丝丝白云如缕，丝绸一样飘忽其中。天地交接处也就显出一片橙黄色来。几株摇摇曳曳的芦苇晃动着，摇摆在橙黄青苍相接的背景下，显示着天地的寥廓，更多地生出一种壮丽来。

这样的美景把我惊呆了。我把自行车支起到路边，停下来，跑到芦苇丛中，遥看炫目依然的夕阳。夕阳一点点下落，愈发浑圆却庞大起来，炫目的亮色变成温柔的红黄暖色。

有人慢慢探身过来，我丝毫无觉。

待那只手扯了我的衣衫，我猛然惊觉，眼光从夕阳身上挪下来的时候，我与一双几乎倒立的三角眼惊恐对视，嘴里的酒气扑了我满头满脸。倏忽间一股凉意如蛇一般钻进了心里。我扔下外衣，仓皇逃窜，一边大声呼救。空旷的野外回荡着我的呼喊声。我推起车子试图逃窜，三角眼窜过来，拖着车子后座。我挣脱不过，车子倒下来，他再次上来抓起了我。我挣扎着，并试图呼喊，他捂住了我的嘴，我们一起滚到路边的沟子里。

芦苇晃动着它的花穗焦急地摇来摆去。

一辆辆车开过来，一辆辆车开过去。没有人停下来。

我几乎要喘不过气来了。

那个时候，夕阳愈发浑圆，红得发暗，如血。

终究，一辆黑色的轿车还是停了下来，他大概看到了路边倒下的自行车，还有我散落的书包和纸笔。当然，其他的车辆应该也看到过，可是还是忽地一下开走了。

他——车上的人，开始循着声音找过来。并一边试探地问着"谁——？需要帮忙？"那人一骨碌爬起来，像是一缕烟跑了，虽然这缕烟也在沟沿上跌撞了一下。

我也爬起来，把自行车竖起来，骑上自行车，也一缕烟似的跑开去了，我不愿意别人认识我，在这样狼狈的时候。连书和纸笔都来不及捡。

后来，听说那个人把书和笔按照上边的学校名称送到我学校里去。我不知道他说过什么没有，虽然我很感谢他。但是书我从来没有去领，毕竟上面没有写我的真实姓名。

二

上面用第一人称写下的故事是他微有酒意的时候讲给我的，我在他微有酒意的时候拿给他看。

他很憨态直爽，让人一看，就是那种遇事不会推诿的人，黑中透红的脸庞又透出些豪气来，让人相信他就是那种"吐口唾沫是个钉儿"的人。

相由心生，这一点我信。

他是我的朋友，别人说男女之间是没有真正的友谊的，因为认识了他，我好像从来不相信这一点。他是我的高中同桌，没有多愁善感的事情，没有如风的往事。有时候心境蒙盖了一些灰色，就跟着他黄河边钓鱼去。有些钓友开始总问："带嫂子来钓鱼了。""不是，我同学。"他很快地补充道。后来，再遇到陌生的钓友，他总是先抢在前面介绍——"我同学。"

我这样来陈说这样一种关系，读者不要抱了笑我"此地无银"的心思，"银子"是真的没有的。我只是想强调这些故事是我听来的，是从当事人口中真真实实听过来的。

他更多的时候，是沉默，就像我们平原一带流经的黄河水，默默地打着漩儿，但是听不到一点点声音。或许只是耐心地等待鱼儿咬钩来。

钓得了鱼，放在桶里，鱼拍打着尾巴弄出哗啦哗啦的水声，他也会跟着递过些话来。

"我最见不得人受苦受累。有时候看到路上有人招呼打车，我就捎他一段。做好心人习惯了。"他幽幽地说。这些我知道，有时候钓鱼天晚了，他看到路边有卖野菜的老人，他就会把野菜一股脑儿买了，让老人回家去。我知道他并不喜欢吃野菜的，买这么多，无非还是送人或是扔掉。我也因此贪得了他很多的野菜，好多也因为黄了叶子而不得不可惜地扔掉。

呷点小酒的时候，他的话就多起来，有时候竟至于像是打着漩儿东流的黄河水，滔滔难绝。这个时候就是这样，黑里透红的脸色更红了些。

"对我也太轻描淡写了吧，好像我只是把坏人冲散掉了而已。"他竟至于责怪我主次颠倒了些。"其实，我停下来时，胆战心惊。毕竟天已经黑了，我不知道接下来会有什么事情发生，那个时候，书本散乱了一地，根本就是一个纠缠过的战场。那么多车一辆辆过去了，可是没有人停下来。我必须停下来，我想。"说到这里的时候，他两手紧紧地攥了攥拳头。

"然后你就看到了沟里的一切。""是的，一个女孩子，我什么也没有说。我把书送到了女孩子的学校，跟领导说，可能是有人丢掉的，我就捡回来了。"

"在我这里，这是小事情了。"他深深地吸了一口气，"我做过的事情多了去了。"这个时候他摇着脑袋，自诩着自己功劳的小孩子般快活。

"那么讲来听听吧。"我想到我正需要一些材料，便极为有兴趣地问道。

他呷一口酒，悠悠地吐一口气息，像是把往年的一些事情吐到眼前来。

他继续呷一口酒，"我可以讲给你听，只是我不希望你写下我的名字。"

我坐下来，继续听他讲所经历的一些事情。

这一次，我想以他作为"第一人称"来写了，看看能不能窥得他的内心。

三

我竟然没有等到一个谢字！我一路走一路踢着石子，仿佛想让滚动的石子开口告诉我原因。或者想让石子吐出一个"谢"字来，除此之外，我没有别的需求。

"哥——"是那孩子打过电话来了，我忽然变得很兴奋，在我去点击绿色键接起电话的时候，激动地差点把手机扔掉，就像是捧在手里的热芋头，让它翻了几个蹦子。然而声音还是在空寂穿过来。

果然，是那个孩子，这孩子终归还是有良心的，我心里说。

"哥，你，你能借我点钱么？"他的话在我的脑际里盘旋了好几圈儿。"哥，因为那次车祸，我花了好多钱呢。我做不了买卖了，老爹还等我照顾……"声音继续从天际（我仿佛觉得就是天际传来的话语）传来，缥缈得像是玄幻，对，就像是我那次手术全麻后刚刚醒来的感觉。

这个孩子是我救回来的，用医生的话说，我是给他第二次生命的人。他血糊糊地躺在血泊中的形象，忽地又像是毒日下爆开的豆角，黄澄澄的籽粒一样地蹦出来。

　　一小伙子直直地横躺在地上，鞋子已经不知道甩到哪里去了，上衣卷起来，露出肚皮。身子底下、头底部都有血水弯弯绕绕地顺着地势流淌，他的头顶像长了树枝一样的雄鹿的犄角一般。

　　"砰！"我的脑袋狠狠地撞了一下，我右脚下意识地狠狠地踩到了刹车上。"幸亏刹得及时。"我开始庆幸我没有直直地开过去。

　　血迹有点干了，不像是刚刚伤到的样子。风掀起他衣服的一角，我蹲下身把衣服往下拽一拽，遮住裸露的肚皮。

　　我摸起电话，先报警，再打120，我这样想。

　　这里应该是B地界，电话拨过去，说明了情况。"这里不属于我们管辖呀。"警察说这不属于他们的地界。我用手机定位，晓得这地片儿是属于Z县管辖的，重新报了警，并拨通了Z市人民医院的电话。

　　这个地方很偏僻，我得就近先找个医院去。我想到干等也不是办法的时候，手也就跟着大脑并驾齐驱，我搜到了一个最近的镇级医院。我不晓得能不能搬动他，于是我驾起车打着导航跑到了镇医院。

　　我着急地长话短说，尽可能跟他们迅速说明白。好赖他们是听懂了，但是表示他们是乡镇医院，设备不行。"再说，我们只有一辆救护车呢，而且司机师傅的腿还受伤了。你看——"他们向我摊开双臂，表达着比我还无奈的无奈。

　　我只得又返回去。落日（又是落日）的光扫射着路面的时候，我看到一个放羊归家的人，蹒跚着脚步走到小伙子身边，一边的羊群里发出咩咩的叫声，传达出一些悲怆的气息。放羊人，脱下自己身上披着的军大衣——虽然那军大衣确实不怎么干净了，余晖下泛出些油渍的光。他轻轻地把这油渍的军大衣盖在小伙子的身上，然后吁赶着羊群离开了。

　　"世上好人多呢。"我又把我坚定的信念再次坚定了一遍。这时候我听到了救护车的声音。我帮着医护人员把小伙子抬到救护车上，跟着到了医院。

　　小伙子救回来了，费了这么大气力，我或许比他自己还希望他活着。

他果真救回来了，他和他的家人没有给我打一个感谢的电话。

四

"我盼到小伙子电话的时候，竟然是开口向我借钱。"他苦笑了一下，再次黄河边钓鱼的时候，他这样说。"那你给他钱了么？"我想问，但是没有问。"或许人家有难处呢，或许人家怕你要回报。"我劝慰说。"救人哪里是为了回报呢？"他急了眼，"我只想听到一句谢谢罢了。""以后我再想联系小伙子，却联系不上了，那个电话一直处在关机的状态。"他补充道，"想做点什么也无能为力了。"一种失落的情绪爬上了他的眼角。

"你还是继续做好事么？"我问。

"当然！"他好像要嗔怪起我的质疑来。

"做好事总是要做下去的，就像成了习惯一样，遇到了不做自己心里接受不了。怎能不救呢？不能。谁叫我有从娘胎里就带来的善良呢。"他嘿嘿一笑。那个时候，我看他就像是朴实的一株黑红的高粱，我忽然就想到了魏巍的《谁是最可爱的人》里面的马玉祥。

他脸色阴沉下来，像是蓄满了雨滴的云："也有想救也救不了的时候，太难受了。"我知道他在大学的时候，在威海的海滨浴场，人乌央乌央的多如群蚁。他看到一个人浮在水面很久了，是他第一个意识到可能出事情了，把那人费了很大的力气拖到海边施救，控水、按压，直到医生过来。然而竟没有活过来，他就孩子一样哇哇地哭："强心针都打了，怎么还是走了呢。"仿佛在责怪着逝去的人没有好好地跟他打好配合。周围的人都围过来劝他，甚至有的人以为逝去的人是他的姊妹。

"有鱼咬钩了！"他终于换上一副惊喜的面色。鱼钓上了，巴掌大小。

他慢慢地蹲下身，像施救别人的时候一样，小心翼翼地把鱼从鱼钩上取下，然后一回手，把它扔进了水里。劫后余生的鱼翻正身子，尾巴一甩，游到深水里去了。

"它还年轻，需要放生。"他面向一脸惊愕的我。

五

天很冷，刚刚把羽绒服收起来，又不得不把它拿出来了。

今晚的核酸检测从零点开始，这是小区里刚刚发布的通知。还是晚上去吧，哪怕睡得晚一点，白天还要给学生上网课，时间总不是很好安排。我这样想。

我把羽绒服穿在身上，因为里边穿得还是单薄，羽绒服便丝毫不肯贴身。身体便空荡荡地晃在宽大的衣服里，料峭的春寒便倏地一条条游鱼儿般钻进衣服里，游上脊背。我下意识地把衣服裹紧一些，把帽子也扣到头顶上。

下雨了，虽然不算大，只是更加助长了寒意。队伍很长，在偌大的体育广场已经转了几道弯。快一点了，我看看手机的时间，心里更添了一些凉意和焦躁。

有人拿着额温枪走过来，对间隔一米的行人测量着体温，一边把他自己的伞递到一位头发花白的老人手里。

"请您保持距离，间隔一米，没有扫码的请扫我的手机。"测量完体温，他又举起了小喇叭，安排着众人有序排队。声音响起，我才意识到，这名穿了红色志愿者马甲、一直处在忙碌状态的人竟然是他。

戴了帽子和口罩，想必他也一样认不出我。我把帽子更紧地扣了扣，不去打扰他的工作。

扫码，测温，喊话；喊话，测温，扫码。

广场里黄晕的灯光穿过细密的小雨，像夕阳的余晖一般把光亮投洒在红色马甲上，那来回穿梭的"马甲"就更卖力地把暖色的红播散开来。

SHIGE 诗歌

齐鲁五行辞：金木水火土（组诗）

文/鲁侠客

见义勇为，是用生命修辞善义，用热血铸就精神

——题记

1. 金：赤子之心

我聆听到的一枚枚心跳，在时间之外生长

我所仰望的泰山，于湛蓝天空下又长高一寸

扶危济困，惩恶扬善，在齐鲁大地落地生根

当善义长成了参天大树，当勇气战胜了懦弱

我又一次擦亮了我齐鲁的姓氏，山东的祖籍

又一次摸了摸我肋骨下炽热的肝胆

我问自己，滚烫的一颗心与照亮人间的太阳

是否是神明安放在人间的两颗菩提

一株株不起眼的向日葵，摇动金色的经幡

把甘之若饴的答案，举过头顶，如数家珍

2. 木：满目苍翠

当我轻触一块檀香木，我只在乎它悠远的香味

当我极目远眺时，我被一片蓊郁的丛林所感动

它遮天蔽日，把辽阔的绿茵禅让给尘世

如果用葱茏，形容齐鲁大地

用茂盛，修辞一片善义之邦，那么见义勇为

就是一粒种子在惊蛰里，犁开了泥土的湍流

我敢断定，满目苍翠的人间根植于肥沃的土地

有无数的平凡人，把正义善美奉为圭臬

在自己的心尖处，安放一个个神圣的庙堂

3. 水：上善若水

水是生命之源，在一滴晨露里，水噙起阳光

充当一面多棱镜，万物被照彻出真相和本质

春汛里，水是冰凌冬眠之后的雄壮之师

万马奔腾，一泻千里，辽阔的田野上

谷物孕苞，小麦吐穗，玉米抽须

如果洁白的溪流，是一条条大河的动脉

滋养着尘世，那么一个个救人于危难的勇士

则谱写一曲人间清流它恢弘而有力温情而博大

4. 火：烈火金刚

他们与被救者素昧平生，烈焰是刻刀，他们是基座

一刀刀蚀骨的疼痛，在锻打这些火场里奔跑的雕塑

我能听见一块块皮肤，在烈焰灼伤后的嗞啦啦声响

我能闻到呛鼻的焦糊味，令人作呕

我更能看见他们身体内，长出的一股股旋风

在抱起伤者奔跑呼救

如果英雄的碑铭，是火焰的刻刀一刀刀雕刻出来的

我坚信烈火金刚的背书，是他们与生俱来朴素信念

生命高于一切，救人一命，胜造七级浮屠

5. 土：一方热土

15 万多平方公里，我无法用脚步一步步去丈量

但我可以采撷一小抔热土，去称量它们的重量

触摸一下它们的温度，以便窥斑见豹

我不再用滚烫，这司空见惯的词语

去平庸地赞美齐鲁之邦。我想循着见义勇为四个字

俯瞰历史背后的云泥，一亿多山东人信奉的图腾

我想用见义勇为，这锐利的修辞刺破中庸之道偏见

轻于鸿毛，重于泰山，永远是这片热土诵读的真经

备注：山东国土面积 15 万多平方公里，人口一亿多

临沂"石头兄弟"的赞歌

文/紫藤晴儿

去重述那些风雪和雪中的冒险

爱一定在撞击着大地冰冷的语境

去细数着每一块石头

和石头上滚烫的指纹

人间的大爱冲过寒意也温暖了世人

正向着时间悄然立传

只是如何带着撕裂的惊恐去讲述一辆货车

和它重物的车体

以及司机在那无助的深渊中的绝望

谁都知道那些冲击带着惯性停不下来

沟壑下延伸的梦魇也会像一场赌注

一段路上的苍茫似乎众神的庇护都遥远

谁正在那些颤栗中冒着生死

在博弈

只是当所有的尝试或试图也在自我击溃

失败正在割裂着每一个人的意念

雪覆盖着大地的秩序

寻找一块石头也像从火中取栗

如此的艰难

要小到微小仿佛心的形状

爱的箴言也像那些石头无为碾压

其实下滑的时间正如悬崖

每一秒都通向了地狱之门

不敢过多的想象那些未知

像每一个人都站在了时间的碎裂间

等着上苍审判

汗水归集大海，他们弯腰的辛劳和着大海的尺度

平行于人间之爱

遗忘了生和死

他们早已遗忘了自己

一再的拼命地罗列着一块石头，许多块石头

也像用太阳的血止住正要发生的悲怆

化险为夷的爱啊

当我们退向事件的背后取暖

我们一定将世界又爱了一次

因为他们（村民杨玉法、寻兴波、韦廷杰）

他们用爱再次捕获了我们啊

纯净之火

文/无 尘

临 危

清晨，我把泰山送给水城
用一滴湖水扩散出局部
狭义的渔船、水鸟，还有澄碧芳草前
命悬清湖的溺水之危

24 字价值观如钟声，从藏书阁走出
敲响今朝的盛世黎明
让朝圣者拥有良善之躯
就像挺身而出的一首诗，一句话
皆能捧起那团火，让平原倾斜、枯草爬起

苍穹上的云彩，并不是我的衣袖
从东昌湖到泰山，每一个坡度，都有压顶之力
当母女遭返一群饥饿肉身——重回辽阔
救赎了某种仪式下的念善偈语

北斗旁一颗陨石更亮了些

濒 死

那颗星光照耀了灵幡，让鱼儿崇尚自由
人也是。形式主义的文本是装不下这湖净水的
在向死而生的一善之前，需要扔掉务虚之词

从哲学谱系分析，放生和救生没有区别
比如母亲在涸鱼和绿苔间踩空，隔着两种生死
比如孙继昊在她身后跃下，切入不同动词
冷而硬的概念，皆会让湖水失去重力

被动落水和主动下水也没有区别
对于不会游泳的人们，没必要辩解道器之论
身体丧失一切本能，皆源自于征服
母亲水面挣扎，清晰的物象足够
让女儿失去理智，营救。企图缝补湖面两个破洞
以逼仄夏风压低呼声，揭开最后一层宁静

大 义

纵身一跳的陌生感，画出清澈弧线
月色融掉大片黑夜，只剩下头颅深度思考——
一个男人和一对母女，这三个不会游泳的人
该如何落尽巨浪，抽出混沌之身

他浸泡身躯，化身为司水之神

用轻盈的白莲焰火抵御，两个世界的

生命虚光。抱着女孩，拽着母亲

映照万物觉醒，让迎异途同归的人上岸脱身

我把英勇刻在文本，不足以表现

孙继昊的见义勇为精神

我用曲折诗行，追不上他默默离去的侠义率真

从谭楼小学到东昌湖，从聊城到齐鲁

纯净之火，在湖海奔涌，在山岳普存

见义勇为事件：

8月25日晚8点左右，聊城市东昌府区斗虎屯镇中心学校孙继昊老师一家三口在东昌湖畔散步时，路过下河台阶处，见到一位五旬老人在放生小鱼，

由于台阶上布满青苔，比较湿滑，老人不慎落水，她的女儿急忙下水施救，由于水位较深，两人均无法上岸，在水中不断挣扎、呼救。孙老师看到后，不顾个人安危，立马下水施救。下水后，水立刻没过了孙老师的脖子，不会游泳的他顿生一种对深水天然的恐惧，他扶住最后一个台阶，转身看到落水母女渴望救援的眼神，心中的恐惧一扫而空，他一边大声安慰两人，一边努力拉住杨阳的胳膊，把她拖上台阶，随后又和杨阳一起把她的母亲救

上岸。待母女安全上岸后，孙老师才发现自己全身上下早已湿透，自己的背包、手机也全部被水浸湿了。

孙老师在确定母女俩的安全后，就和家人默默离开了现场。被救母女不知恩人姓名，只能辗转多方渠道，才终于联系上了孙老师，于是便有了文章开头的一幕。

睡在露滴里的苍鹰（现代诗）

文/王德新

【题记】谨以此诗献给第八届全国道德模范赵利。赵利，山东新泰人，多次冒险抢救溺水者，先后救起16人，被誉为青云湖的"生命守护神"。

一头扎进青云湖的

不仅仅是祥云，峦翠，雁影，渔舟唱晚

还有凶险，苦难，意外，失足，甚至轻生

你听，你听。是谁？在失声惊呼

细听，是吞山滚落的一块块山石

山石正在冲锋陷阵

却被石纹里长出的嫩绿新芽绊倒

湖畔，沙沙作响

每一丝响都来自一粒沙子的核

每一颗沙子都血脉相通，一呼百应

脚下吹起了集合号，在另一频道激荡不息

一丝丝力量，正从四面八方汇来

睡在露滴里的苍鹰，瞪圆双眼

将一半野性，赠给素衣晨兴的勇士

于是，你毅然肩住藏在水底的那扇鬼门
从地狱入口，捞回了湿漉漉的新生

天边，曾飞来一场变故
家中只剩一条扁担，还算得上健壮完好
你活在沉重的背景里
父老，拐棍和污迹斑斑的榻
孩童，眼神和啜泣
于是，你扛起背景另建一个脚掌上的王国
黑红的脸，青筋突暴的腿，豆大的汗珠
挑起！挑起！挑起！
你挑起了责任，挑起了尊严，挑起了泰山

沉的太沉，紧贴地面
金穗密实，足够黄金成色
从方田这一端推一下，那一端乱颤
轻的太轻，白也透明，蓝也透明
那是人间烟火升上天空
镇子里一声鸡鸣，田埂上一声赞叹
田野里，深挖一锹
就能挖出一枚战国箭镞，和数声汉唐誓言
还有仅仅一墙之隔的龙

艾蒿青青，散着清香
花翎装饰的号角在顶礼膜拜

热血澎湃，草木洗耳恭听
谁伸来救命的臂膀，谁与死神舍命拼抢
你以"守护神"的品格站成一道风景
山花烂漫或落红成阵，每当花香袭来
"守护神"就脱下全身骨头，化作单纯的符号
开始远行，远行

细看，峞山每一块山石竟然都是化身
分明是一个个新时代勇士
在自己的石质宫殿里
与青云湖的激浪唱和。嗨！呀！嘿！
用最简单的叹词，阐述最复杂的道理

每一朵花都被正气感动（组诗）

文/墨未浓

之一　春天的守护者

不是那么多花呵护着春天的朝气

不是惊蛰之后的雨水，和清明之后的软风

而是你，而是你们，在春天里站成了惊鸿一瞥

把所有的罪恶和猥琐搁浅在花朵的蕊上

而那些即将落下来的灾难和泛起的忧郁

在瞬间的断喝和泰山一般脊梁的负重下

化为一股欢快的小溪，汩汩流淌

大多时候你蛰伏在人间烟火的世声里

冷眼抚摸着每一朵花倏然开放

之二　一个春天的告白

向这个春天交出的必将得到春天的验证

向这个春天撒下的必将在某一天收回

春风不会辜负那些时时播种的人

春风不会放过把罂粟插在别人心口上的人

那些经历过风雨的事物不怕春天的检验
他们已经把肉身和嘴巴交给了整个春天

之三　花朵的背面还是花朵

这些窗户该是打开的时候了
风儿已经攻破了最后的防线
那些压抑了性灵的生命舒展开应有的美
把开放的身体流淌成叮叮当当的阳光
那些在阳光下握手的人是多么的快乐啊
这一握把鸟儿的叫声都握成了串

风会在这个春天关照大地的疼痛的
它比谁都清楚，比谁都心知肚明
邪恶的背面还是邪恶
花朵的背面还是花朵

之四　一朵被命名的花朵

并非是从冰窟里托起那个女孩的缘故
并非是身负十六刀而克敌制胜的缘故
并非是纵身一跃，从钢轨上夺回一条生命
并非是路见车祸一声吼，该出手时就出手
……

这些绝唱，在这个春天汇聚成振聋发聩的交响

正义是正义者的通行证

卑鄙是卑鄙者的墓志铭

把花朵一般的伤口擦拭干净

给污浊穿上正装，系上一颗合适的纽扣

将出轨的行为按倒在澄亮的日光之下

在春天，给每一朵花命名

让每一朵花都被凛然正气感动

最后的一千米

文/田浩国

从浇地的麦田到黄河岸边
人生中的最后一千米，你用了
多长时间
现场的阳光、麦苗、风儿，还有黄河水
抢着告诉我

你跑得很轻盈，身体前倾，胳膊挥动
麦苗眼里的你
分明是一只鸟在飞
不，比鸟还要迅疾，一百七十斤身躯
或许已被抽为真空

你始终保持加速度，向前，向前，向前
心脏如同装上了浇地的发动机
不停地运转
阳光想给你留下最后一张照片，一直没能聚焦

它赶不上你

你跑得很重，大口喘着粗气
飞奔中，踢去沾满泥土的鞋子
扯下厚重的外套，
风儿一直在拽你，它知道河水的汹涌
它知道前面藏有深渊，它知道
父母妻儿还等你打工赚钱

你跑得很慢，黄河水呜咽着自语
一千米，你用了三十四年零三百一十二天
它一直在等你，其实它并不想伤害你
只是想以另一种方式和你亲近
和你交流如何在浑浊中
拨开一道光亮

此刻，我站在黄河岸
麦苗不再摇曳，风静下来，水静下来
云层后面的阳光
也静了下来

没听到遗言，没看见遗书，没见到遗体
只有悄然而至的细细雪花

正在扑簌簌地撒向——

那一行脚印

备注：《最后一千米》主人公——武国升，山东省菏泽市东明县菜园集镇宋寨村村民，为救落入黄河的儿童，2021 年 2 月 21 日，他将生命永远定格在了 35 岁，至今没找到遗体。

山海情怀，正气当歌

文/孙 梧

1

所有重现的面孔，将要出现的面孔
都在普通的人中间。而我站在窗前
总看到这些带着灵魂的面孔
做出过令我心生敬意的、并不普通的事情
——王鹏、田超、巩俊楠等等
当我想起他们，不禁又读了一遍名字
确信自己并没有记错，确信他们就在人群中

2

那是王鹏一边奔跑，一边大声呼喊
"车落水了，赶快救人"
六米深的池塘，他想都没想就跳了下去
他曾经是军人，现在退役了，依旧是军人
天地山海留给他的烙印，一辈子都不会改变

救人的那一瞬间，王鹏其实什么都没有想
那是他已经刻进骨头里的真诚
任谁都改变不了
危险亦或生死，也都是度外之事

3

窗户外面，远一点的地方是太阳和云
再远一点的地方
是黄河奔涌而来

田超挡在那位老人身前
是一种本能，他甚至从来没有想过
自己会遇到什么
他的脸上只有坚定和纯粹。他的眼里只有
应该救助的人。他的灵魂就像一颗种子
生根发芽，长出磐定的，值得珍重的人间

4

红尘在夕阳里，与那些名字一脉相连
——哪怕隔着千万里，我也会想到
那个只有 16 岁的少年。
他的一生，定格在托起落水者，却用尽了力气的瞬间

他的一生，是无数人的勇气和信念
高高举起的，向上的手臂

似乎永远不会让，一丝顾虑，压在夜晚河流上

5

齐鲁情怀，凛然大义，哪怕隔着整个山水
也能让人感受到生命的温度
无论泰山、黄河，无论胶州半岛还是沂蒙山区
处处都蕴藏着山东人的豪气、义气、勇气

是的，即使是一枚羽毛，也能撑起我的天空
蓝色的是回忆，透明的是水
一波接一波的乡音
落地生根的，是人生的一场场见义勇为

用大爱树起的人生坐标（外一首）

——致见义勇为道德模范

文/**孔范晔**

领奖台上，七月盛情绽开的朵朵向阳花
打开了幽暗的封印，阴霾散尽
站在时代前列，你们用广博的大爱和义举
定下人生坐标，为道德引领航向

挺身一步是人间正道，也许险境如渊
后退一步亦无可厚非，本能选择的自我保全
你义无反顾选择了向前，与深渊对视
用正义的力量为自己擂响战鼓，无所畏惧

倒下的已倒下，观望的还在观望
行者负重着一座山，信仰一次次被叩问
又被黎明的曙光唤回。"黑夜，
它怕我们心底的蜡烛，灯光沸腾的爱"

时代需要英雄，需要一代人的使命和担当

闪光灯下，以爱的名义聚焦，汇暖成源

"谁遇到都会那么做的，人生不易

互相温暖。"这些再平实不过的话语

像甘霖，让自私和冷漠的心田得以润泽

"躺下去是山水，坐起来是菩萨"

那些关乎人性，爱，奉献和传承

把温暖的人性之光，凝聚成热烈的火焰

照亮一个个平凡而闪光的名字

引领我们一路向前

心灵碰撞

坐在我对面的，是见义勇为道德模范

芝罘区军休所的李纪檀主任，他的身上

还留着和持刀歹徒搏斗的数处刀疤

耳后的那处险及动脉，疤痕曲折

成为此生一枚特别的勋章

他不曾提及自己面临的生死一线

只说公款动不得，办公室的年轻人伤不得

保护好那些耄耋之年的革命前辈

更是责无旁贷，不能有丝毫差池

义无反顾冲出去的自己，没有选择和退路

看起来有些瘦弱的他，却是如此伟岸高大

他不讲自己的英勇和无畏

反复提及的是军休所那些老革命：

"1930 年前后出生的他们，为打下一个江山

建立新中国出生入死，枪林弹雨留下的疤痕

才是他们为中国留下的，不朽的勋章"

在齐鲁大地，
每一个人心中都激荡着浩然正气

文/辰 水

从"路见不平，拔刀相助"到"见义勇为，匡难扶危"

一颗爱心，一颗善心，一颗恒心

在齐鲁大地，孔孟之乡

代代流传，永不相忘。朗朗乾坤，多少不平事

引来梁山好汉的一声怒吼

千百年来，一个"仁义"顶起满天星斗

治理天下一片太平。而如今

春风引路，法律伴行

在法治的天平上，称量一个熙攘的人间

但仍有那么多弱者，那么多鳏寡孤独

那么多在上坡时，需要拉一把的人

多么多身处险境，无法置身脱险的人

寒冷的冰层下，汹涌的波涛中

一个人是另一个人的救星，一个人是另一个人

生命中的上帝。危难之中

君子是一束光，照耀着微弱的个人世界

勇敢与善良，便是这世界的核心

或许，有一天，一个人面对邪恶

还要与生死进行殊死搏斗，那代表正义的

不仅仅是警察，是头顶上的国徽

还有一颗颗没有泯灭的良心

在撞击，在挣扎，在鼓舞着每一个人

勇敢地迎上去。每一支飓风都源于一只蝴蝶的振翅

相信我们每一个个体，每一个人都是一只蝴蝶

都拥有改变世界的力量

时间凝固，正义永存。在我齐鲁大地

每一个人都身明齐鲁大义，善养浩然之气

装置于内心，激越起千里风云

新时代，为每一个齐鲁人，见义勇为者

点赞，学习。正是因为有着这么一群可爱的人

才让我们的世界，闪现一片彩虹

充满着阳光与爱心。当一个人让齐鲁震撼

令中国感动，在陌生的泪水中

夹杂着一个陌生人对异乡人的三次回忆

他，或她；他们，或她们

这是一个时代的群体雕像，在霞光中

镀上闪闪的金光。无论现在

还是将来，天地间总有这么一股浩然正气

养育我们这些凡夫俗子，成就他们成为顶天立地

岿然不动的英雄。如果时光倒转

褪掉他们身上的色彩，还原他们的本色
他们就是普通的劳动者，有着按部就班的工作
也有着酸甜苦辣的生活，并扮演者
不同的角色。父亲，儿子；母亲，女儿
在每一个清晨，或是黄昏
都有一颗高尚的灵魂，等待英雄归来

致见义勇为者

文/吴文峰

那一刻，我完全相信
你，没有丝毫反顾

扑通一声跳进水里
大喝一声冲到前头
飞也似的钻入火海
擒住歹徒勇夺匕首

面对灾情
独对顽凶
总是箭一般射出

笑对感谢
淡对荣誉
总会水一样从容

这一刻，我充满感佩

你们，多是平民英雄

穿着草绿色的军装
扎着鲜艳的红领巾
肩背着打工的瓦刀
放牧着茁壮的羊群

遇灾救灾
遇险抢险
把生命置之度外

挺身而出
舍身忘己
为正义奋不顾身

大千世界
您们是和谐社会的良心

五千载华夏文明不断义举
从司马光砸缸到鲁智深拳打郑屠
四十年齐鲁大地英勇辈出
八十年代工人朱文奇大明湖里破冰救童
献出二十四岁生命
九十年代军人徐洪刚探亲途中搏斗劫匪
负十四刀伤依然追逐

新世纪刘峰、刁娜、沈星、张雪领、赵利
"泉城蜘蛛侠"、志愿抗击新冠疫情的付祥朋
二十余年近万人用行动温暖人间感天动地
大家拥有一个共同的名字——
"见义勇为英雄"

寒冬路遇老人突发疾病
我也曾拨打120，直到救护车鸣笛而来
才挪动冻麻的脚步，仰天祈祷奇迹发生
盛夏见到少年河边戏水
也曾好言相劝，直到其穿衣奔向家园
我才踏着夕阳返程，心中是那样的轻松

不是英雄靠近英雄
厚道是我们的基因，美德共同传承
敬礼，我愿唱着义勇军进行曲
与您们同行

扑 火

文/艾华昌

颁奖辞

当你站在田间，不顾个人安危于浓烟滚滚中挺身而出，护住的是即将葬送火海的玉米幼苗和村民的生命财产。你是生活在你我身边的真心英雄，在紧要关头，将个人的生命与财产置之度外，于平凡中诠释了见义勇为的厚重内涵。

——东营市2019年度见义勇为事迹通报会议对许学清见义勇为的颁奖词。

1

有一种突然之火是冰冷的
冰冷得气馁，仿佛一层绝望倾覆而下
火苗舔着心。这热，凉得身体颤抖，冷汗
当隐去一个人的名字，说一村民
不小心引燃了麦子茬，火吹涨热薄膜
到他的手捂不过来，那种冰凉整个把他罩住
水火无情最冰冷。此时的水最有情
但水无迹，只剩火的冰冷蔓延，曼延

2

玉米苗刚刚长成伸着手的孩子

能够与风摇摇晃晃的孩子

精挑细选的种子，雇工的机械，流的汗

就这样交给火，交给扼杀，交给灰飞烟灭

一片地，是一个家的屋顶，庄稼就是温饱

火在燃烧，在曼延。心疼，绝望颠簸火苗尖

一个人的扑火，杯水车薪啊

3

透过浓烟，透过自己被汗水咸渍的眼帘

一辆铲车，远远奔过来，一头顶向大火苗

你一喜：宽长铲斗一压一片

当他喊你，你才认出"许学清"和他的铲车

"五黄六月"是一种炎热告诫

但更像是一种注定被征服的峦峰

2019 年六月二十五日，炙热如狮口

一片被人意外引燃的麦茬，就这样

与太阳流火合谋了，与铲斗扑压格斗

与撒出的掩土格斗，与驾驶室的人格斗

4

炎夏的烟火，格外呛，浓烟就是刺针

膨胀着往外针刺，遇啥刺啥，爆炸的力道

仿佛徒劳，铲斗撒土火小，一会又大

火似鬼怪，土压灭的复燃

西西弗斯推巨石，你铲车扑火

坚持在继续，不放弃像一根巨木顶着你

车轮压、铲斗推抹、铲土覆。重复

重复：汗流满面、汗湿衣服、汗蒙眼睛

消防车正从你的心上奔来

正从远方奔来，争取时间、争取希望

<h2 style="text-align:center">5</h2>

火借风势，就是烈火烹油

僵持，却是缠斗。你微小的犹疑

也扑了上来，还有的就只剩人火势不两立

车胎受屈、车漆受屈、玻璃受屈。炎热狰狞

心疼并没有出现。但身体的疼，火烧火燎的疼

在聚集分散。皮肤烫、眉毛卷、布鞋焦、喉咙干、

话语哑……终于，终于

消防车撕破远处，奔来

火热的水，重新惊起你的颓萎之力的清凉

这别人的大火与秧苗，这别人的恐惧与担当

你竟然当做了自己的生与死

6

一场冰冷的火失败于一场炙热的火

一个名为"许学清"的人

把"见义勇为"垫高——"许学清"的高度

记青岛王学兵海里救人

文/瓜田绣锦

你的呼喊与手势已是徒劳

都无法动摇这个深陷淤泥的女子

就像你无法从她身上取走恐慌、焦灼

无力以及绝望

海潮上涨,海水像出笼的野兽

她很快不再雕塑一般伫立,而是凸出

如随时被淹没的礁石

她距你一公里还多

一公里,是一个要命的量词

救人已刻不容缓

你扎紧水裤,就如把你和她的命加上了

活的砝码

忽略自己不会游泳,连同

逆流而上的无尽阻力

前方的泥沼像许多人埋伏,专门扯拽你腿脚

浑浊海水隐藏的深坑,就像布下的陷阱

危险无处不在

你利用赶海工具，网竿变成了盲杖

像一个无畏的盲人，劈斩海浪，向前

一公里多的距离，仿佛藏着炭与火

在烧灼你

当你跌跌撞撞地抵达，却马上平心静气

疏导女子放松，给她打气

你交出臂膀，把她从淤泥里拉出

就是给了她生的曙光和靠山

你拖着她向岸上移动，一步步将春天扩大

初春海水依然冰凉，侵袭着你

你已六十岁了啊

中途休息三次，只是有时间大口喘息

你累倒在岸上

"一条人命胜过一切"

她得救才是这个春天最美的消息

265 毫升的爱，
重新绽开生命的花朵

——记造血干细胞捐献者、莒县人民医院医生杜德杰

文/**罗兴坤**

265 毫升造血干细胞，他知道

这不是平平常常的 265 毫升血浆

从身体里抽取 265 毫升造血干细胞

他知道需要有多么大的勇气

需要纠正多少偏见、疑虑

去安慰八十岁老母眼里的惶恐，妻子、女儿的牵挂

他更知道，他的梦想在万分之一的寻找中

和千里之外一个女童折翅的梦想配型成功

265 毫升的造血干细胞

从自己的身体跨出一步

就是一个四岁白血病患者的女童

从死亡的门槛

收回一步

就是刚刚含苞就要枯萎的花朵

重新绽放的一步

265 毫升的造血干细胞

是一个医生，无法用良药和手术刀

打开死神铐镣时，开给千里之外陌生儿童的

一个最佳的处方

在济南千佛山医院，莒县人民医院的医生杜德杰

当听到从自己的身体里抽取了 265 毫升造血干细胞

成功地移置在浙江一名女童的身上时

他撑起在床上有些虚弱的身体

把闪着泪花的眼，望向窗外

把一颗悬着的心，安放下来

一位深谙活着的意义和价值的普通大夫

望着高远纯净的蓝天

自己的生命，在这春天里

有了重新的定义

他 265 毫升的爱，使行将枯萎的花朵

在新时代的春风里重新绽放

倾听流水的另一种语言（外二首）

文/**董 剑**

倾听流水的另一种语言

我曾无数次在故乡杏花河的堤岸上散步

无数次听见一条河流内部的语言

在一朵浪花细节里打开，为我讲述

一种质朴的平凡，感动，与敬意

就在这条河边，2021 年夏日

年逾七旬的王中仁，为挽救落水群众

永远被潺潺的流水带走

这位 1945 年 6 月出生的老人

这位鲁北平原上朴实的乡人

也在那年 6 月的夏日，永远闭上双眼

仿佛一个人的消失也被流水带走

但我时常觉得这并非，是一种消泯

譬如怀念，追忆，在一条河流浩荡的部分里

还包含着，另一种重生的哲学

譬如至今，他的义举还在十里八乡传颂
在秀美的杏花河边传颂

打开一扇生命之门
——致阳信救火英雄王新泽

我相信那一刻面对浓烟，大火
他已忘记疼痛，炙伤
他已经忘记烤得发痛的脸，烧焦的头发
还有被熏得泪水直流的双眼

因为无情的火舌已经向高处窜起
因为整幢楼的居民，一颗颗
惊慌失措的心，都已悬浮在黑夜的半空

而他，匍匐着，艰难爬行
用一寸寸前进，把自己置身于易燃易爆品的中心
全然忘记危险，甚至死亡的阴影

他只想打开那扇车库门，他知道
那是解救千家万户的生机与希望
那是一名党员在危情关头，要用肉身
阻止一场大火，奋力打开的
一扇生命之门

一位公交车司机的生死时速

一趟充满生死争夺的客车
在面临车辆失控，乘务员受伤
车内群众遭受威胁的一刻
在面对寒冷的尖刀，穷凶极恶的歹徒
施暴的一刻。他毅然挺身而出

头，肩，已被连续刺了十余刀
这位刚强的鲁北汉子，站在剧痛，鲜血中
与群众们一起合力，死死地
终于把行凶者摁倒

他也终于，赶在了时间之前
赶在了飞驰的车轮之前，脱离生命危险

但即使在飞驰的救护车上，李立民
这位滨州土生土长、朴实的汉子
还心系着被打伤的群众

清明将至，
悼念见义勇为诸英雄(组诗)①

文/王万胜

悼沈星

那天，你本该享受与家人团聚的快乐
呼救声却如集结的号角般袭扰人心
你迎着河水的刀锋跳下去
为一个陌生的少年开辟生命的岔路

军人的意志是铁打的
毕竟身体不是
在你精疲力竭之际，一个浪花居心叵测
将生离死别写进了你的身体

追悼会上，你在棺内静躺
如同一段尘封已久的往事

---

① 诗中人物均为近年来山东各地见义勇为模范人物

耳边总算没有了河水的聒噪，你终于可以
好好休息一回

悼岳宏强

当一把菜刀在歹徒手里凶相毕露
受伤的工友只能退入四溅的哀嚎之中
对于这种不祥的隐喻，你毫不避讳
电光火石之间，你用躯体锈蚀险恶
在绝望的红色中打开了另一扇门

你常以工地为家，以"流离失所"自嘲
而这一次，你一语成谶
先于老父老母迈入另一个世界，彻底沦为
背井离乡而又妻离子散的孤儿

悼巩俊楠

你不假思索地跳水救人，却不知道
四面八方的水草正埋伏着你
夜幕之下，你将余生剥离躯体
慷慨赠予萍水相逢之人
却独自咽下苦果。从今往后
你只能在亲朋的思念中挣扎度日

平心而论，你才十六七岁
像个半大孩子，有些苦
本可以迟些再吃

悼张军行

身为保安，你总是把巡逻棍擦得光亮如新
把躲进制服的尘土一一驱逐出境。然而
当你举起失足的孩子，那口蓄谋已久的污水井
还是悄悄对你打起了主意。一汪恶臭的污水
毫不留情地吞没你无可奈何的叹息

消防员将你捞起，把你满身的脏污擦拭干净
如一支崭新的巡逻棍
而你用过的那支巡逻棍，暂时无人认领
兀自等你到天明

悼陈欣煜

初春，冰冷仍在河水中肆无忌惮地生长
你一个弱女子，奋力挥舞手臂
试图招安河水，为它点化开智
但浊流昏庸愚昧，拒绝了你的好意
你只得向它妥协，甘愿以身试险
换取它皈依正道

你知道吗？今年的春天格外温暖
在你挺身而出的地方
那条大河依旧东去
流淌着你还未走完的一生

冰河之光

——献给我省见义勇为模范、
黑夜中两蹈冰河救人的英雄李金华

文/**李玮玮**

1

你不曾以为自己是光

当你湮没在茫茫人海中的时候
当你仰望那漫天星斗的时候
当你漫步于寂静河畔的时候
你都不曾以为自己是光
你自知不过是历史长河中那不起眼的小小符号
又如何奢想装点那丰阔壮美的璀璨星河

2

直到当你听见那一声"救命"的呼喊

你头也不回地扎进那刺骨的冰河

划开那茫茫的黑夜

为了"守护"你挺身站起

义无反顾你扛起那"义""勇"的大旗

暗夜中的一盏火

冰河里的一道光

3

你争分夺秒游向那挣扎着的不幸者

只为在死神前面抢夺一条生命欢笑的权利

腊月的寒水中你冷彻战齿

隆冬的夜晚茫茫只见一片黑漆

然你终咬紧牙关、拼尽全力

于那冰河之中拼出一条血路

于那暗夜之中砍倒一片荆棘

只为将希望送进那不幸生命的手心里

暗夜中的一盏火

冰河里的一道光

4

你在岸边止不住地发颤

寒风中蒸腾起你那急促的鼻息

然你复又向着那黑色的深渊迈开你的脚步、回转你的身姿

只为将那第二条青春的生命救起

"她的生命似已陷入黑夜

然而还闪烁着我这一点点的光

虽然就那一点点的光

却足以将她整个生命照亮"

暗夜中的一盏火

冰河里的一道光

5

你在寒风中艰难地穿上单衣

远去的背影自成坚毅

逆着人潮沉默不语

孤胆的英雄又何须彰显逆行的勇气

英雄，英雄

你以为自己不过是道星星焰火

一生至亮也不过是那夜于冰河中闪耀起的

转瞬即逝的，一道光芒

那光有多亮？你想

或许如米粒那般大小罢

或许，至少如一颗萤火般照亮起希望罢

可那被救的女孩说她看到

那夜，宽阔的冰河之中升腾起了无比绚丽的光

它是如此的璀璨耀眼，绚烂夺目

将那本已陷入暗夜的生命长长久久地照亮